天保図録

(二)

松本清張

目次

長崎下り……6
壬寅の大奥……67
操り糸……110
箱根の男……151
法令雨下……198
くらがえ女郎……241
苛察……290
茶屋の客……336

紋 …… 384
捲返し …… 446

天保図録（二）

長崎下り

文字常は、近所の十ばかりの女の子二人に三味線を教えていたが、表の格子戸が開く音がしたので、片方の耳を澄ませた。入口の土間と座敷との間には障子が閉めてある。秋風が立ったので、この間、貼り替えをしたばかりだった。

格子戸を閉めた音はしたが声がない。稽古に来る近所の若い男だったら、ごめん、とか、師匠、とか声をかけてくるはずだったが、それもない。

文字常が爪弾きをやめて、

「だれ？」

とふり向いた。

障子が細く開いた。その隙間にのぞかせた男の顔の半分を見て、

「あっ」

と叫び、三味線を置いて中腰になった。

信じられないように眼をむいて見つめていたが、急いで起《た》つと障子に駆け寄った。

「栄さん」

自分の身体を隙間から乗り出して、

「いつ……？」

と間近い男の顔にすぐ涙ぐんだ。

「たった今だ。……誰か稽古か？」

石川栄之助は裾の埃をはたいた。ふだんと変わっていない調子である。

「近所の子ですから、いま帰します」

文字常がいそいそと女の子の前に戻ると、

「鶴ちゃんも、お房ちゃんも、遅くなるから今日はこれまでにしましょうね。また、いらっしゃい」

と、宣告した。

女の子は、上がってきた男の顔と文字常とを見くらべていたが、熟《ま》せた下町の子らしく合点して、

「お師匠さん、ありがとうございました」

と、ならんでおじぎをすると、小さな三味線を抱えて帰っていった。

出口まで見送った文字常が、ついでに格子戸に内側から心張棒をかけ、障子もうしろ手で堅く閉めた。

立ったまま、長火鉢の前にきてすわった栄之助の姿をしばらく見守っていたが、にわかにうなだれると、く、く、咽喉《のど》の奥から声を洩らしはじめた。

「どうした？」

女の長煙管《ながぎせる》を口に咬えていた栄之助がふりむくと、文字常は嗚咽《おえつ》のなかから、まるで夢のようだと言い、走ってきて男の膝の上に身体を投げかけ、

「おまえさん」

と言って突っ伏した。揺れた髷《まげ》から油の匂いが立った。

「よせよ。みっともねえ」

「だって……よく、まあ、無事で帰っておくれだねえ」

男を見上げた眼が真赤に変わり、上気した頰には涙が流れていた。

「遠島から帰ってきたように大げさに言うんじゃねえ。たかが五日ばかり、伝馬町に屈《かが》

んできたまでだ」

「でも、あたしはどうなることかと思いましたよ。このままおまえさんが獄門首にでもなったら……」

「縁起でもねえ。女の櫛《くし》一つで首を打たれてたまるけえ」

「おまえは笑っているけれど、あたしは本気で心配したんだから。おまえが連れていかれた日から、茶断ちするやら、そこのお地蔵さまにお百度を踏むやら、一生懸命だったんだよ。その甲斐があって、ほんとうによかったねえ。でも、さぞ、苦労したんだろうねえ、こんなにやつれて。かわいそうに……」

文字常は、男にしがみついたまま、彼の頬を指で撫であげた。

文字常が茶断ちとか、お百度とか言ったので、栄之助は牢の中で出会った坊主了善のことを思い出した。了善は水野美濃の家来だったと称する男に謀られ、高尾山で呪いの調伏をして捕まったという。

栄之助は、その男の顔を牢の外鞘で偶然に見ている。かわいそうに、了善はその金八なる男との対決で罪が決まったのだ。

金八という男には、栄之助はふしぎと別な所での面影がある。井上伝兵衛が斬られたとき、いっしょに歩いていた下手人と思われる男の姿に金八がそっくりなのだ。従兄の石川疇之丞《とものじょう》に訊くと、たびたび伝兵衛に連れられて鳥居の屋敷に来ている本庄茂平次という男があり、伝兵衛の死後、彼は家来同様に鳥居のもとに出入りしていると言った。もしや、金八と茂平次とは同一人ではなかろうか、という考えが、また胸の中に起きてくる。

「何をぼんやり考えているの？」

文字常が赤い襦袢《じゆばん》の袖口で涙を拭った。

「牢にはいって、よっぽどひどい目に遭ったんだろうねえ。早く風呂にでも行ってさっぱりとしておいでよ。帰ったころには刺身でも取り寄せて、ちゃんと銚子をつけておくからね」

「ありがてえ。待っていた。牢内では他のことはそれほどでもねえが、酒だけは生唾が出た」

「ほんとにかわいそうに……こうなると、あたしは、あの泥棒が憎いよ。櫛を持ってきたばかりに、おまえがとんだ災難にあったんだからね」

文字常は、男の膝から離れるといそいそと起って、箪笥《たんす》の抽斗《ひきだし》から男物の藍微塵《あいみじん》の着物を出した。仕立て上がったばかりの真新しいものだ。

「お、こんなものができていたのか？」

「おまえがいつ帰るかわからないからね。帰ったときの用意にちゃんと拵《こしら》えておいたんだよ」

「すまねえ。さっそく、垢《あか》のついた着物を脱ぐとしよう」

「明日でも洗濯をしておくからね。そこに丸めて置いておくんなさい」

文字常は、また袖で眼を押えた。

栄之助は、近くの風呂に行った。

昏《く》れかけたせいもあって、柘榴《ざくろ》口から屈んではいると、中の人間の顔が暗くてわからない。かなり混み合っている。

「おい、豊さん。おめえ、このごろ、常磐津の稽古はどうしたい？」

湯に浸《つか》った男の一人が言っていた。

「うむ、とんとここンとこご無沙汰だ。なにしろ、忙しくてね」

別な男が答える。

「何を言いやがる。おめえの目当ては常磐津じゃなくて師匠のほうだろう。近ごろ、見込みがねえとわかってから、足踏みをしなくなったんじゃねえか」

「何をぬかす。そう言うおぬしも同じ料簡だろう。稽古本よりは師匠の顔を見てるほうが多かったぜ」

栄之助は、文字常のことが出たので、湯槽《ゆぶね》の隅に片寄って背中をむけた。

「そうと腹を読まれたからには仕方がねえ、ありようはおめえと同じ気持ちだ。師匠もああいう質《たち》のよくねえ御家人の虫がついていたんじゃ、おれたちばかりじゃねえ、誰も寄りつかなくならアな」

「まったくだ。近ごろ、途中で出会うと、ばかに師匠の愛嬌がよくなったが、弟子がこなくなったせいかもしれねえな」

「いくら途中で色目を使っても、情人《おとこ》と縁切りにならなきゃ、阿呆面下げて口をぱくぱく開けにいく者もあるめえ」

栄之助は男たちが湯から上がったあと、最後に柘榴口から匍い出した。

すると、別な男がひょいと彼の顔を見て、あわてて顔を隠すようにした。背中に彫りつけた般若《はんにゃ》の刺青《ほりもの》は、鳶《とび》の若い男だった。栄之助とは知らぬ顔ではない。いつぞや西の丸の中繭の宿下がりのとき、町内の警固をしていた男だ。

栄之助は、文字常が町内の娘二人を教えていたことを思い出し、だんだん男の弟子が減っていくのを考えた。

帰ると、酒と肴の支度ができている。肴は新しい刺身で、皿にたいそう盛りつけられていた。

「おや、見違えるようにきれいになったよ」

文字常が栄之助の顔を見て笑った。

「さあさあ、お祝いに一杯やりましょう。おまえがあんまり急に帰ってきたので、何もできなかったけどね。尾頭《おかしら》つきというわけにはいかないが、仕舞い残りの魚屋からとってきたんだけど、これで堪忍しておくれ」

「なに、おれにとっちゃ久しぶりの山海の珍味だ。ありがてえ」

「あすこから出ると、いやに気が弱くなったもんだね。いちいち礼を言うことはありゃしないよ」

栄之助は、弟子が少なくなれば文字常も苦しいだろうと思っていた。

杯《さかずき》に酒を受けながら、

「おめえも今夜は少し呑んだらどうだい？」

「そうしようかね。おまえ、叱らないかえ？」

「なんの、こっちは居候《いそうろう》同様、おめえはこれでも一国一城の主だあな。……どうだ、町内のお弟子衆は相変わらず見えるかい？」

文字常は思わず、ちょっと顔を曇らせたが、

「ええ、相変わらずみなさんお揃いで稽古に見えますよ」

と、明るい声で答えた。

「そいつは何よりだ。だが、おれがこうしてここに来るのが、ちょっとばかり迷惑じゃねえかと思っている」

「何を言うの。そんなことは誰も思ってやしないよ。おまえがここに来はじめたのは、昨日や今日じゃあるまいし、つまらない気をお回しでないよ。そんな遠慮をせずに、今夜はゆっくりと過ごしておくんなさい。あたしもあの世から生き返ったようなおまえの顔を見てうれしくてならないから、酔うかもしれないわ」

「それこそ誰に遠慮することはねえ。好きなだけ呑みな。だが、あんまり酔っ払って管を巻いちゃいけねえぜ」

「思い切りあたしを心配させたんだから、その仕返しに、酔っておまえに介抱をさせてやろうと思うけれど、こんなうれしい晩ではそうはいかないね……」

文字常はうきうきしている。

二人で呑み合っていると、裏口でことりと音がした。

「おや」

文字常が思わず背中の障子のほうを見る。

「猫かしら？」

栄之助がそれを見て、

「鼠だろう」

「え？」

「鼠だ、鼠だ」

文字常がその意味を取りかねていると、細い声が聞こえてきた。

「今晩は」

「あれっ」

文字常が小さく叫ぶと、

「ごめんくだせいまし」

と、障子のすぐ向こうにしゃがんだらしい近い声が忍ぶように聞こえた。

「誰だえ？」

文字常が気味悪がって咎めると、

「へえ、あっしでございますよ」

と、男の声は答えた。

「あっ」

文字常が栄之助の顔を見たとたん、

「旦那、この前の伊与吉でございます。ちょっと、ここをごめんなすって」

と、声が間近でした。

栄之助が杯を持ったまま顔を反らし、

「このめえの泥棒だな？」

「へえ」

「遠慮はいらねえ、そこの障子を開けてこっちに上がってきな」

文字常が栄之助の顔を見て、

「おまえさん……」

「なに、かまうことはねえ。ちょうど、もう一人酒の相手が欲しいところだった」

「毎度お邪魔いたします」

伊与吉が障子を開けて、閾《しきい》に両手をつき、頭を下げた。


伊与吉は、この前とは見違えるような、さっぱりした身装をしていた。渋い南部縞に角帯の姿は、どう見ても堅気の商人だった。

「おや、これは人違いかと思った。たいそう立派な風采《ふうさい》でやってきたぜ」

栄之助は笑いながら言った。

「……このたびは、わっちのことからとんだご迷惑をかけて、申し訳ございません。今夜は、そのお詫びと、先夜の礼とを兼ねてのお喜びに上がりました。これはほんの気持ちだけのもので」

伊与吉は、うしろに置いたものを前に突き出したが、朱塗りの角樽だった。ちゃんと熨斗《のし》がかかっている。

「おや、気持ちの悪いことをするじゃねえか。大丈夫だろうな?」

「旦那。こんなものまで掻《か》っ払やしません」

「いや、冗談だ。なんにしてもよく来てくれた。……師匠、杯をもう一つ出しな」

「…………」

文字常は、伊与吉を睨《にら》んで警戒していた。櫛の恨みを言いたいのを我慢し、今夜は、また、何を言いにきたのかと思っている。

「どうぞ、そんなご心配はご無用になさいまし。わっちはもうすぐお暇《いとま》します」

「なにも遠慮することはねえ。今夜はゆっくりして行きな」

「でも、旦那、久しぶりに牢からお出なすったので、師匠もお待ちかねでしょうから、わっちは早いとこ退散いたします」

「おっと待ってくれ。おれが牢から出た晩にさっそくやってくるとは、あんまり調子が合いすぎる。おめえ、どうしてそれを知った？」

「へへへ。そのへんはわっちどもの渡世で、ちゃんと小伝馬町とは連絡《みち》がございます」

「なるほど。商売《しょうべえ》は道によって賢しというが、牢内でもちゃんと娑婆《しゃば》との道があるとは感心した」

文字常は仕方なさそうに黙って横から銚子を抱えた。

「へえ、恐れ入りやす」

伊与吉は、自分の持った杯に頭を下げていたが、

「旦那、わっちのことからご迷惑をかけたのだから、心苦しくてなりません。何かお役に立つようなことがあれば……おっと、こいつはいけねえ。わっちのような渡世じゃ旦那の迷惑だ。だが、もし万一何かの役に立ちそうなことがあれば、遠慮なく言いつけてくださいまし」

「泥棒に手助けを頼む用事は、今のところ別にねえようだがの」

「そう泥棒泥棒と言わないでおくんなさい。これでもそのほうの渡世としてちゃんと約束ごとは守っております。たとえば、他人の家にはいっても、押込み強盗などのような没義道《もぎどう》なことはいたしません」

「なるほど。泥俸にも一分の……あ、また出やがった。とにかく、おもしれえ男だ。そのうち、そんな用件ができたら、おめえに頼むよ。まあ、今夜は、おめえの振舞酒と思って呑ましてもらうぜ」

「ありがとうございます」

伊与吉は、二、三杯呑んで、すぐに杯を伏せた。

「では、旦那、どうもご馳走さまで……」

「おや、帰るのかえ」

「へえ、わっちの眼が困るようなのを見せられては、かないませんから。へへへ」

「ちょっと待ってくれ」

考えていた栄之助がふいと顔を起こした。

「そうだ、さっそくだが、おめえに頼みがある」

「へえ？」

「と言っても、よその家に忍んでくれとか、物を盗ってきてくれというんじゃねえ。少々探ってきてもらいてえことがある」

「何かは存じませんが、そんなことなら造作《わけ》はありません」

「おめえ、鳥居耀蔵という仁を知っているか？」

「知らねえどころではございません。お奉行さまの次に怕《こわ》いお方でございます」

「そこまでわかっているなら、よけいなことを言うことはねえ。その鳥居耀蔵の家来に本庄茂平次という男がいるはずだ。九州訛《なまり》の強い言葉を使うからすぐわかるはずだ。おめえ、その男が、今どこに住んで、どうして暮らしているか、ひとつ探ってきてくれねえか。……そいつは、金八という名もつかっているはずだが、始終、鳥居屋敷に出入りしているからすぐわかる。小せえ男だが、ずんぐりとした小太りで、ちょっと見ると、芋虫みてえな奴だ」

「それだけでございますか。そんなら明日にでもさっそく探って、こちらにお知らせにめえります」

「おまえさん」

と、文字常が心配そうに栄之助の顔を見た。

「なに、気遣いはねえ。泥棒でも気のいい男らしい。これから仲良くしようぜ」

約束どおり、伊与吉は早くも翌《あく》る日の夕方には、文字常の家の裏口からその長い顔を忍びこませていた。

「ちょいと、おまえさん」

栄之助は畳に横になっているところを文字常にゆり起こされた。

「昨夜の人が来ていますよ」

「お」

と、眠そうな眼をあけてあたりを見回し、

「もう、こんなに暗くなったか、道理で藪蚊《やぶか》が刺すと思った」

と、脛を掻いた。

「二刻《ふたとき》はたっぷりと寝こんでいましたよ。あたしが二度ばかり顔の汗をふいてあげたのをおぼえないくらい……」

「へへへ、旦那、今晩は」

と、伊与吉が障子の傍でおじぎして笑った。

「おや、おめえも藪蚊と同じで暗くなったら面《つら》を出しやがる。いつ、やってきた?」

と、栄之助は寝起きに文字常から渡された吸いつけ煙管《ぎせる》を口にくわえた。

「いつ、とはひどうございます。旦那に言いつかったことをちゃんと調べて大急ぎで参り、先刻から師匠にそう言ってここに控えさせていただいております」

「そいつは知らなかったな……」

「へへへ、よくお寝《よ》いなすってらしたから。……お疲れさんでやす」

「いちいち、いやな笑い方をするな。師匠が顔を赧《あか》くしてらアな」

「いえ、そういうわけではございません。てまえにも覚えがございますが、とかく、出牢のあとはくたびれます」

「ちげえねえ、おめえのほうが先達《せんだつ》だ」

　文字常が二人の間に冷酒の湯呑を置いた。

「で、どうした、例の一件は？」

　栄之助は伊与吉の顔を見て促した。

「へえ、鳥居さまのお屋敷に始終来る人で、たしかに本庄茂平次さまというのがおられます」

「うむ」

「おおかた、旦那のおっしゃるとおり、金八というのは、その本庄さまではないかと思います。なんでも、この前二十日ばかりは家にも帰らないで、どこやらの修験僧のところに修行に参っておられたそうでございます」

「そいつだ」

　と、栄之助は膝を叩いた。身体まで乗り出して、

「で、そいつは今、どうしている？」

「へえ、一昨日から遠方へ出かけたそうです」

「遠方？」

「わっちもいろいろと探りを入れました。なに、こういうことは馴れておりますので、鳥居さまの中間《ちゅうげん》などを如才なく手なずけました。が、どうしてもわかりませぬ。どうやら行方は、ほんとうに知らないらしゅうございますな」

「はてね？」

栄之助は腕を組んだ。

「仕方がねえから、その本庄さまという人の家を教えてもらい、そこまで出かけましたが、芝口の汚ねえ裏店《うらだな》でございました。そこに、いやに言葉つきのいいおかみさんがすわっておりましてね。わっちは煙管の羅宇屋になりまして、担いだ荷を置き、油を売るようなふうでいろいろと話し込みました」

「なるほど、器用なもんだな。それにおめえは様子がいいから、かみさん連中にはもてるだろう」

「ひやかしちゃいけません。そのかみさんというのが、また、どこやらの奥向きにでも勤めていたらしく、ご丁寧な御殿言葉には恐れ入りやした」

「とんだところに垂乳根《たらちね》の妾《わらわ》がいたものだな」

「そういうわけなんで。わっちも調子を合わせてかみさんに旦那の行方をいろいろと探りましたところ、とうとう、向こうでつり込まれて白状いたしやした」

「おめえの口車には誰でものせられるとみえる。で、遠方とはどこだ？」

「長崎だそうです」

「なに、長崎？」

長崎なら本庄茂平次の生国だと栄之助も聞いている。当人は長崎会所の役人をしていたということを、従兄《いとこ》の石川疇之丞《とものじょう》が話していた。

――何のために長崎に行ったのだろう？

妙なことだと思った。大井村の修験僧了善を陥れた金八という男が鳥居耀蔵の手先となって働いた本庄茂平次とは確証がとれたが、彼が急に長崎に戻った理由がわからない。

「そいつは、何かよっぽどの用件を抱えて帰ったのかえ？」

「そのへんのところはかみさんも曖昧にしていましたが、どうやら、鳥居さまの用事で飛んだらしゅうございます」

「うむ」

それ以上は訊いてみてもよくわからなかった、と伊与吉は言い添えた。

栄之助は煙管を咬《くわ》えて考えていたが、茂平次が井上伝兵衛の弟子であったということ、鳥居の屋敷には絶えず伝兵衛に連れられて頻繁にやってきていたこと、伝兵衛の死後、茂平次はほとんど耀蔵の家来同様になっていること、そして伝兵衛の殺されたとき横を歩いていた男の姿が彼の体格にそっくりであったことなどを考え合わせて、伝兵衛殺しはいよいよ彼に違いないと確信を深めた。

しかし、人殺しの下手人を決めることだ、まだ、軽率に断定はできなかった。

「伊与吉」

「へえ」

「おめえ、すまねえが、もう一度羅宇屋になってくれないか」

「へえ、そりゃ何度でもなりますが、旦那、まだ何か？」

「うむ、ほかじゃねえ。今となっては日にちははっきりとわかるめえが、ざっと一ヵ月ぐれえ前《めえ》のことだ。その茂平次が夜遅く家に帰ったとき、刀の手入れをしきりとやっていたようなことはなかったかとその垂乳根のかみさんに訊いてくれ、こいつは大事な用件だ。おめえの口の器用なところでなんとか引き出してくれ」

「へえ、そりゃひと働きしてみますが、その刀の一件というのは、どうしたんですかえ？」

「人を斬ったのだ」

伊与吉が帰ってすぐだった。

表で何やら唄うような声が聞こえてきた。

「お、何やら読売り（瓦版《かわらばん》）のようだな」

栄之助には心当たりがあった。もしやと思い、表に出てみると、暗い通りに提灯の灯が二つばかり見える。声はそこから湧いてきていた。

このころの瓦版売りは、頭にたたんだ手拭を置き、流行《はやり》の色と柄の着物を着て、三尺帯を締め、草履を履いていたものだ。男振りの小ぎれいなのが、片手に本を持ち、新しい出来事を唄の文句にして、節をつけて読み歩く。昼間も出ていたが、どちらかというと昏《く》れてからのほうが多かった。

「ヤンレー」

と、提灯をうしろ衿に突っこんだその男は、語尾を長く引いた。

「私欲如来イー」

と、また引く。これはチョボクレの節である。

「そもそも水野美濃が企み、聞いてもくんねえ。読んでもくんねえ。隠居に死なれて、おわずか半年。御役御免は贅沢三昧、賄賂進物とり放題の、栄耀栄華《えようえいが》の酬《むく》いと知って、おそれ入谷《いりや》と念仏三昧、慎み控えて、引っ込んでいるかと、誰も彼もが思うていたに、またぞろ出てくる昔の根性、きたねえ夢を忘れかねてか、何とか御役に返り咲こうと、あせってみたが、世智弁ばかりじゃなかなかいけねえ……」

と一息入れた。栄之助は傍《そば》によって聞き耳を立てた。予想のとおりだ。

「……勝手が違ったは困ったことだと、毎日思案投首の挙句に、ぽんと浮いたは呆れた悪知恵、己れの悪いは悉皆棚《すっかりたな》に、上げて落としてすべって転んだは、ひっきょう老中浜松さま（水野越前）が、ご政道正して邪魔したからだと、とんだねじけた逆《さか》うらみで、浜松倒すが己れの出世と、頼みこんだが大井村の、教光院とかいう売僧《まいす》修験、こいつは呪いの調伏《ちょうぶく》上手と、調法がって調子にのせて、調伏させたはところもあろうに、甲、武、相の境にそびえた、行基開基の高尾山とは、天道おそれぬ悪魔が所行。身の毛もよだつことではねえかい……」

と一息つく。

「呪いの祈りがはじまったるは、草木もねむる丑三《うしみつ》どきの、三寸さがる屋の根の時刻、南を向いて魔王を拝み、憎さも憎しの浜松殿を、はよう枯らして倒してくれと、ゴマすり坊主がゴマをたいて、アポキャベエと阿呆な経に、声を嗄らすやら滝に打たれるやらで、八面六ぴの修法最中、人を呪わば穴二つ、己れのことはお先まっ暗、御用となったは身の（美濃）ほど知らずの大馬鹿もので、坊主びっくり白洲にかけられ、裁きをうけて泣きべそかくやらお助け乞うやら、器用な手つきで北の奉行の遠山さまを拝んだというから笑ってくんねえ……」

と一段つける。

「さてもあわれは美濃が身の上、坊主の白状動かぬ証拠、じたばたしたのが己れの破滅、即刻お召しの評定所では、恐れ入って頭《かしら》も上がらぬ。せっかくもらった外桜田の、屋敷も知行も悉皆《しっかい》召し上げ、お預け先は信州高島、即刻参れときびしいお裁き。雨にぬれたる海棠《かいどう》ならぬ、美濃紙グシャグシャ、眼鼻はクシャクシャ。涙流して落ちて行ったは、前世の宿縁今世の悪業《あくごう》、因果応報積善積悪、まっすぐ正しい浜松の枝ぶり、さあさこれから天下の栄えじゃ栄えじゃ、チョボクレチョボクレ……」

この読み声が終わると、周囲に集まっていた聴衆が手を出して本を買う。十二枚とじで二十五文だ。

栄之助は、その瓦版を買って、家に戻って読み返した。

はじめて知った水野美濃守忠篤の処分だった。たった三日前に同房だった坊主了善の裁きがあったばかりなのに、この挙はまさに電光石火と言わねばならぬ。水野越前守がうしろに控えているので、この即決となったにちがいなかった。

はじめから水野美濃を追い落とす越前一派の策略だったのだ。茂平次は、その手先にすぎない。実際の黒子《くろご》は、陰から眼を光らしている目付鳥居耀蔵である。

水野美濃を側用人から蹴落としただけでは気が済まず、さらにこれを追い落として無実の罪を被《き》せ、屋敷も、八千石の知行も悉《ことごと》く彼から奪い、信州高島藩（諏訪因幡守）に即刻永《なが》のお預けと、疾風のような処分であった。

栄之助は、今さらのように鳥居耀蔵の辣腕に眼を瞠《みは》る思いがした。この一件では、水野越前が主導的に働いたというよりも、実際は耀蔵の知恵で打たれた狂言であろう。この調子だと、今に水野越前も耀蔵のために何をされるかわからないような気がする。

　それにしても、耀蔵の手駒となって金八と名乗り牢屋にまではいってきた茂平次を、果たして伝兵衛殺しの下手人と最後的に決めていいだろうか。その返事は明日伊与吉が持ってくるはずだった。


「何かおもしろいことでもあったのかえ？」

　文字常が横から瓦版をのぞきこんだが、栄之助は、

「世の中はおもしれえことだらけだ」

　と、その瓦版を手の中でまるめた。

「だいいち、こうしておれが師匠の傍にいるのがいちばんの極楽だ。これくれえおもしれえことはねえ」

「あれ、おまえも口の巧い。さっきの泥棒の人に負けないね」

　と、文字常が男を熱っぽく流し眼で見た。

「その口でさんざん、あたしの見ていないところで女子衆《おなご》に悪いことをするんだから。えい、憎らしい」

「あ、痛て、て」

と、栄之助はつねられた膝をさすった。

翌日の夕方、伊与吉がまたその顎の長い顔をのぞかせた。

「旦那、聞いて参りました」

「そいつはご苦労だったな。まあ、こっちへ上がれ」

「へえ」

文字常が稽古本や三味線を片づけるついでに、急いで財布を懐の奥にしまった。

「旦那、やっぱり旦那のお目がねのとおりでした」

伊与吉は話し出した。

「今日、本庄さまのかみさんに、いろいろとカマをかけて訊いてみました。すると、日にちのことはいつのことか憶えていないが、たしかに一ヵ月ほど前、本庄さまが夜遅く帰って、お腰のものをしきりと手入れをしていなすったそうです」

「夜遅くか」

栄之助は、自分が目撃した時刻と思い合わせた。

「それで、当人は何か言っていなかったのか？」

「へえ、かみさんの話では、寝ているところに戻ってきて、裏口でごそごそ水音がするのでのぞいて見ると、刀身をしきりに洗っていたそうです。ご本人は犬に吠えつかれて、いたずら半分に斬ったが、どうも気持ちが悪いと言っていたそうです」

「なるほど犬か」

「翌る日は、自分で打粉などを振って手入れをしていましたが、どうにも気にかかると言って、さっそく、研屋《とぎや》に出したそうです」

「そうか」

栄之助はうなずいた。

「その刀はまだ研屋に置いてあるのか?」

「わっちもそれを訊きましたところ、今度長崎に行く前に研屋から受け取って旅に持っていったそうです」

「それは残念なことをしたな」

と、栄之助は言ったが、そこまで探れれば、伝兵衛を斬ったのはまず茂平次だと決定していい。

「……しかし、よくそこまでかみさんがおまえにしゃべってくれたな?」

「へえ、そこはこちらの舌の具合ですが、もう一つは、かみさんが亭主が人を斬ったなどとはちっとも思っていねえからでしょう」

「そうかもしれねえな。で、茂平次はいつ長崎から江戸に戻ってくると言っていたか？」

「あんまり長くはかからねえそうです。それでも長崎というと往復の道中に日にちを食いますから、二ヵ月はかかるでしょう」

「そうか。すると秋の末だな」

「旦那、ほんとにその本庄という御仁《ごじん》が人を斬ったのでございますかえ？」

「おれはそうみている」

「いったい、誰を斬り殺したんで？」

「これはここだけの話だからそう思ってくれ、斬られた相手は町道場の剣術師匠だ」

「剣術の師匠が斬られたんじゃしようがないですな。よっぽど不意を衝《つ》かれたんでしょうね？」

「うむ、油断があったのだな。茂平次もおめえのように口のうめえ男だった」

「冗談言っちゃいけません。わっちはそんな悪いことはいたしません。盗みはするが、そんなひどいことはしません」

「わかっている。おめえは正直者だ。よく今度はおれのために尽くしてくれた」

「これもわっちのことから旦那にご迷惑をかけた償いでございます」

「いや、あれはおれが質屋に運んだのが悪かったのだ」

「旦那、でも、よく斬られた剣術師匠のほうが黙っておりますね。身内もあろうし、弟子衆もいると思いますが」

「それだ。向こうのほうでも下手人がわからなくて困っているのだろう」

「いっそ奉行所に訴えたらどうでしょうか？」

「うむ」

栄之助は考えたが、そうなると自分が出ていかなければならない。しかし、これには確たる証拠もなく、ただ自分が目撃したというだけだ。それに、本庄茂平次のうしろには鳥居耀蔵が控えている。

訴えて出ても勝負は明らかだった。

「そいつはだめだ。証拠がねえ」

「さようでございますな」

「師匠」

と、栄之助はうしろを振り返った。

「硯《すずり》と紙とを持ってきてくれ」

「あい、わかりました」

「なあ、伊与吉。おまえご苦労でも、その剣術師匠の身内に、これからおれが書く手紙を放りこんで来てくれねえか。殺された仁の名前は井上伝兵衛といって、麻布の飯倉あたりに道場を持っていたそうだ。捜してみればわかるだろう」

「へえ、ようがす。そんなことならわっちのほうから買って出ます。……しかし、旦那、本庄茂平次というのは悪い奴でございますな」

「うむ、悪い奴だ。おめえもあんまり賞《ほ》められそうな男ではねえが、世の中は大きな悪事をする奴ほど大手を振って通るようにできている」

栄之助が筆で紙に書いたのは次のような文句だった。

「井上伝兵衛殿殺害の下手人は弟子の本庄茂平次と思われるゆえ、しかるべくご詮議されよ。知った男より」

これをそっと伝兵衛の家の窓からでも投げこんできてくれ、と栄之助は伊与吉に結んだ文を渡した。

本庄茂平次をにわかに長崎に下らせたのは、鳥居燿蔵である。——茂平次を使って寄合水野美濃守忠篤の封を奪い、屋敷を取り上げ、信州高島に追放した燿蔵は、これで宿題の一つが果たせたように思った。

しかし、彼にはまだ残っている念願が二つあった。

一つは、南町奉行矢部駿河守定謙の職をとりあげ、己れがそのあとにすわること、一つは長崎の高島四郎太夫を何とかして罪に落としたいことである。

この二つからみると、水野美濃の追打ちなどはまだ軽いほうである。いわば、本庄茂平次が使える男かどうか試したような事件であった。

もし、本庄茂平次という男が現われなかったら、美濃追放までは実現しなかったかもしれない。茂平次の女房のお袖が美濃守の奥向きに奉公していたことが、この場合、何よりの好都合であった。でなかったら、いくら了善でも茂平次の甘口《あまくち》には乗るまい。

しかし、了善に取り入ってからの茂平次の働きは目のさめるようなものがあった。燿蔵自身がおどろいて、

（これは使える）

と思った。優秀な密偵である。

石川疇之丞、浜中三右衛門、金田故三郎などという連中が及ぶところではない。この三人は出世欲で耀蔵の手先となっているが、まだまだおっとりした身分意識に捉われてスパイ根性に徹していない。動作も緩慢だし、考えも遅い。使っているこちらが苛々することがある。

そこへいくと、茂平次は目から鼻に抜けるような男で、耀蔵の考えていることを先回りして敏捷に動く。頭脳の回転が速いのは、こういう仕事に何より適格であった。それでいて、当人は、いつもへらへらと人がよさそうに笑っている。

しかし、剽軽《ひょうきん》な男にみえて、その実、一分の人情があるではなく、気持ちは乾いたものだった。これも隠密には打ってつけであった。

それに、彼は残忍な本性もかくし持っている。

「茂平次、井上伝兵衛を殺した下手人に心当たりはないか？」

いつぞや、耀蔵はそう訊いたことがある。すると、茂平次は眉毛一つ動かさずに、

「さあ、いっこうに」

と、自分でも訝《いぶか》るように首をかしげるのだった。

耀蔵は茂平次が下手人だぐらいは、うすうすと感づいている。それは、長い間目付として他人を見ている直感力ともいえた。それに耀蔵は隠れ目付を多数握っている。その者の密かな報告でも、伝兵衛の殺された当夜、茂平次の所在不明が報告されていた。

耀蔵は、たしかに茂平次に、伝兵衛が密談を聞いたため将来の障害になることは暗示した。だが、彼がたちまち伝兵衛を斬るとは思わなかった。

しかし、この行動の敏捷さが耀蔵には気に入るのだ。

「茂平次、伝兵衛殺しの下手人はわかるまい。あれは永久に出てこぬぞ」

とあとで言い聞かせた。これにも茂平次はにっこり笑った。下手人であることを肯定はしないが、否定もしないという顔である。とにかく不敵な奴ではある、と思った。

耀蔵が考えている二つの念願の一つ、矢部駿河の追落としは早晩実現すると彼は思っている。目下、その手が着々と打ってある。しかし、もう一つの高島四郎太夫を罪に落とす企みは容易ではなかった。が、それだけに耀蔵の執念は燃え上がってくる。ちょうど、困難な建物を設計するように、それが不可能にみえるほど、意欲と闘志を唆《そそ》られるのである。

いっさいの洋学を憎悪してやまぬ耀蔵だ。なんとしてでも高島を自分の思いどおりに捩《ね》じ伏せなければならない。

ここでも本庄茂平次がたいそう役に立つ。

茂平次は長崎で地役人をしていた男だけに土地の人間には詳しいし、長崎会所の内部事情に通じている。言ってみれば、茂平次は耀蔵の欲望を満たすために天から降ってきたような男だった。

耀蔵はついに正式に茂平次を家来とした。さらに、そのあと、長崎行きを命じたのであった。

「おまえもしばらく郷里を離れているから一度は帰ってみたいであろう。暇をやるから、行ってきてはどうだ？」

茂平次は早くも耀蔵の顔色を読み取った。もちろん、目的もなしに帰郷をすすめる主人ではない。

「願ってもない仕合わせ。それではしばらくぶりに長崎を見て参ります。何かご用があれば、ついでに勤めて参りますが？」

「そうだな」

耀蔵は、顎の下に半開きの扇子を当て、眼を細めて、気がなさそうに言った。

「今年の夏、高島四郎太夫の新式砲術を徳丸原で見せてもらった。なかなかたいした男だ。あれは地役人として長崎に置くのは惜しい」

「…………」

「茂平次、一つ、高島を江戸に呼ぶような工夫をつけてくるか」

茂平次は両手をついたまま、じっと耀蔵の顔を見あげていたが、

「委細承知仕りました。必ず高島四郎太夫を江戸に連れてくるようにいたします」

と、しっかりした声で答えた。彼は主人の何でもない言葉つきから、真の意味を探り出していたのであった。

茂平次は、女房のお袖に長崎出立のことは言ったが、もちろん、用事の内容は塵ほども臭わせはしなかった。

「おまえも連れていきたいが、今度は早飛脚《はやびきやく》のようなもので、すぐに帰ってくるからつまらぬだろう。この次、お暇を戴いたおりに同道しよう」

「でも、急に長崎へ帰国するのを思い立ったのは、何か思い当たることでもあるのですか？」

「いや、べつに子細はない。おれは江戸に来てからあまり日がないので、かえって長崎が恋しくなってきたのだ。おまえのように長く江戸にいれば、それほどでもあるまいがな。それに、今度、鳥居さまの家来に加えていただいたので、長崎の友だちに少し自慢をしてくるのだ」

「それならよろしゅうございますね」

袖はもともとあまり才智の回らぬ女で、大家の奥向きに住み込んでいただけに万事のんびりとしている。

茂平次が江戸を出立したのは、秋の初めだった。

東海道から西へ向かって歩くにつれ、秋が深まってくる。それほど急ぐ旅ではないが、彼としては早く耀蔵に報告したい目的があるので、途中もあまり遊ばなかった。京から堺に出て、ここから馬関《ばかん》行きの便船を求めて乗った。

馬関から小倉行きの船に乗りかえて、筑前博多まで歩いてきたのが秋の深まるころだった。長崎に着いたのは、江戸を立って三十五日目である。

茂平次は、長崎ではあまりいいことをしていないので、普通なら面《おもて》を伏せて歩くところだが、そんな気兼ねをする彼ではなかった。ことに、いま権勢の鳥居の家来になったというので、かえって自分の背を高く見せたい気持ちだ。行き会う顔見知りの人が、茂平次におや、というような眼つきをしたり、なかには、

「茂平次さんじゃなかかかんな？」

と呼びかける者もいる。これにも茂平次は平気で笑って応え、江戸の暮らしを景気よく吹聴しておいた。

以前に勤めていた長崎会所の前に出た。表は海鼠塀《なまこべい》が長々とつづき、いかめしい門には通行者の検《あらた》め役が立っている。

「おう、これは珍しかの、茂平次じゃなかか？」

旧《ふる》い同僚が通りかかって彼に言った。これにも平気で、自慢そうに自分の出世を吹いた。長崎を出るときはこそこそと遁げ去ったが、今ではその故郷に仕返しにきたようなつもりでもあった。

茂平次は、小島郷にある高島四郎太夫の屋敷に向かった。高島は長崎の本宅には住まわず、この離れた丘の斜面に住んでいた。砲の製法などを研究するためであった。茂平

次がおやと眼を瞠《みは》ったのは、その屋敷の模様が前に見たときと少しく変わっていることだ。

もともと、見上げるような石垣の上に築かれた屋敷だったが、それが各所にわたって厳重に修理されているし、いかめしい土塀も新しく回されている。さながら小さな城郭といっていい。今年の夏、高島は徳丸原の演習で幕府より賞詞を受け、褒美の金子五百両を貰っているが、そのほか老中水野越前守からも二百両を下付されていた。七百両を独《ひと》りで貰ったのではないにしても、演習に参加した組下に裾分けしたところで相当な金が四郎太夫の手にはいったことになる。さては懐が急に豊かになり、この家の普請をしたのだなと思った。

茂平次はしばらくぶりに高島の門をくぐった。

彼は高島の一家とも昵懇《じっこん》の間柄で、前にはよくここに遊びにきたものだ。長崎を出奔しなければならなくなったような悪評がひろがっていても、それで遠慮や躊躇をする茂平次ではなかった。

曲輪《くるわ》のように入りくんだ道を辿って、玄関に行くと、四郎太夫は在宅していて、すぐに上に通された。

同家の下男や女中たちに妙な顔をされたが、茂平次は素知らぬふりで、かえって持前の剽軽な挨拶をするほどだった。

本来なら、高島四郎太夫に会うのも気恥ずかしいはずなのだ。茂平次の犯した悪事とは、蘭人の貿易荷をごまかしたことだから、本来なら、諸組与力格の四郎太夫に顔を合わせられる義理ではない。

また、玄関先から追い返されても仕方のないところだった。四郎太夫が茂平次を座敷に通したのは、それだけ彼が寛大だったのである。

「これはこれは久しぶりでございます。相変わらずご壮健で何よりでございます」

茂平次は、四郎太夫の前に両手をついて恭々《うやうや》しく挨拶を述べ、江戸から携《たずさ》えてきた土産物などを差し出した。

中浜万次郎（ジョン万次郎）が撮《うつ》した高島の肖像写真を見ると、四郎太夫は面長で、眼も鼻も大きく、唇が厚い。全体に大柄な男のようである。

四郎太夫は、そうした造作の大きい顔に柔和な笑みをたたえていた。

「あんたは江戸に行かれたとは聞いていたが、なかなか立派な様子で何よりだ」

「お恥ずかしいことながら、てまえも出府いたしましてから、鳥居耀蔵さまのご家来衆の中に加えていただいております」

「なに、鳥居殿の？」

四郎太夫の顔がふいと曇ったのは、耀蔵が根っからの蘭学嫌いだと知っているからである。現に今年の夏の演習でも、その耀蔵がうしろから審判役に対して、事実を過小評価するようにしたのも察しがついていた。それはむしろ、洋式砲術の誹謗《ひぼう》であった。

だが、温厚な四郎太夫のその暗い表情も、空を翔け去る鳥影が落ちたように面上を掠め過ぎただけで、

「それはよいところに奉公された」

と祝ってくれた。

茂平次も四郎太夫が耀蔵に対してどのような感情を持っているか、もとより、よくわかっている。彼はすかさず言った。

「先生、今年の夏、徳丸原で先生が演習をなされたおり、ちょうど、てまえも拝見に参っておりました」

「おう、そうであったか。それなら、ちょっとわたしに声をかけてくれるとよかったのに」

四郎太夫は懐かしそうな眼をした。

「まことにご無礼をいたしました。けど、あのときは、たいへんな見物衆で、それに、幕府のお偉方は詰めかけておられるし、警固は厳重だし、先生も諸隊の指揮にお忙しい最中でございました。でも、よそながら先生のご成功を心から喜んでおりましたので、つい、失礼させていただきました。……いえ、もう、江戸の者もとんと先生の妙技には度胆を抜かれて、口をぽかんと開けているばかりでございました」

「いやいや、まだにわたしの技が及ばぬためか、あの節は芳《かんば》しからぬ評判のようでした」

四郎太夫はそのつもりではなかったが、茂平次にはそれが審判役の採点に対する四郎太夫の不満にとれた。

「そのことでございます、先生」

と、茂平次は膝をにじり寄せた。

「そのことは、てまえも噂を聞いております。先生の妙技に対する審判に、てまえも腑に落ちかねておりましたところ、ふとした縁からこのたび家来となって親しく鳥居さまの話を伺いました。それでやっと合点《がてん》がいったのでございますが、先生、実はあのときは鳥居さまもいろいろと他への配慮があったそうでございます」

「おう、そうか」

「ご承知のように、幕府砲術方としては田付、井上の諸流がございまして、現にあのときは、井上左太夫さまが御審判役でございましたな。鳥居さまは何と申してもただのお目付。やはり砲術方への遠慮で採点を変えることはできなかったそうでございます。鳥居さまが親しくてまえに申されますには、高島先生の妙技はいずれもただただ感服するところである、かほどの砲術功労者を長崎の諸組与力格に留めおくのはまことに心得ぬ、いずれ機会《おり》を見て御目見《おめみえ》以上にのぼせて、田付、井上などと同様の身分に進めたいつもりだ、などと申されておりました」

「それは痛み入る。鳥居さまのご厚意かたじけない」

四郎太夫は頭を下げたが、顔の表情は、それを聞かぬ前とさして変わってもいなかった。

茂平次は、ここぞとばかり舌を動かした。

「先生の前ですが、諸組与力格では将軍家の御前はおろか、御老中の席にさえ罷《まか》り出ることが叶わぬ低い身分でございます。これは誰が考えても当を得ませぬ。それを鳥居さまは嘆いておられるのでございます。……世間では鳥居さまのことではいろいろと風評はございますが、何と申しても林大学頭さまのご次男、学問、才能ともに出色の立派なお方でございます」

「そうであろう、そうであろう」

と、四郎太夫も素直に大きな顔をうなずかせた。

「人間は噂だけではわからぬもの、実際にその方の身辺に近づいてこそ、ほんとうの姿がわかります。先生、どうか、てまえ主人鳥居さまの今のお言葉、お心に留めてくださるようお願いします」

「いや、取るに足らぬ長崎の田舎役人を、それほどまでに思ってくださるだけでもかたじけない。帰られたら、四郎太夫、ご厚意に感銘していたと伝えてくだされ」

「わかりました、きっと伝えます」

「ところで、本庄氏。その話はもうそのくらいにして、江戸のほうはこのごろどのような具合だな？」

四郎太夫は、それとなく話題を変えた。

「さようでございますな、てまえも田舎者ゆえ、はじめて出府して、その賑やかさにおどろきましたが、しだいに馴れて参りますと、やはり郷里《くに》が何よりの都でございます。それを思うてお暇を戴き、ちょっと帰って参りました」

「それはよかった。当分、長崎に逗留なら、これからもたびたび遊びに見えられるがよい」

「ありがとう存じます。江戸は諸人の掃溜《はきだめ》とはよく申したもの。いや、もう、ただざわざわしているだけでございます」

「老中水野さまが近く寛政のご改革に則ったお触を出されるという噂はこちらにも聞こえておるが、江戸ではもうご趣意が下々に亙《わた》っておるかな?」

「その噂は江戸でもしきりと持て囃《はや》されておりますが、まだお触《ふれ》が出ても序の口のようでございます。今のところ、女物の髪飾りの贅沢品や、女髪結などのお差止めぐらいのものでございます。けれど、主人鳥居さまのお口吻《くちぶり》からみましても、これから強い御法《ごはっ》度《と》がつづいて出るようにも考えられます。その噂で、なかにはびくびくしている商売人もございます」

「そうであろうな。いや、たしかにその必要はある。贅沢な江戸の町人が金のあるにまかせてつまらぬことに浪費しているのは、この前、わたしが出府して眼のあたり見ておどろいたことだ。これからは、そのような金があれば、大砲の鋳型《いがた》をどしどし造って、異国からの攻めに備えなければならぬ。水野さまのご趣意は、わたしとしてもまことに結構だと思っている」

四郎太夫自身、ほかのことにはいっさい金を使わず、産を傾けて諸種の銃砲の原材料や火薬の購入に当たっていた。

本庄茂平次は、それからもたびたび高島四郎太夫の屋敷に赴く。

行けば、高島も会ってくれて、快く話を聞き、相槌も打ってくれる。四郎太夫は会所の勤務があるので、茂平次の訪問は夕刻になることが多い。四郎太夫は下婢《かひ》に申しつけて夕食などを出してくれた。茂平次としては、すっかり相手を手玉に取った思いであった。

こうした間にも、茂平次の観察は四郎太夫の屋敷の内外に注がれる。

地形は、長崎の港を見おろす斜面にあった。石垣で築くのは、その立地条件からだが、さながら、一つの砦《とりで》を思わせるように見えないこともない。土塀も頑丈なものだった。

屋敷の裏には、砲を造る鋳《い》工場もある。材料を保管する倉庫もある。また別の小屋には米俵がいっぱいに詰まっている。茂平次が四郎太夫に訊《き》くと、

「これは飢饉《ききん》の備えでな。なにしろ、たいせつな砲を造っている職人を倒れさせてはならぬ配慮からだ」

と、四郎太夫は答えた。

「これほどたいそうな準備をなされていると、さぞかし先生もたいへんな物いりでございましょう」

「されば、わたしの持っていた財産をすべてこれにかけている」

「さすがに秋帆先生でございますな。普通の者ではなかなかそこまでは打ち込めません。いや、たいしたことで。今さらながら先生のお人柄には頭が下がるばかりでございます」

茂平次は追従《ついしょう》を言ったが、肚《はら》の中では、せっかくの金をこんなものに使ってわが身の楽しみにもならず、ばかばかしいと思っていた。

茂平次は四郎太夫の屋敷に足しげく通っていく。四郎太夫は内心では迷惑なのだが、茂平次はそれとわかっていても気づかぬふりをしている。先方に迷惑がられようが、嫌

われようが、自分の任務だけはしとげなければならなかった。

こうしてしばらく日が経ったのち、茂平次はころ合いを計った。

「今日はとくに折り入って先生のお耳に入れたいことがございます」

と、いつもよりはかたちを改めて言った。

「ほう、何ですか？」

四郎太夫は大きな瞳を動かした。

「はい。……これは今までご遠慮して申し上げなかったのですが、近ごろ、こうしてお邪魔をしているうち、だんだん先生のご人格に打たれましたので、思い切って申し上げます」

「…………」

「ほかでもございませぬ。いつぞや申しましたように、てまえ主人鳥居さまは、先生の卓見に秘《ひそ》かに敬服しておりまする。世間では鳥居さまをだいぶ誤解しておりまして、あれは根っからの蘭学嫌いだとか、腹黒い人だとか申しておりまするが、それは鳥居さまの人物をじかに知らないからでございます」

「そうであろう。世間には、とかく他人の言葉を伝え聞いて、誤った見方をしている者が多いでな」

四郎太夫は逆らわずに聞いていた。

「まったくでございます。鳥居さまほど誤解を受けている人も少のうございますが、それも仕事ができるからでございましょう。その鳥居さまが、ぜひ先生を江戸にお呼びしてくれと言っておりました」

「わたしを江戸に？」

「この前も申し上げましたが、先生ほどの人物を長崎の地役人にしておくのは惜しい。何とか幕府砲術方田付、井上と同格に推挙したいと申しておりました。もし、先生のお気持ちにその同意がありましたら、この際、江戸にお移りになってはいかがでしょうか。てまえもそのほうが先生のおためかと存じますが」

茂平次は、四郎太夫が即座に乗ってくるものと思っていると、今まで柔和な笑《え》みをたたえていた相手の顔が、にわかに気色を変えた。

四郎太夫は、大きな眼をかっと剥《む》き、

「茂平次」

と、屹《きっ》となった。

「わたしは追従を言われるのがいちばん嫌いでな」

「……はあ」

「先ほどから聞いていると、鳥居殿の推挙で幕府砲術方に取り立てるだの、御目見《おめみえ》以上にしてやるだの言っているが、わたしはそれほどの人物ではない」

「しかし……」

「聞きなさい」

と、四郎太夫は茂平次の言葉を遮《さえぎ》った。

「もともと鳥居殿が蘭学嫌いであることは、世間の噂どおりだ。その方が、どうしてわたしを幕府砲術方に推挙なされようか。すべてはおまえのお世辞からだ」

「いいえ、決してさような」

「いや、もうこのうえ何も聞くことはない。わたしはな、この長崎の地役人で結構だ。べつに出世をしようとは思わないし、偉くなろうとも考えない。それよりも、こうして異国の船がはいってくる港を見おろす所で、国防の大砲造りを工夫していればいいのだ。……茂平次」

「は」

「今後、わたしのもとに出入りするでないぞ」

四郎太夫は、いつになく声に怒気を含ませていた。

「何を言いやがる」

と、茂平次は四郎太夫の屋敷を出ると唾を吐いた。

たかが少しばかり大砲の造り方を知っているからといって、あの高慢ちきはどうだ。あいつは、鳥居にまだ恨みを持っているから、あんなことを言っているのだ。心では幕府砲術方になりたくて仕方がないのに、鳥居が憎いばかりに反対ごとを言っているのだ。

それだけでなく、頭ごなしにおれを叱るとは何ごとだ。野郎、覚えておれ。この茂平次を昔の茂平次だと思っていると、とんでもない間違いだ。鳥居の家来となったこの茂平次が何をする男か、今に見ておれ、と思った。

四郎太夫がその気なら、こっちにも覚悟がある。なにもあいつの所にぺこぺこ頭を下げていくことはない。耀蔵から言いつかったことは他の方法でも仕上げられるのだ。


――

それには、四郎太夫を妬《ねた》んでいる町年寄福田九郎兵衛《ふくだくろべえ》のところに行って、彼に近づくのがいちばんの工夫であろう、とすぐに思いついた。

福田九郎兵衛は、もともと高島とは同格の長崎町年寄の一人だった。彼は四郎太夫よりも年長者であり、その上座を占めていたが、四郎太夫が諸組与力格に進み、さらに江戸表に呼ばれて砲術の面目を施して帰って以来、位置が転倒してしまった。四郎太夫の格が上がったことは、それだけ九郎兵衛の格が下がったことになって、四郎太夫に対する長崎じゅうの人気も江戸での好成績が原因となっている。

ことに四郎太夫が老中水野越前守から賞詞と褒美《ほうび》を貰《もら》ってからは、九郎兵衛の妬心《としん》は憎しみに変わっている。

もともと、九郎兵衛は相役のころから四郎太夫を快く思っていなかった。彼から見ると、高島は異人から受け売りの砲術などで新しいところを見せようとするおっちょこちょいとしか思えない。それで、四郎太夫とは会所で顔が合っても、道で擦《す》れ違っても、九郎兵衛のほうから面《おもて》を背《そむ》けて知らぬふりをしている。

四郎太夫がものを言いかけてきても黙っているし、会所では、ことさらに四郎太夫を無視する態度に出ていた。

こうなると部下の役人のほうも二つに分かれ、九郎兵衛派と四郎太夫派との暗黙の抗争にまで発展している。長崎の人たちは、九郎兵衛と四郎太夫の喧嘩だからシロクロ喧嘩だと陰口していた。

茂平次の最初の企《たくら》みとしては、四郎太夫を煽《おだ》てて彼に近づき、その一つ一つの内情を調べあげ、江戸に帰って鳥居耀蔵に報告するつもりであった。が、四郎太夫に峻拒《しゅんきょ》された今はこの計画が挫折した。

あとは、反対派の九郎兵衛のほうに飛び込み、逆の方向から探るほかはない。反対派だから、これは悪い材料ならいくらでも出してくれそうだった。

「何をそんなに考えておられます？」

と、酒の酌《しゃく》をしてくれている敵娼《あいかた》がはなやかな顔をかしげて訊く。万波楼《ばんばろう》という青楼《じょろや》だった。

「江戸に残されたおかみさんが恋しゅうなったのかえ？」

「なんの」

と、思案からさめた茂平次が笑った。

「おまえのようないい女を前にしては、女房なんざ、おぼえていようと思っても忘れてしまう」

「おまえも江戸に行っとらす間に、口の巧《うま》かごとなったねえ」

女はわざと長崎訛で言った。ここの生まれで、源氏名は玉蝶というが、派手な顔で、容貌《きりよう》も悪くはない。閨《ねや》もいい。

茂平次にとっては、この丸山遊廓はまるでわが古巣に戻ったようなものだった。もともと蘭人の荷をごまかしたのも、丸山通いの遊興費に窮したからである。

この丸山の場所と高島四郎太夫の屋敷のある所とは地つづきで、何かといえば、つい高島のことが頭に泛《うか》ぶ。

耀蔵は、何としてでも高島を江戸にしょっ引いてくるような証拠を探ってこいとほのめかした。その証拠を収集するために四郎太夫の内懐《うちふところ》に飛び込む最初の策略こそ失敗《しくじ》ったが、なに、反高島派の九郎兵衛を動かせば同じことだろうと気持ちを変えている。

「夜も遅くなったようだし、そろそろお引けにしましょうよ」

と、女は言った。

「そうだな、おまえの顔ば見て酒を呑んどるうちに、思わず時刻《とき》を過ごしたようだ。そんなら床入りとしようか」

茂平次は部屋から出て手洗いに行く。玉蝶がついて来ようとするのを、勝手がわかっているからと言って止めた。

大きな家で、厠《かわや》までは階下に降りて長い廊下を歩かねばならなかった。各部屋が仕切りになっていて、廊下に洩れている灯《あかり》もあれば、とっくに暗くなっている部屋もある。行違いに女郎の寝乱れ姿にあったり、遣手《やりて》婆アに頭を下げられたりする。かと思うと、日本人に化けた唐人の客と擦れ違ったりした。

前の家からはまだ三味線の騒ぎが聞こえているが、厠の櫺子窓《れんじまど》から見ると、よその青楼の屋根の向こうに芝居小屋の端がうすぼんやりと見えていた。

丸山遊廓は、文禄のころ、筑前博多の者が集まって、今博多町《いまはかたまち》、古町、桶屋町の三町の間の地を開いて家を造り、多くの遊女を抱えて、南蛮人などの遊び場としたのが始まりだといわれている。その後寛永年間に幕命でこの地に移され、異国人の慰み場にもなった。

俳人支考《しこう》の句に「草花の名に旅ねせむ禿《かむろ》ども」とあり、去来も「いなづまやどの傾城《けいせい》とかりまくら」と遺《のこ》している。この遊廓は、町からはいるには入口に橋が架《か》かっていて、これを思案橋《しあんばし》と言った。思案橋は、暹羅《シャム》橋が訛《なま》ったものといい、また遊女街に入るのを嫖客《ひょうきゃく》が思案するのでこの名前があるともいわれている。長崎に遊ぶ者は、必ずここに登楼して異国気分の情緒に浸《ひた》った。

——茂平次が厠を出て手水《ちょうず》を使っていると、うしろのほうに誰やらが立っている気配がする。はっとして振り向くと家の柱が暗い中にうす白く映っているだけであった。

何だ、と思って、柄杓《ひしゃく》を手水鉢《ちょうずばち》の上に返す。上から手拭きがだらりと下がっている。それに手をかけながら、暗い庭を見るともなく眼をやると、白い人間のかたちがぼんやりと立っている。はっとなったとたんに、身体が痺れた。

茂平次は息をつめて、白いものを見つめている。心で、題目を唱え、負けてなるか、と気力をこめていると、闇の中の白いものが、すうっと石灯籠のかたちに戻ってきた。

茂平次は、長廊下を帰ってきたが、うしろから水をかけられたような心持ちになった。

「どうしなさったかえ、おまえさん」

と、玉蝶が部屋に戻ってきた茂平次を見上げて言った。

「顔色が蒼《あお》いわ」

茂平次の胸がまだ騒いでいた。

「うむ、ちかと気分の悪うなっての」

「そりゃ、困りました。酒の呑みすぎでしょう。早く寝たほうがいいでしょう」

「うむ」

茂平次は低い屛風《びようぶ》をたて回した夜具の中にはいった。

玉蝶が湯呑みに水をくんできて、紙の上に黒い丸薬を三つ載せた。

「何だ、この鼻糞《はなくそ》みたいなのは？」

「唐人《とうじん》からもらった薬ですから効きます」

女の親切に、茂平次は飲み下したが、苦い味だった。

「唐人の薬より、おまえの肌にくるまったほうが効きそうだ。早う横に来てくれ」

茂平次はぐずぐずしている女の足をつかんで傍にひきずり入れた。さっきの怯《おび》えを女の身体で忘れたかった。

――それから夢を見た。

血だらけになった男が、この青楼の表からはいってきている。肩先から真っ赤になっている井上伝兵衛だが、店先の遣手の婆アも、格子の中の女も、けろりとして彼を見ている。婆アは、しきりと伝兵衛の手をとって引っ張り上げようとしている。

あの血がほかの者には見えないのか、と茂平次は不思議に思っている。仲居が三人くらい出てきて笑いながら伝兵衛を二階に押し上げていた。奇妙に仲居の着物には伝兵衛の肩から流れている血がつかぬ。

茂平次の位置はというと、その梯子段の上から見おろしているようであった。伝兵衛は下から茂平次を睨《にら》みあげている。婆アや仲居が伝兵衛の腰を押しているが、伝兵衛の足もとはふらふらして、眼だけがこっちを向いていた。女郎屋に上がる客ではない。寒くなったのに、まだ浴衣を着ている。

そいつは、死人だ、縁起でもない、と茂平次は女たちに言い聞かせるが、彼女らの耳にはいらないようである。やはり笑いながら、死人の手足をとって二階に押し上げている。

茂平次は二階の廊下を退《すざ》った。すると、伝兵衛は、ひょいと立ち直ると、しっかりした足どりで梯子段を踏み進んでくる。女たちはあとに残されていた。伝兵衛の眼が黒くなっていて、その中から一点だけ光がある。元結《もとゆい》が切れて髪が肩に乱れ落ちていた。へん、たいそうな格好をするな、と茂平次は悪態をついて遁《に》げる。そのうち、茂平次自身の眼が昏《くら》くなったのは、うしろから迫った伝兵衛の身体が頭上からふわりと掩《おお》いかぶさったからだ。重力がないかわり、相手の着物ばかり粘りついてくる。……

「おまえさん」

と、女が揺り動かした。茂平次が眼をあけると、女の白い顔がうす暗いなかに間近に浮いていた。

「うむ」

「たいそう、うなされていなさったが、どうかしましたかえ？」

「いや、なんでもない」

「まあ、たいそうな汗」

と、女は手拭で茂平次の胸のあたりを拭いてくれた。

「宵に気分が悪いと言われてたから、心配してましたよ」

「なに、たいしたことはなか」

茂平次はまだ夢見心地だったが、

「水はなかかの？」

「はい、今お湯《ぶ》を入れます」

女が床から抜けて長火鉢のほうへいざり寄っていた。

「煙管《きせる》を取ってくれ」

茂平次は女の吸いつけ煙草《たばこ》を腹這《はらば》いになって吸っていたが、今ごろになって伝兵衛の夢を見るのは不思議だと思った。これまで一度も見たことがなかったのだ。

ちらりと悪い予感がしたのは、江戸で何か変わったことでも起こっているのではないかという懸念だったが、いやいや、たいしたこともあるまい、おれには鳥居耀蔵がついている、化物ならこっちのほうだと、気を強く持った。

伝兵衛の亡霊め、出るなら出てみろ。負けるものかい。――

茂平次は、翌《あく》る日から福田九郎兵衛のもとに走った。

ここでは高島四郎太夫のことを悪し態《あざま》に罵《ののし》った。九郎兵衛は、わが意を得たようにいちいちそれにうなずき、うれしそうに聞いている。

「四郎太夫めは、近ごろ逆上《のぼ》せている」

と、九郎兵衛は言った。

「あいつにとっては、このわしが目の上の瘤《こぶ》のごと見えるけん、なんのかんのと言うてわしに手を差し伸べとるばってん、あげえな男はどぎゃん言うてきてもこっちで相手にしとらん。あいつは油断のならん男じゃ。おまえが鳥居さまに知らせる材料くらい、わしはいっぱい持っとるばい」

茂平次は四郎太夫に言ったとおりに、九郎兵衛にも自分の口一つで耀蔵におまえさまを推挙できるから、心を合わせてほしいと述べた。

「そんなら、茂平次、よかごと頼み申《も》すぞ」

と、九郎兵衛は手放しに喜んでいる。これこそ怪談であった。

こうして茂平次は長崎に滞在して、もっぱら四郎太夫の讒訴《ざんそ》の材料を収集したが、そのうちいつしか年が暮れ、明くれば天保十三年となった。

壬寅《じんいん》の大奥

天保十三年、壬寅《みずえのとら》の歳が明けた。

家慶《いえよし》夫人喬子《たかこ》は、元旦の朝七ツ（午前四時）に眼を醒《さ》ました。中臈《ちゅうろう》の手伝いで、黒塗金御紋散らしの盥《たらい》で手水《ちょうず》を使い、鉄漿《かね》をつけ、次にお化粧にかかる。霜の夜はまだ明けやらず、お城の中でも寒気が漲《みなぎ》っている。

御台所《みだいどころ》の髪は寝梳《ねずき》で、化粧が済んだのちに結い上げるが、正月三ガ日はふだんと違っておすべらかしであった。お下げ髪にして前髪を取り、鬢《びん》を出したところを膏《あぶら》で塗り固める。あとは髢《かもじ》を継ぎ足してうしろに下げ、その継ぎ目を紙で束ねるが、この手伝いに中臈二人がかかりきりであった。

まだ将軍家に御慶《ぎょけい》が済んでいないので、中臈からも、夫人からも新年の挨拶はない。夫人は、装束をつけるまでは寝巻のままだが、この寝巻の下は白羽二重《しろはぶたえ》、上衣は八丈、縞縮緬《しまちりめん》の類、色は紫、萌黄《もえぎ》、帯は縮緬物で、うしろを「や」の字に結んでいる。これが、装束着用の段になって単《ひとえ》、五ツ衣《ぎぬ》、打衣《うちぎぬ》、表着、唐衣《からぎぬ》、裳《も》を着する。

単は五ツ衣の下着で、色は紅《もみ》、模様は幸菱《さいわいびし》。

五ツ衣は裏が紅の平絹で、袖口襟裾《そでぐちえりすそ》等すべて周りにうすく綿を入れてある。地は唐織物となっている。

打衣は地が紅の綾で、裏は紅の平絹、丈《たけ》、袖幅とも五ツ衣より少し短めにし、模様はすべて繋ぎとなっている。

表着は地が二重織物で、模様は牡丹《ぼたん》。裏は紅の平絹で、三ツ葉葵《あおい》の紋が付いている。袖丈とも打衣より少し短い。

唐衣は青二重織地で、模様は亀甲《きっこう》。髪置の所に白練の絹を付けてある。

裳は織物で、糸の縫模様があり、裏は綾になっている。

こうしたいでたちで緋の袴《はかま》を穿《は》き、檜扇《ひおうぎ》を把《と》ると、とんと百人一首の歌留多《かるた》から脱け出たような姿となった。

喬子夫人はもともと京都の有栖川宮幟仁親王《ありすがわのみやたかひと》の姫で楽宮《ささのみや》といわれた人だから、こういう衣裳がぴったりであった。

この装束が終わると、中﨟が御座の間へ注連《しめ》飾りをした白木造りの盥と湯桶とを備えて案内をした。着座をすると、同じく中﨟が湯桶を取り上げたが、濛々《もうもう》とした白い湯気が温かそうに立ち昇った。

ここで御台所は「君が代は千代に八千代にさざれ石の……」と唱えて、両手を額際《ひたいぎわ》まで上げ礼拝をした。これで元朝の御清めの式が終わったのである。

それから、御錠口番に表へ出御《しゆつぎよ》の案内をさせた。御座の間の下にすすんで控えていると、やがて警蹕《けいひつ》の声があって、家慶が熨斗目《のしめ》長裃ではいってきた。彼も今朝は髪をとくに入念に結わせている。

家慶が着座すると、御台所もその横に褥《しとね》を並べてすわった。まず、家慶から御台所に顔を向けて、

「新年めでとうござる。いくひさしく」

と述べた。

家慶はこの朝、ちょうど五十歳になったばかりだった。

御台所は手を支《つか》えて頭を下げ、眼を将軍のほうに向けて、

「新年のご祝儀まことにおめでとう申し上げます。相変わりませず」

と、お祝いの言葉を言った。

この御座の間は六つの間《ま》で成り、上段、下段、二の間各十八畳、三の間二十二畳以上みな高麗べりの畳が敷かれ、大溜《おおだま》りは三十畳もある。ここで諸大名の謁見《えつけん》が行なわれるのだが、上段、下段の張付は極彩色聖賢の像、小壁には山中の景色、西の方の小壁は四季の山、雪、山水等が描かれていた。

三の間は道中の絵があり、上は格天井《ごうてんじょう》になっていて、四季の花卉《かき》が描かれている。その金銀の彩色は眩《まばゆ》いばかりで、のちに京都から下った千種《ちぐさ》という公卿《くげ》が初めて千代田城にはいり、

「まるで門徒宗の仏壇を見るようだ」

と評したくらいだった。

家慶は、今朝はことさらに機嫌がいい。去年までは隠居の家斉《いえなり》が生きていて頭を抑《おさ》えられたが(家斉は天保十二年閏正月晦日死去)、今年からは誰に遠慮もない名実ともに天下の将軍家だ。晴れ晴れとした顔つきも無理はなかった。

やがて、右大将家定が年寄の介添《かいぞえ》ではいってきた。そのうしろにお清《きよ》の中﨟がつづくが、その中にたにの方の顔があった。中﨟の数は総勢五名。

家定は上段の間から一間ばかり退った所ですわったが、その拍子に身体が倒れそうになった。介添のたにの方があわててうしろから背中を支える。

病弱の家定は顔面が蒼白《あおじろ》く、指先が小さく震えている。それでも将軍夫婦に向かって挨拶をした。このときの家定も熨斗目長裃であった。

「新年のご祝儀おめでたく申し上げます。相変わりませず」

と、家定は聞き取れぬ低い声で祝詞《しゅくし》を述べた。

家定は今朝、十九歳になった。

最前から御台所は家定の身体をじっと見守っている。家定は頭ばかり大きくて、胴と手足が萎《な》えたように細い。一種の奇形児的体軀だった。

家定は、家慶の実子ではなく弟である。すなわち、前将軍家斉の子で、家慶に子どもが育たないため、これを後継ぎとしたのだった。

家慶には妻妾の腹を合わせて十六人の子が設けられたが、いずれも血荒《ちあれ》（流産）となるか、生まれてもせいぜい一年ぐらいで、早いのは二日ぐらいで死んだ。その次第は以前に書いたとおりだ。

「そもそも、家慶公の公子女多く早世なされければ、奥向きには神仏崇信のあまり、さまざまな迷信行なわるる習いなれど、下ざまには子育てとて貰い子を育つ習わしあり、公方さまもかく遊ばされるならば、その功徳《くどく》によりて公子女の生育もあるべし」とは、朝比奈甲斐守昌寿《あさひなかいのかみまさとし》という家慶の御小納戸頭取が書いたものである。

家定の年頭祝儀が終わると、今度は三家三卿の親類筋が御座の間にはいってきて一列に並び、御慶を述べた。次に一同いっしょに仏壇を拝するのだが、この仏壇は十壇あって、紅葉山御霊屋《みたまや》の位牌以下先祖代々の位牌が順々に安置されてある。供物は白木の膳に注連《しめ》飾りを付けて盛られた。

家慶夫婦は一壇上がって礼拝し、それが済むと元の座へ帰った。それを見届けた中﨟が若水を銀盤に入れて差し上げるのを、将軍夫婦はともに恵方《えほう》に向かって少しばかり口をつけた。

次に屠蘇《とそ》の献酬《けんしゅう》が、家定はじめ三家三卿の間で行なわれたが、宴席には飾餅と盛物が置かれている。飾餅は厚さ二寸ばかりの熨斗餅白五枚、赤五枚、大小都合十枚を階段状に重ねる。それを白木の三方へ引合わせと裏白とを敷いた上に積み上げ、中央に三階《さんがい》松《まつ》と梅とを水引で結んで立てて置く。餅台の四方には榧《かや》、勝栗、橙《だいだい》等を飾ることは庶民の家と変わりはない。

盛物というのは、丸餅二つ、菱餅三つを別々に重ねて白木の三方に積み、これに同じように縁起物を置き、昆布二枚を紙に包み、水引を掛けて添える。

宴会の膳は、口祝いの台（藁七筋、熨斗昆布、梅干、数の子、勝栗、ゆずり葉、南天の葉といったもの）、十二組の菓子、鳥の吸物が出る。

一番、二番、本膳から五の膳までついて、いずれも白木の三方に載せられて、中﨟によって次の間から逐次運び出された。

将軍と御台所とは並んですわっているが、酌人は年寄二人、配膳に向かって対座し、中﨟が傍らから酌を取った。その他御前詰、お小姓、若年寄等が合わせて四、五人ぐらい居並んで給仕をする。こうして屠蘇三献《こん》、次に白散《びやくさん》三献、次にお雑煮三椀を食べ終わったが、杯盤や肴等を撤すると、すぐに本膳にかかる。

これだけのことを行なうのだから、元朝の食膳もかなり長い時間がかかった。

家定はまだ箸がまともに使えなかった。これは幾度教えても器用にいかず、幼児のようにわし摑《づか》みであった。それで、この長いフルコースの間も吸物の汁をこぼし、雑煮の中にはいった大根、牛蒡《ごぼう》を取り落とし、本膳の焼物（魚）も粉のようにばらばら膝の上に撒《ま》いた。

それを介添の者が進んで拾い上げたり、汚れた袴の膝を拭《ぬぐ》ったりするから、家慶も夫人も顔をしかめていた。

二の膳は海老、貝類、それにくらげ、魚汁等。三の膳は鮒《ふな》、みずあえ、つぼ煮、雁汁。四《よ》の膳は刺身、あつめ汁。五の膳が魚のすき焼、汁といった具合で、いずれも箸でつつくのに厄介なしろものばかりだ。そこで、中臈たにが家定の片方に侍《はべ》って、ばらばらと落ちる屑や汁をいちいち始末した。見ている家慶はついには情けなそうな顔をした。その表情がわかるから、三家三卿の人々も気の毒がって、つい、下を向いた。

ようやく本膳も済んで、ここで元旦の供膳がまったく終わった。家慶はいったん奥へはいり、御台所もそれにつづいた。それを見すまして家定はやっと起《た》ち上がり、西の丸に帰りかけるのだが、長袴が邪魔をして、それでなくとも頼りなげな脚がよけいに縺《もつ》れた。西の丸の中臈、年寄がこれを両方から支えて歩かせた。

このとき、西の丸の一行は、大廊下を老中どもが歩いてくるのに出会った。これから将軍家に新年の御慶を申し上げるためだが、先頭が水野越前守忠邦だった。そのあとに土井大炊頭利位《としつら》、堀田備中守正睦《まさよし》、真田信濃守幸貫などがつづいている。なお、前年の正月と変わっていることは、太田備後守資始《すけとも》が退隠し、脇坂淡路守安董《やすただ》が死亡していることだ。

水野はじめ一同は、いずれも束帯で、家定の通行を待って大廊下の傍らに居並んで平伏した。

家定に従《つ》いている年寄、中臈などは、水野越前の平伏姿にじろりと眼をくれた。ことに中臈たになどは憎悪の表情を露骨《あらわ》に出している。ものを言いたげだが、それもできないので唇《くちびる》を曲げていた。しかし、やがて、それがかすかなほほえみに変わったのである。

老中は、将軍家に謁見のあと西の丸に回って右大将に面謁し、同じく新年の賀を述べることになっていた。

たには、その機会を改めて待っているような顔色だった。

頭を下げている老中どもの前を、衣《きぬ》ずれの音がさらさらと通り過ぎる。この日の女中はいずれも裲襠《かいどり》で、上衣の地は縮緬だから、磨きこんだ廊下を摺《す》れる音が春の野草の上を渡る微風のように聞こえた。

見送ったあと、先頭の忠邦から膝を起こした。

忠邦はちらりと一行の去った方角に眼を投げたが、そのまま側用人堀大和守の先導に促《うなが》されて袴を曳《ひ》きずった。

一同は三の間にはいって平伏する。このときはすでに三家三卿とも退出して姿がなかった。この日の大名登城は三家のほかは譜代大名に限られていた。

ふたたび家慶夫婦の出座があった。一同平伏しているなかに、水野越前が筆頭老中としてわずかに膝を動かしたが、にじり寄る格好だけで、実は少しも前に進まない。

「元旦に当たりまして上さまにはますますご健勝にわたらせられ、恐悦至極に存じあげます。まことに泰平の御代、ご威光によって四海波静かな御代の春を迎えまして謹んで御慶を申し上げまする」

といったようなことを述べる。

これに対して家慶から、一同にもまことにめでたい、という意味の応えがある。それから中臈の手でそれぞれの前に屠蘇の杯が下された。

これは儀式だから無言のうちに行なわれ、やがて一同平伏の上で将軍夫婦の退座となるが、このとき、家慶が側用人堀大和守に何やら耳うちをした。

すると、堀が、つ、つつつ、と忠邦の横に来てぴたりとすわった。忠邦と堀とは親類筋だ。忠邦の妹が堀の内室となっている。

忠邦がうなずいて、彼だけが前に進んだ。

元朝の儀式の席としては異例のことだった。

「越前」

家慶が呼んだ。

「近う来い」

忠邦は、御座の黒塗、金梨子地《きんなしじ》、紋散らしの框《かまち》の前に進んで平伏したが、それでもまだ距離があった。家慶は褥《しとね》の上から身体を乗り出すようにして忠邦のほうに傾き、

「右大将も今年で十九歳となった。あれのことはしかと頼んだぞ」

と言った。

「は」

忠邦は低頭した。

「恐れ入りましてございまする。忠邦、身をなげうってでも右大将さまをご傅育《ふいく》申し上げるつもりにございます」

家慶は先ほどの家定の様子を見て、急にあとのことが心配になったらしい。己れもすでに今年で五十歳、彼も病気がちで、身体も丈夫とは思えない。元旦だが、急に先のことが心細くなったようだった。

「右大将は見てのとおり、生来虚弱であるから、なんとのう心もとない。だが、あれはあれなりに素直な性根にできている。そちたちの力を借りれば、まず、じょうずに天下が治められると思う」

元朝の席での挨拶ではなかった。よほどさっきの家定の姿が心を打ったとみえた。

家慶が言うとおり、家定は素直なことこのうえもなかった。伊藤宗益《そうえき》という奥医者の書いたものに家定の人物評がある。

「右大将さまは、ことのほかご病身、生まれつきも賢明とは申し上げかねる。しかしながら、当上さまと異《ちが》い、人の申すことを守るお方ゆえ、ご両人を比べると右大将さまが扱いよいともいえる」

忠邦は、この席で将軍から家定の行く末を頼まれ、感激して顔をあげた。その眼が、つい御台所喬子の眼と合った。

すると、御台所の眼は、これまた、陶器のように冷たく澄んでいる。忠邦ははっとなった。御台所は彼の視線をすいとはずすと、鴨居に打った三ツ葉葵の金具に眼を止まらせた。

忠邦の視線は、御台所のうしろに控えている老女筆頭の姉小路、中﨟三保野の顔に流れた。これは視線の行方が戸惑ったために、自然とそちらへ向いたわけである。

姉小路も、三保野も忠邦に見られたが、つんと澄まして、やはりあらぬ方に眼を逸《そ》らした。

姉小路は御台所に従いて京都から下った女で、公卿の息女《むすめ》である。三保野は旗本の女から上がったものだが、その美しい顔は本丸奥向き二百五十人の女中たちを圧していた。

忠邦は、はっとなった。

御台所の表情は、明らかに家慶が家定を気遣うことへの不満の現われであった。そこはわが子と違って夫の弟だから、他人と同様である。それに、自分の生んだ子が次々と早世するので、夫が家定のことをたいそう気にかけていると、女として普通でない感情になりやすい。

喬子は文化十年に竹千代を生んで早世させている。

御台所につづく姉小路も、三保野も将軍家の言葉が気に入らない。のみならず、家慶の言葉を簡単に請け合った忠邦に冷たい顔をするのは、もとより御台所と表裏一体の心理だが、そのほか西の丸女中たちへの反感があったからである。上さまが家定をたいせつにすることは西の丸女中を増長させる、と解釈しているのだ。

忠邦の額にうすい汗が滲《にじ》んだ。

大奥の操縦がどのようにむずかしいかは、彼自身が最もよく知っていた。歴代の老中がそのためにどのように苦心し、かつ失敗を重ねてきたかわからない。

権勢並びない老中でも、その任免権は将軍の手に握られている。その将軍の心を動かすのがとかく大奥の告げ口だから、老中も、まず自己の地位を安泰にさせるためには、大奥の気受けをよくしていなければならなかった。

今の場合、本丸と西の丸とに千代田城の奥向きが分裂しているから、忠邦にとっても厄介なことであった。

　ことに本丸では、老女姉小路と中臈三保野とが絶大な勢力を持っている。この二人に睨《にら》まれると、ことは本丸大奥全体を敵に回すようなものだ。忠邦は、御台所はじめ、この両女の冷たい表情に心を閉ざした。

　将軍家は御台所といっしょに御座の間を退座した。つづいて両方にお付きの女中たちが裲襠《かいどり》の前裾をさばいてうしろに従った。

　畳の上で黙ってそれを見送っていた忠邦が憂鬱な顔になった。


　家慶夫人喬子は、着更《きが》えのために休息の間（居間）に向かっていた。

　元旦の御台所は衣裳を五度着更えることになっている。最初の上衣は白綸子《しろりんず》、間衣《あいぎぬ》は緋《ひ》綸子、裲襠は白綸子に縫模様のあるものだ。帯は宝尽くしなどの模様に縫のあるものを用いた。二回目の上衣は紋縮緬《もんちりめん》または紫浅葱《あさぎ》色などで総縫になっている。間衣は緋綸子の二つ着であった。三度目からは、これが模様物になって縫無し。

　それで、元旦から三ガ日の間は、御台所は眼が醒めてから、装束、礼式、五度の着更えなどで多忙をきわめ、一日じゅう閑《ひま》がない。

　その御台所が二度目の着更えに休息の間に戻りかけたが、何か気がかりげな様子で脚が躊躇《ためら》った。忙しい着更えが待っているのに、どうも脚が速くならない。うしろに従っていた老女の姉小路が長い間の主従関係で、これはと感じるものがあり、御台所の横に頭《かしら》を下げながら並んだ。

「何かお気がかりなことでも？」

と、姉小路は小声で訊《き》いた。

御台所はすぐには返事をせず、迷うような顔色でいたが、やがて、

「越前はもう退出しましたか？」

と訊いた。

それがべつに越前に用があるという口吻《くちぶり》でもなく、まだ何となく彼のことが気持ちにひっかかっているといった様子だった。

姉小路はちらりと眼で御台所の顔をすくい上げて、

「まだ、残っているかと存じます。様子を見せにやらせましょう」

と言った。

それでも夫人は、そうせよともするなとも言わない。返事を与えないまま、今度は普通の足取りになって休息の間のほうへまっすぐに向かった。御台所と姉小路とは、そ

れだけで意思が通じ合う間柄であった。

姉小路は、御台所が家慶に縁付くとき、京都から連れてきただけに、二人の呼吸はぴったりと合っている。御台所が眼を動かせば、姉小路は早くもその心を悟って、何も言われない先に彼女の欲するところを行なうといった精神の密着ぶりである。

姉小路は、その場に膝をついて御台所を見送ると、すぐにお坊主を呼び、水野越前のところにやらせた。奥向きにいるお坊主は、表と違って頭をまるめた女性である。

越前は、御座の間にまだ残っていて、ほかの老中の立ったあと、しばらくしてから、いま膝を起こしかけたところだった。

お坊主は彼のうしろに畏《かしこま》った。

「越前守さまに申し上げます。ただ今、年寄姉小路さまがお目通りなされたいとのことでございます」

「姉小路殿が？」

水野忠邦は、さいぜんの場面を忘れていない。のみならず、それが苦になっているときだった。家慶から家定のことを頼まれたとたん、御台所の顔色が変わり、つづく姉小路、三保野といった年寄、中藹たちが露骨に彼に嫌な顔を見せたのだ。

これは、忠邦のほうから姉小路に了解を求めたいと思っていた矢先だった。お坊主のあとから歩きながら、忠邦は先方から声をかけてきたのは幸いだと考えた。このぶんなら、心配はなさそうである。もし、先方が不興なら、会いたいなどと言ってはこぬはずだ。

もっとも、姉小路の面会の用事というのが、将軍家の右大将大切の言葉に関連があることは確かである。まさか将軍家に文句をつけるわけにはいかないから、それを請け合った忠邦に苦情を言おうというのであろう。

それなら、忠邦としては百方陳弁につとめるつもりだった。相手が相手だ。彼の心はすでに降参をしていた。

御広敷《おひろしき》に案内されて、忠邦はお坊主の持ってきた茶を静かに喫《の》んでいた。御広敷は、奥向きの者が表の役人と面会する場所になっている。大奥は将軍以外絶対に男子がはいれないから、面会の用事があれば、ここを使うことになっている。

やがて、老女の姉小路がはいってきた。随行の女中たちは、西隣りの御納戸《おなんど》のうしろの溜りに控えている。

大奥の年寄と、表の老中とは身分が同格になっていた。だが、絶えず大奥に気を配らなければならない老中としては、年寄と会うと自然と遠慮がちになる。

年寄は大奥第一の重役で、威権他を圧している。御台所を介添して万事を取りしきるのだが、三家のご簾中《れんちゅう》に対しても、頭を畳につけることがなかった。年寄の意思が、大奥全体を支配するから、老中には怕《こわ》い相手である。

ことに、今の忠邦は、さっきの問題があるから、よけいに気を遣わなければならない。

「これは、姉小路殿、新年明けましておめでとうございます。今後ともよろしく」

忠邦のほうから挨拶した。

姉小路はこのとき三十五、六歳で、公卿《くげ》の出だけに色が白く、優雅な顔立ちをしている。それに、男を知らぬ身体は、年齢《とし》よりも十近くは若く見せていた。年寄は日々、詰所に端座し、煙草盆《たばこぼん》を前に控えて、御用のほかは少しも身を動かすことはない。私室では五、六人の女中を使い、縦のものを横にもしない暮らしだから、よけいに若やぐ。それに、入念な化粧と着物の飾りとで美麗な威厳が付く。今日は元旦のことでさらに絢爛《けんらん》たる裲襠を羽織っていた。

「これは、越前殿」

と、姉小路は口もとに上品な微笑を漂《ただよ》わせて呼びかけた。眼も細めているが、その眸《ひとみ》の中にきらりと光るものがあり、いかにも意地を持っているように見える。微笑もどことなく皮肉めいていた。

同格だから、姉小路も「越前さま」とか「御老中」などとは呼びはしない。

彼女は忠邦の挨拶を受けて、

「先ほどは、上さまのお供でちらりとおまえさまのお顔を見ましたが、あの席では挨拶もならず、ただ今、初めて御慶を申し述べます。おまえさまもおめでとう存じます。今後ともいくひさしゅう」

鼈甲《べっこう》造りの笄《こうがい》、花簪《はなかんざし》、銀造りの平打簪をのせたかたはずしの重い髪をうなずかせたが、彼女の様子には、どことなく胸に一物持っているような硬さがあった。

忠邦は、つとめて和やかな様子を見せようとした。先方がどう出ようと、こちらからは虚心坦懐に接近しようと考えていた。ただ、かたちばかり下手《したて》に出ても、相手が利口な女だけに気持ちは和《なご》むまい。何よりもこちらで親近感を見せるのが第一だと思っていた。

忠邦は、用件にはいる前の雑談に移った。泰平の御代にめでたい元旦を迎えて、これほど結構なことはない、というような当たりまえの話から、当たりさわりのない世間話まで、絶えず姉小路の顔に笑顔を向けた。そのうち、彼女のほうから用事を切り出すはずだ。あのことにふれたら、今度は百方陳弁するつもりでいた。

あの場合、将軍家からとくに頼まれたのだから、臣下として嫌と言えるはずはない。かたちだけでも委細承知とお受けするほかはないではないか。これに文句を付けるのがだいたい理屈に合わぬが、女の感情はまた別ものである。

問題が微妙なだけに、忠邦も姉小路が切り出すのを待っているほかはなかった。彼は姉小路の様子をそれとなくじっと窺《うかが》っていた。

しかし、姉小路は忠邦の世間話にただ柔和なほほえみを泛《うか》べてうなずくだけで、べつに自分から話をしかけるでもない。といって、彼をここに呼んだ用件をすぐに持ち出すでもなかった。忠邦は、それが相手の小狡《こずる》い策略とはわかりながらも、しだいに焦《じ》れてきた。

「そこで、越前殿、おまえさまをお呼びしたのはほかでもありませぬ」

と、やっと姉小路が忠邦の顔色を読んだように言い出した。

来たな、と忠邦が緊張していると、

「日ごろから、おまえさまの忠勤ぶりは、御台所さまも深くご満悦でいられます。外からは異国の船がはいってくるようなむずかしい世の中になって、気苦労なことですが、ここはおまえさまにいつまでも達者でお役を勤めていただかなければなりませぬ」

忠邦は、あっ、と思った。風向きが違う。

「まことに不敏でお役には立ちませぬが、てまえ身に代えて懸命にご奉公する覚悟でございます」

仕方がないから、そう公式に答えた。

すると、姉小路は満面に艶のある笑みを泛べ、

「わたくしからもそのようにお願いいたします。……ところで、今後もおまえさまのご忠勤を願ううえからも、今日は元旦でございますから、わたくしの気持ちで屠蘇《とそ》など差し上げとう存じます。一献《こん》受けてくださいまし」

「はあ」

と言ったが、忠邦は戸惑《とまど》った。さぞかし嫌みな文句を言われるだろうと覚悟していた矢先に、相手は彼を賞めあげたうえ、調子よく酒まですすめるのだ。

これでは辞退もできぬ。もし断わると感情を害しそうである。せっかく、安心しかけたところだった。

「ありがとう存じます。姉小路さまのお屠蘇とあれば、わたくしも喜んでご接待にあずかります」

「これよ」

と、姉小路がうしろに声をかけると、納戸のうしろ溜りから、表使、御三の間などの女中が四、五人、内朱塗、外黒塗の懸盤を捧げて、忠邦の前に置いた。いずれも結構な正月料理である。

御三の間の女中が松竹梅を奉書に包んで水引で結んだ金銅の提《さ》げ銚子を抱えた。

これは、と越前は戸惑ったが、屠蘇だけと言うので、簡単な一献で済むかと思ったら、これはかなり本式だった。さきほど将軍家の前で一とおり戴いたあとなので、およそ腹にははいっている。

だが、断わりもできず、朱の杯を取り上げると、御三の間が調子よく酒をいっぱいに注いだ。

奥向きの女中での御三の間の役は、遊芸ごとを嗜《たしな》む者が多かった。表使のほうは、奥向きと御広敷役人との連絡に当たる外交のような仕事だから、これも如才《じょさい》のない様子で控えている。

忠邦が仕方なく三つ目の杯を干すと、すかさず、

「ご祝儀でございます。たんとお過ごしあそばせ」

と、御三の間の女中がにこやかに銚子をさし出した。

「おめでたいものでございますから、お料理もどうぞ」

と、表使が横からすすめた。

姉小路は黙ったまま、ほほえんでいる。これも相伴《しょうばん》として小さな杯を手に取っているが、そちらのほうへは御三の間が手加減して注いでいる。彼女の前には膾《なます》、あえもの、牛蒡《ごぼう》、豆腐といった料理しか出ていなかった。

忠邦は、眼の前の料理を見て、とにかく、置き合わせ（口取り）の蒲鉾《かまぼこ》にだけ箸をつけた。

「さあ、どうぞ」

と、しきりと愛想よく表使と御三の間の女中とが両方から酒、料理をすすめた。

「いや、もう十分に頂戴いたしましたから、これにて御免を蒙《こうむ》ります」

忠邦は、頭を下げた。

「あまり召し上がりませぬが、これからどこぞへお回りでございますか？」

と、眺めていた姉小路が初めて言った。

忠邦は、はっとした。姉小路の言葉は、彼がこれから行く予定になっている西の丸を指しているのだ。

将軍家伺候のあとは右大将への挨拶ときまっている老中回礼の順序を、姉小路は十分に承知のうえでの質問だった。

しかし、その一言で彼女の意思がはっきりと忠邦に伝えられたのである。

「されば」

と、忠邦は、はっきりと言った。

「これより西の丸さまへご祝儀に伺いますが、とてものことに、てまえも忙しゅうございますゆえ、ほんのわずかな間《ま》のご挨拶になるやも存じませぬ」

自分でも思い切った言葉であった。忙しいから、挨拶を端折るという言葉は、家定に対して不謹慎である。

「ああ、そうですか」

とうなずいた姉小路は、今度は心から晴れやかな笑みを顔いっぱいに漂わせた。その返答だけで、彼女も忠邦の本丸に対する忠誠の意思を受け取ったのだった。

その姉小路の満足げな微笑を眼いっぱいに入れた忠邦は、ようやく安堵《あんど》をおぼえた。

西の丸は本丸から西のほうに離れた高台に建っていて、東西約四町、南北約八町という広さである。本丸と西の丸との間には、局沢《つぼねざわ》という庭園地帯がある。

西の丸は、だいたい、本丸の規模を小さくしたようなもので、代々、大御所や、将軍家の世嗣が住まうため、内の装飾も本丸とあまり変わりはない。もともと、ここは家康が隠居所として建てたものだ。

水野忠邦はほかの老中といっしょに、御座の間で右大将家定に面謁《めんえつ》した。家定は例によって不安定なすわり方をしている。横に中臈がついていて始終世話をしなければならない。

忠邦は新年の御慶を型のとおりに述べた。それに対して家定からもきまったような言葉が返ってくる。

家定は十九歳にもなるが、身体はまだ少年のように細い。蒼白い顔で、どうかすると、言語もはっきりとしなかった。ただ、ときとして妙なときに癇癪《かんしゃく》を起こすことがある。だから、おとなしいからといって側の者も油断はできなかった。

しかし、今朝は元旦というので、彼もしごく機嫌がよかった。

ここでも本丸同様屠蘇の杯を下されるが、違うところは料理ものがないことだ。これはすでに本丸で済んでいるから、略しているのだ。

そのうち、家定が先に奥にはいった。そのあとで老中衆の退出となるが、忠邦から先に出ようとすると、奥の役人が進んできて、忠邦だけに中﨟たにがお目にかかりたいという言づけを伝えた。

忠邦はほかの老中に眼配せして、自分だけ案内の者についていく。

西の丸の大奥にも二百人以上の女中がいた。

忠邦は、西の丸の大奥でも有数な勢力家のたにが自分に会いたいというのは、先ほど本丸で将軍家から右大将のことをよろしく頼むと言われたのを伝え聞いて、その礼でもあるのかと思った。

忠邦は、家斉が生きていた時分、西の丸の大奥に取り入ってきただけに、ここの奥向き女中の目ぼしいところとはほとんど昵懇《じっこん》になっている。たにもその一人だ。しかし、大御所の死後は、彼は意識的にも無意識的にも本丸に重心をかけている。そのため、西の丸からよく思われていないことは、十分承知していた。

だが、本丸と西の丸と両方の気受けをよくすることは不可能だ。双方でいがみ合っているので、両者のいずれか一つを選択しなければならぬ。むろん、現在の地位を確保するためには本丸に拠《よ》るほかはない。

西の丸の奥向きは彼の冷淡さに憤慨していると同時に寂しい思いをしている。しかし、肝腎の家定自体が頼りないのだから、今後あれを頼むと忠邦が将軍家に含められた次第は西の丸を喜ばせたことになるし、逆に今度は頼られそうだなと思った。

少なくとも忠邦がたにに会うまでは、そんな心持ちであった。

西の丸にも御広敷はある。

忠邦がはいると、中﨟たには先に来て待っていた。彼はここでも本丸の姉小路と交わしたような新年の挨拶を述べたが、やはり姉小路と違ってたにの格式はずっと低い。といって、決して忠邦も疎略《そりやく》には扱えない。

「越前さまが西の丸にお越しも久しゅうございます」

と、たには微笑した。それほど美しい顔ではないが、三十を過ぎた年齢にふさわしい熟れた色気があった。が、それは御殿勤めの抑えられた色気だった。

家斉が生きている時分にお手が付いたという噂があるが、当人はまだお清のまま右大将付きになっている。

いま、西の丸にお越しも久しぶりですね。と彼女が言ったのは、もとより、久濶《きゅうかつ》の情よりも皮肉の意味が強い。

「まことに。……御用繁多のため、つい、ご無沙汰をしています」

忠邦はあっさり言い訳をしたが、姉小路に向かっているより重圧感が少なかった。

すると、たにが少しかたちを改めて、

「さきほど伺ったところですが、越前さまには前にも増して右大将さまへのご忠勤を上さまにお誓いなされたそうですが、お側に仕えているわたしどもは心強いとも、忝《かたじけ》ないとも思うておりまする」

と、両手をついて頭を下げた。

忠邦は予期したことながら、とたんに眼の前へ本丸の姉小路の顔がちらついてきた。

中臈たにには忠邦を頼りたげに見ている。将軍家が家定の将来を忠邦に依嘱したと知れたときから、これまで西の丸が半ば裏切者としてみていた彼を、逆に頼りにするふうである。少なくとも忠邦にはそう感じられた。本丸の出来事が瞬時のうちに西の丸に伝わるのも、この世界特有の情報の速さだった。

忠邦がいい加減に調子を合わせて引き揚げようとすると、

「めでたい元旦のことですから、何はなくともお祝いの膳におつきくださいませ」

と、たにはすすめた。

忠邦は、それを言下に断わることもできない。ただ箸《はし》だけつければいいと思って、頂戴いたします、と言うと、たにが傍《かたわ》らにいる女中に眼配せした。

その合図を待っていたように、次の間から女中四、五人が膳部を次々と運んできた。これがまた口祝いの台から、本膳、五の膳と続々と運び出した。

忠邦は、これはとばかりおどろいたが、途中からご遠慮したいとも言いかねている。

彼の前には、径一尺、縁高さ一寸、胴高さ七寸三分の白木三方が賑やかな料理を載せてきらびやかに並んだ。

「さあ、どうぞ」

と、たには横からすすめた。

忠邦は、それを見ただけでも食欲を失った。並べられた料理はいずれも本丸で頂戴したものと同じで、十二組の菓子は、榧《かや》、くるみ、みかん、栗、柿、饅頭《まんじゆう》、山の芋、むすび昆布《こんぶ》、のし、せんべい、ようかんといったものが山盛りになっている。一番は、昆布、熨斗《のし》だが、二番の餅や大根、牛蒡、焼豆腐などのはいった雑煮を見ただけでも忠邦の胸はつかえた。

　女中が彼の両脇にすわって提げ銚子を抱え、酒をすすめた。

　とにかく、酒だけはようやく咽喉《のど》に流したが、料理の段になると、箸さえ持ちかねた。それでもたにが脇でじっと見ているので、何かに箸をつけなければ悪いような気がして、いちばん消化の軽そうな、なます、あえものなどに少しばかり手を出した。が、それもやっと咽喉に飲み下しただけで、どうにもあとがつづかない。

「越前さまにはあまり召し上がらないとみえますが、せっかく奥向きの女中がご膳部の係りと総がかりで作りましたものゆえ、お口には合いますまいが、それぞれお取りくださいませ」

　と、たにはしきりとすすめる。

「結構なお料理で」

　と、忠邦は言ったが、肝心の箸が動かなかった。

たにの顔色が変わった。今度は冷ややかな眼になって忠邦の様子を見ていたが、

「越前さまにはどこやらのお料理はお気に召すが、西の丸のものはお口には合わないようでございますな」

と、唇の端を歪めて言った。

忠邦は、これはいかぬ、と思ったが、事実、本丸で食べた料理が胸につかえているから、どうにも仕方がなかった。

「いいえ、決してさような次第ではございませぬが、てまえも近ごろ少食になりまして」

忠邦は、仕方なしにそう答えた。

「おや、まあ、それはいけませぬな」

と、たには急に冷ややかな口調になった。

「御用繁多の越前さまゆえ、いろいろご苦労の末、自然と少食におなりになったのかもしれませぬな。したが、御本丸さまではいかがでございましたか?」

忠邦は、返事がすぐにできない。本丸では、まず将軍家の前で祝い膳を頂戴し、およそ腹にはいったあと、つづいて姉小路の接待で、酒も料理も見ただけで食欲を失ってい

た。その次第が、この西の丸に筒抜けになっていると思うと、あまり白々しい言い訳も口に出せない。

すると、たには傍らの女中たちに、

「越前さまはご少食のうえ、御本丸で召し上がってこられたそうな。それでは、かような膳部を前に並べるのもかえってご無礼であるゆえ、早々に片づけなさい」

と命じた。

「はい」

女中たちは、それぞれ膳部を捧げて退っていく。

「これよ」

と、たには自分の前に金蒔絵の煙草盆を持って来させ、錦繍《つづれ》の煙草入れを懐から取り出して、銀造りの小さな煙管《きせる》を抜いた。それに白い指で煙草を詰め、雁首《がんくび》を盆の灰に埋まった火に付けて、ふうと鼻から青い烟を吐いた。不興気な横顔だった。

忠邦はそれをじろりと見ていたが、

「たに殿」

と呼んだ。

「なんでございます？」

「それでは、てまえはこれで失礼いたします」

「おや、さようで」

と、眼の端だけは冷たく笑って、

「よけいなお引きとめを申し上げて、ごめんくださいまし」

「ご馳走になりました」

「なんの、お口に合いませぬものを……」

「御免」

と、長袴《ながばかま》を捌《さば》いて起《た》ったが、忠邦も、むっとしていた。

西の丸が忠邦依存に傾いたと思ったのは、やはり彼自身の思い過ごしで、将軍家のお声がかりを逸早《いちはや》く聞いて、それ見よとばかりさっそく、嵩《かさ》にかかって示威を試みたのだ。

忠邦が、本丸で屠蘇や料理を十分に過ごしたと承知のうえで、さらに彼を料理攻めにしたのは、本丸への対抗意識と同時に、忠邦がどれくらい西の丸へ努めるか、つまり、ここに出された料理にどの程度無理して彼が義理を見せてくれるか、それをたにが代表格で量《はか》っていたのである。

（当将軍家のお次は家定さま、疎略にすると、次の御代にどんな目に遭うともわかるまいぞ。ことに将軍さまからお声もかかったこと、あんまり本丸、本丸と向こうの奥向きばかりご機嫌をとっていると、越前、これからのお為《ため》になりますまいぞ）

こんな脅迫が、たにの烟を吐き出す硬い横顔に露骨に現われていたのだ。

忠邦のために、若年寄林肥後守忠英、側衆水野美濃守忠篤、御小納戸頭取美濃部筑前守の西の丸派三巨頭をもぎ取られた西の丸大奥の反忠邦感情は、まだまだ根深いものがある。

西の丸を退《さが》っていく忠邦の心も、今さらのように大奥工作のきびしさを思い知らされた。

大奥の正月二日目は御掃除始めになっているが、これは元旦に掃除しなかった塵《ちり》をちょっと掃き清める程度でほとんど何もしない。

この日の行事は元旦の式とほとんど変わらず、ただ、書初《かきぞ》めなどがあって、色紙や短冊に御台所はじめ女中どもが歌を記す。この歌はたいてい古今集、後撰集、拾遺集などから採ることになっている。

次に裁《た》ち初《ぞ》めがある。これは、呉服の間の女中が呉服の間で年寄の見立てた織物を年寄の立会いで裁つ行事だ。素袍《すおう》、大紋《だいもん》、裃《かみしも》地《じ》など将軍の召物を裁つこともある。もっとも、裁つだけで、縫うまでには至らない。これが終わると、御台所からご祝儀として酒肴を下さる。この日は元旦の堅苦しい儀式の翌日とて、女中どもは翌日三日の歌留多《かるた》遊び、羽根つきなどといっしょに大騒ぎをする。

なお、この日の夜、将軍は初めて御台所といっしょに床の中にはいる。これを姫始めと言った。

この寝所には、絵師に宝船を描かせたのを鳥の子紙の上に重ね、枕の上に置く。枕の下絵は鴛鴦《おしどり》の一番《ひとつがい》を描いたのを置く。床は長さ八尺、幅五尺ぐらいに上畳という厚さ七寸ほどのものを置いて枕のほうが少し高くなっている。夜具は白綾の地に赤く葵を染めてある。枕は長枕で、北枕のときは将軍は右側、御台所は左、東に向くときは将軍は左に寝るという具合に、位置まで決まっている。

これが将軍家が大奥で寝る最初である。

三日目も御台所の服装は元日と同じで、将軍夫婦の祝儀をはじめ三ガ日とも同じ式を挙げることになっている。

この日は、御台所に三家三卿の御簾中《ごれんちゅう》（夫人）から年頭の祝儀があるが、当人が直接来るわけではない。各家の年寄が使いとして来て、御台所に直接会って祝儀を述べる。これは譜代大名も同じだが、違うのは三家三卿に限って文《ふみ》がないことだ。

この日、三家三卿の御簾中の使いのいちばんあとに、

「水戸さま御簾中のお使者としてお年寄花の井殿がお見えになりました」

と、中臈が披露した。

御台所喬子夫人はことさらに機嫌がよかった。

というのは、水戸斉昭《なりあき》夫人登美宮吉子《とみのみやよしこ》が自分の妹に当たるからだ。つまり、有栖川宮家から出た楽宮《ささのみや》と登美宮の二息女が家慶と斉昭に縁づいている。

のみならず、いま登美宮の使いとして来た花の井と、大奥老女の姉小路とは、これまた姉妹である。ほかの親戚方とは違い、主人同士も、年寄同士も血のつながりが濃いわけであった。

御台所のいつも住んでいる御休息の間は、上段が三十畳敷、一方は襖、床、違棚《ちがいだな》があり、床板は欅《けやき》、貼りつけは地金に水玉草の模様、襖は花菱形を七子《ななこ》へ置いたものに紋

散らしとなっている。そこに花の井が中﨟に案内されてはいってきた。

まず、簾中からの年頭の祝儀を申し上げる。

それから献上物を中﨟の手で披露するが、このときは大洗《おおあらい》の浜から獲れた鯛《たい》と、若菜籠であった。

この若菜籠は青竹で編んで、その中にはいろいろの草と花を有平糖《あるへいとう》で造ってほどよく並べ、その手に根松を結《ゆ》いつけたものである。

「これは見事にできました」

と、御台所からお賞めの言葉がある。

「水戸さまにはおすこやかであられるか?」

御台所が訊《き》いたのは、単に斉昭へのお座なりのお世辞ではなく、このところ斉昭がずっと国もとの水戸に帰りきりになっているからだった。

斉昭は、天保十一年の正月に国もとに帰ったきりだ。その後一年経った十二年にも幕府に上書して、もう一年の滞在を望んだ。この間、斉昭は、水戸の財政建直しのために倹約令の実行を着着と行なっている。

ところが、十二年の十二月一日になると、今度は水野越前から、そのままお国もとに

五、六年滞在なさるようにと、逆に斉昭に申し渡している。つまり、最初の一年は斉昭のほうから延期を願い出たのだが、次には逆に幕閣のほうから五、六年間は江戸にこぬようにと足止めを食わせたのである。これについて世間ではいろいろと風評が立っている。

なお、三家三卿とも一般大名とは違って、だいたい、定府《じょうふ》が通例であった。参覲《さんきん》交代ということはない。しかるに、斉昭だけが国もとに帰り、しかも一年延期、次には幕閣から足止めという異例の事態となっている。

なお、斉昭夫人登美宮吉子は、小石川の水戸邸にずっと独りで留まっていた。

御台所は、花の井に白銀三枚の目録をお年玉として下された。これも三家の使者に限っている。

これにて公用が済んだので、御台所から、

「姉小路」

と、横にいる年寄を振り返った。

「花の井がせっかく来たことじゃ。あとはそなたの部屋に引き揚げて、ゆるりと話をするがよい」

と申し渡した。

これで花の井も御台所の前を退り、姉小路の案内で長局《ながつぼね》のほうに向かった。

大奥には四百人という女中が住んでいるが、その部屋がひとところに集まっているのを長局と称した。

長局は大奥の東北隅にある長屋で、一番目の棟を一の側と称し、四の側まである。つまり、四棟ある。一棟は十数部屋に分かれている。一部屋に一人または数人の女中が住んでいるが、部屋の入口には、その名前を書いた紙を貼っておく。

一の側とは第一列という意味で、いちばん南の長屋になっていて、部屋が十五に分かれ、年寄、上﨟、中﨟、中年寄、お客会釈《あしらい》など、おもな女中だけが住んでいる。むろん、一人ずつだ。

姉小路は、その部屋に花の井を連れてはいったが、ここはさながら豪華な一軒の住居で、中も数室に分かれ、私用の女中十数人を使っている。

姉小路は、床飾りの前に妹の花の井をすわらせ、はじめて姉妹としてのくつろぎにはいった。

姉妹といってもめったに会えないから、積もる話も多い。お互いに育った京都の思い出や、親類縁者のその後の消息、現在の互いの生活など、話は尽きない。二人は笑い合ったり、話に夢中になったりしている。日ごろ気むずかしい姉小路も、このときばかりは普通の女にかえっているので、仕えている女中たちもほっとするとともに物珍しそうに見ている。

そのうち姉小路は、妹の着ている着物が存外に粗末なのに気がついた。髪飾りも少なく、しかも銀造りのような華美なものが少ない。着物にも金糸、銀糸などの刺繍《ししゅう》が省かれている。

姉小路がそれを訊くと、花の井はその理由を、

「殿さま（斉昭）のお布令でご倹約がやかましゅうございますゆえ、かように地味につくろっております」

と答えた。

姉小路は眉をひそめて、

「水戸さまのご倹約のことは、かねがね噂で知っていますが、まさかこれほどとは思わなんだ。それほど厳しいものかえ？」

と、あんがいな顔である。

「はい、お国もとはもっとやかましいそうでございます。藩の方々も絹物はいっさいまかりならず、全部木綿にせよとの仰せでございますゆえ、女どももそれに従って絹物をいっさい遠慮いたしております。さりながら、江戸表にては綿服では何かと差しさわりもあろうことゆえ、この限りではないと申されておりますが、藩邸の者も自然とお国もとに倣《なら》い質素にいたしております」

姉小路は妹の様子を見て、つくづくかわいそうだという眼になった。

「さてさて、水戸さまもご気性激しいお方とは承っていたが、髪飾りや衣類などの女のたのしみをお奪いあそばすとは、よほどのお方じゃのう」

と、批判めいたことを言った。

斉昭が先代斉脩《なりのぶ》のあとを継いで立ったのが文政十二年である。その年の末に藩政の改革を行ない、それまで賄賂を取ったり、私利にのみ携わっていた執政二人をはじめ幹部の大粛清を行なった。こうして窮乏した財政の建直しに質素を実行したが、彼自らは黒木綿の上衣、桟留《さんとめ》の袴、麻の肩衣で、褥《しとね》も夏は必ず麻を用い、羽織は夏冬とも絹物を使わなかった。毎日の膳もこれに準じて粗食で、儀式や何かでお菜の多いときはお側の者に分けてやったという。

それぐらいだから、家中にもたびたび奢侈禁止令を出し、その初めはすでに天保初年になっている。なお酒宴、音曲、贈答などについても極端な制限を加えた。

姉小路もそのことは前々から聞いていたが、いま現実に妹の花の井の服装を見て驚嘆するとともにたいそう同情した。斉昭に対する評判が芳《かんば》しくないのは、このへんから出ている。

姉妹でそんなことをしばらく話しているうち、ふと、花の井が、さっきからこまめに立ち働いている部屋子に眼を止めた。

「姉上、あの部屋子は、近ごろご奉公に上がった者ですかえ？」

と訊いた。

「そう。さきごろ世話する者があって傭《やと》いましたが、何か？」

「いいえ、なかなか才気な様子をしているゆえ伺いました」

と、まだ眼の端にその女中の様子をとどめていた。

　正月中は、大名もいろいろと公《おおやけ》の行事に参加しなければならない。城中の年中行事を見ると、次のようになっている。

○三日夜　御謡初《うたいぞめ》　酉刻《とりのこく》大広間へ将軍出御、譜代大名四名ずつ、猿楽板縁に並んで、老松、高砂、東北以下三番、小謡ときどきうたう。この日、観世太夫、諸大名に肩衣《かたぎぬ》を下される。大手下馬、乗物下馬篝火《かがりび》を焚く。

○七日　七種《ななくさ》の御祝儀。

○八日　上野へ諸大名装束にて参詣。

○十一日　御具足の御祝、諸大名にても同断、連歌興行。

○十五日　恒例の諸御礼。

○二十四日　増上寺へ諸大名参詣。

――その一月の末のことだった。

水野越前守が定刻八ツ（午後二時）に下城して上屋敷に戻ると、公用人岩崎彦右衛門が、半刻前から金座の後藤三右衛門がお帰りをお待ちしている、と報告した。

越前守は裃《かみしも》を脱いだままで、三右衛門を居間に通させた。

三右衛門は正月二日に回礼に来ているが、このときは忠邦は会っていない。そこで、三右衛門ははじめて新年の挨拶を忠邦に述べた。

後藤三右衛門は商人と見えぬくらい筋骨逞しい男だ。もともと信州飯田の豪農の倅で、百姓として体格もいいが、若いときは上方で漢学を修めただけに、才智も人一倍秀《ひい》でて、世故にも練達している。後藤家は彼を得ていよいよ繁盛している。

三右衛門は、しかし、ただの金座の重役だけで満足しきれず、早くから一種の野望を持っていた。その一つが官位の獲得だ。老中としての水野越前のところにしきりと出入りするのも、忠邦が彼をかわいがるからでもあるが、その出世の端緒を得ようがためであった。忠邦は、また、三右衛門の熱望を考慮する格好で、彼の才智と財力とをかなり利用してきている。

忠邦は、新年に初めて会う三右衛門にこう言った。

「年も改まったことだし、わたしもいよいよ自分の思うとおりの政策を今年は実行することにしたい。幸い、上さまもいっさいをわたしに任せてくださったし、これから身命を賭してでも自分の思ったとおりのことをやる」

忠邦は、珍しく眉を上げて昂然としていた。

「思えば、去年、文恭院（家斉）さまご他界になられて以来、上さまのご威光はいよいよ加わっている。君側の暗雲も打ち払ったし、今後は何の掣肘《せいちゅう》も受けずにわたしの思うとおりのことができると思う。……この前から、そなたにもいろいろと意見を聞いたが、現在の異国の情勢からみて、わたしとしてはどうしても印旛《いんば》沼の開鑿《かいさく》に手をつけたいのだ」

「はあ。さようでございますか」

と、三右衛門は頭を垂れて聞いていた。

忠邦と三右衛門との間に、下総の沼湖《しょうこ》を切り開いて、外洋を通らずに奥州の米を利根川から直接に運搬する方法の相談は、これが初めてではない。二年前、忠邦が霞ヶ浦の疏水《そすい》を開鑿することを思い立ったときにも、すでに三右衛門にその出資を命じようとしたことがあった。

このときは、三右衛門は算盤《そろばん》を弾いて体よく逃げている。工事費の不足分は三右衛門が一手に引き受けねばならないので、損得勘定が合わないと見たからである。

当時は、忠邦もそれで納得をした。しかし、今度の印旗沼開鑿には忠邦も必死である。そのことは、すでに去年から忠邦が現地に人を派して調査をさせたり、図面を取り寄せて調べたりして準備していることでもわかる。

しかし、忠邦が、改革に対する三右衛門の進言をいろいろと聞き、そのことを賞して印籠を与えたり、賞詞の書きつけをやったりしたのは、ひとえに彼に印旗沼開鑿盤をさせようという下心からだ。つまり、忠邦からすれば、三右衛門の歓心を十分に買っておいて、未曾有の難工事の資金を吐き出させる算段である。二年前の霞ケ浦疏水工事は計画倒れになったが、今度こそはという気構えがあるのだ。

「印旗沼は、上古以来、淵の底も知れぬくらいの大池じゃ。その広漠たることは数十里にも及んで、土地の者は、その魚や、鳥類や、蘆荻《ろてき》などを得て生活をしている」

と、忠邦は説いた。

「しかしながら、この沼は、夏にもなると、少し雨が降れば四方の水が落ち合って氾濫し、その水害は十数里にも及び、土民はそのたびに財を失って困窮している。これは早く何とかせねばならぬということは為政者にもわかっていて、すでに天明年間にもこのことを建議する者があった。つまり、この沼を割って水害を除けば十余万石にも上る良田が得られる。また毎年利根川の氾濫によって起こる関八州の水害も、この掘割が完成すれば永久に除かれることになる。誰が考えても、これはやり遂げなければならぬことじゃ。しかし、そのときは事情があって沙汰やみとなった」

と、忠邦はつづけた。

「しかしだな、今はそれでは済まない。もし、異国の船が鹿島灘を攻撃してきた場合、奥州の米は途絶し、江戸の町民が飢餓に瀕《ひん》することは、この前の飢餓で証明済みだ。つまり、国防の上から印旛沼の開鑿は焦眉《しょうび》の急となっている」

「まことに仰せのとおりであります」

と、三右衛門は逆らわない。理屈はまさにそのとおりであるからだ。

忠邦は、三右衛門の顔色を見い見い話をしている。

　忠邦の肚では、もし、三右衛門が望んでいる官位を交換条件として出せば、承諾するものと思っている。だが、それを口に出すまでには、まださまざまな駆引が要る。三右衛門自体は前例のない御目見《おめみえ》以上の高位を望んでいるのだ。

「去年の秋に、勘定奉行梶野土佐守、勘定組頭立田岩太郎、支配勘定格大竹伊兵衛などを印旗沼開鑿のため現地に行かせたが、彼らの報告が暮れにようやくできた。図面も、あらましだが調整できたのだ」

　と、忠邦はつづけた。

「代官篠田藤四郎《しのだとうしろう》などが人夫百数十人を集めて、分見水盛りのため試掘していたのを巡検させたが、その報告では、人事を尽くせばさしたることはないという見込みが立った。なにしろ、大事業ではあるが、わたしが老中でいる間、何としてでもこれをやりとおすつもりだ。ただ……」

　と、忠邦は溜息をついた。

「これを少なくとも五、六藩の大名に分担させて工事をやらせるとしても、幕府から出す金が不足しているでな。わたしは今年の秋ごろからでもすぐに本工事にかかりたいが、今のところ、金のことで悩んでいる」

忠邦は、謎をかけるようにつづけたが、後藤三右衛門は、その色の黒い、逞しい顔を少しも動かさなかった。忠邦がどう言おうと、反応を見せないのである。

「そこで、おぬしに相談というのは、この工事の見込みだがな。どうだろう、成就するかな？　やるとすれば、古今の大事業なので、どうもわたし一人では思い余っているところもある」

忠邦は、諮問のかたちで三右衛門をずるずるとこの計画の中に引き入れようとしていた。

「たいへんな工事でございますな」

と、三右衛門は問題から距離を置いて答えた。うかつに返事をすれば、すぐにも忠邦の手もとに抱き込まれる惧《おそ》れがある。

「しかし、何はともあれ、越前さまでのうてはできませぬ事業でございます。その昔、唐国《もろこし》では禹《う》王が黄河の治水事業に成功したと伝えられていますが、この印旛沼の開通工事は、まさしくそれにも劣らぬ土木工事と存じます」

「絵図面で見ると、たいしたことはないがのう」

と、忠邦は言った。

「ただ、現地を見てきた連中の話では、印旛沼から内洋《うちうみ》まで六里。その間、二つの小高き山が難所だと申していた。それに、水路を掘鑿《くつさく》してみると、花見川の底はかなりの泥土が埋まっているらしい。まず、この二つの難点さえ排除すれば、あんがい、成功は容易だと思う」

忠邦の言葉は自信満々だが、半分は彼自身の不安を納得させるためのようでもあった。

「てまえも現地に行ったことがございませぬので、あの辺の地理には詳しくありませぬ。それで、御勘定奉行梶野さま初め踏査の方々のお調べをそのまま信用するほかございませせぬ。……それで、お尋ねにあずかっても、てまえには何ともはや具体的にはお答えができかねます」

「一度、おぬしも遊山《ゆさん》かたがた、あの辺を見にいってはどうか」

と、忠邦はすすめた。暗に実地調査をしてこいと言うのだ。そうすれば、もっと彼を手もとに手繰《たぐ》りよせることができるという魂胆が見えている。

「はい、そのうち陽気でもよくなりますれば」

と、三右衛門は苦笑を洩らして頭を下げた。いかにもありがた迷惑といった表情だった。

「したが、鳥居さまや渋川さまなどは、やはりこの工事にご賛成でございますか？」

「二人とも同意に変わりはない。前から意見は変わっていない」

「なるほど。知恵者であるお二方がそのように仰せられるからには、工事は成就するかもしれませぬな」

三右衛門は、あくまでも第三者的な口吻《こうふん》を変えなかった。

忠邦がそれをいかに強行しようとしても、幕府の財政が底をついている現在、後藤の資金調達なしには不可能に陥る。

いわば、印旛沼工事で忠邦が威名を挙げるためには後藤の金がどうしても必要ということになるのだ。

しかし、後藤三右衛門は、いずれはこの難題が自分に降りかかってくるものと秘かに覚悟していた。印旛沼を開鑿したいという忠邦の欲望は、すでに執念となっている。モリソン号事件をはじめ、外国船がしきりと日本沿岸を窺《うかが》っている今、この水路開鑿は何としてでも早急に強行しなければ国防が危ないと思いこんでいる。

忠邦とここまで因縁を結んできた三右衛門としては、どのみち工事の資金調達はかぶらなければならないとは思っているものの、しかし、それをすぐに言えば、忠邦は喜ぶかもしれないが、こっちで困る。それに見合う金儲けをさせてもらわなければ分《ぶ》が合わないのだ。御目見以上の官位も欲しいが、商売人である三右衛門は、金を出す代わり、そのぶんの利益も戴くという貸借対照表《バランスシート》が合わないかぎり、顔色にも本心は出せないのである。

三右衛門は、その帳尻を合わせるものを秘かに考えている。忠邦はただ官位さえ与えればいくらでも金を吐き出すように思っているようだが、どっこい、そうは問屋が卸《おろ》さぬぞ、と三右衛門は煙管を横ぐわえしているような立場であった。

三右衛門が秘かに考えている損得勘定の口座とは、通貨の改鋳《かいちゅう》であった。だが、これは最後の切札として、まだ忠邦にはさとらせなかった。

後藤三右衛門が消えてから一刻も経たないうちに、鳥居耀蔵が忠邦を訪ねてきた。

「よいところに来た」

と、忠邦はさっそく迎えた。

「今、後藤が挨拶に来てのう。帰ったばかりだ」

「ははあ」

耀蔵が、それとなく忠邦のうしろにある違棚《ちがいだな》を見ると、見憶えのある印旗沼の地図がたたんである。また、土地の代官から出した試掘の報告書も添えてあった。これは耀蔵がたびたび忠邦から見せられたものだった。

「後藤にあれをお見せになりましたか?」

耀蔵は長い顎をしゃくった。

「いや、今度は見せるつもりだったが、奴め、まだまだ話に乗ってこぬ」

と、忠邦は苦笑した。

「しかし、いずれは調達させるつもりだ」

「後藤もその肚づもりでおりましょう。所詮はのがれぬところだと覚悟しておりましょうが、あの男のことだから、その見返りを考えるまで、なるべく避けているのでございましょうな」

「わしを禹王になぞらえおったよ」

と、忠邦は面長な白い顔に眼を細めた。この人は、こういう顔つきをしているのでかなり損をしている。よそ目に見ると、冷たい心の持ち主のように取れるのだ。

「てまえも印旛沼の一件には、近くお手伝いができそうでございます」

「と申すと？」

「矢部駿河の一件、いよいよ目鼻が立ちました」

「どういうのだ？」

忠邦もさすがに顔色をひきしめた。

「やはり、例の仁杉の不正米買付一件にしぼるほかはありませんな。前任者の時代ですが、矢部が知っているうえ、彼の見て見ぬ振りをした怠慢をのがすことはできませぬ」

「それはずっと前から聞いているが、どうも、罪にするにはちと証拠がうすいようだが

……」

矢部駿河の清廉潔白は、さすがの耀蔵がどう洗い立ててもほかに落度は発見されなかった。けっきょく、仁杉の一件をものにするほかはないと覚悟を決めたのだが、ただそれだけでは、忠邦の言うとおり、いかにも証拠が薄弱なのだ。

耀蔵の知恵は、それをどういうふうに持って回ったのだろうか。

「てまえに工夫がございます」

「うむ」

「明日、ご登城のおり、お駕籠脇に訴え出る者がございます」

「なに？」

「それは女でございますが……」

「………」

「たぶん、お行列は、その者を蹴散らすことと思いますが、女の持っている訴状だけは、供の者に取り上げるよう言っておいてください」

「誰だ？」

「南町奉行所で刃傷《にんじょう》を起こした与力佐久間伝蔵の女房です。佐久間は、あのとおり不正米買付一件で刃傷しましたが、そのことで元凶の堀口が無事に役所に勤めているのがお上の片手落ちだと恨んでおります。訴状にはそのように書かれています」

「それが矢部の罪状を決する証拠になるのか？」

「それよりほかに手段はございませぬ」

忠邦は耀蔵の顔を見た。目的のためには手段を選ばぬ男の面構えがここにあった。

「駕籠訴《かごそ》のことは、すでに手はずが決めてあります。いま申したとおりの順序に運んでいただきたいと思います」

「考えておく」

と、忠邦は言った。さすがにその場で即答する気になれなかった。

なるほど、忠邦には矢部駿河の存在が煙たい。だが、彼を追い落とすには、もっと誰をも納得させうる合理的な理由を作りたかった。耀蔵の考えた手段は、何といっても謀略のそしりを免れない。

「よろしくお願いします」

と、耀蔵は忠邦に押し付けるように言った。考えておくとは言ったものの、それは口先だけで、もはや、そうするほかないことは、とっくに忠邦自身の心が決めていると、耀蔵はタカをくくっている。

「その訴状があとでお吟味になり、そこから矢部を評定所に呼び出す手順となりましょう。……躊躇はなりませぬ。矢部がいるかぎり、ご改革は行なわれますまい。いや、かえって、あの男は、それを逆手に取ってあなたさまの地位を脅かすかもわかりませぬぞ」

忠邦は黙って聞いている。

「印旛沼の開鑿工事は、夥《おびただ》しい資金と人手を要しましょう。これを遂行するには、市中の奢侈《しゃし》贅沢《ぜいたく》を徹底的に取り締まり、倹約令を施行するよりほかにありませぬ。こうして物心両方から難工事の完成に協力するようせずには、これまでのように、工事中止となるかもしれませぬ。越前さま、それには矢部を一日も早く追い、てまえがそのあとにすわらないことにはなりますまい」

言葉の激しさと違い、耀蔵は、このとき、のんびりした顔つきになっていた。

水野の屋敷から戻った耀蔵は、石川疇之丞《とものじょう》と浜中三右衛門が待っているのに面会した。

「浜中」

と、耀蔵はまず彼に訊いた。

「佐久間伝蔵の女房が、明朝、水越《みずえつ》の駕籠脇に駆け込むのは間違いあるまいな」

「しかと間違いございませぬ」

「うむ」

と、うなずき、

「たった今、水越にそれを吹き込んできたばかりだ。大将も不意では栃麺棒《とちめんぼう》を振るだろうからな」

「御老中は、どのように仰せられておりましたか？」

「なに、あの男はいま印旛沼の開鑿のことで頭に来ているから、ほかのことはお留守になっている。万事、おれの操りどおりだ。……だが、おまえの見込みと違って、佐久間の女房がいざとなって尻込みすると、格好がつかなくなるぞ」

「さようなことは決してございませぬ。なんでしたら、てまえがその場に付き添って、女房を駕籠脇に突き飛ばしてもよろしゅうございます」

「おまえが付いているほうが安心だな」

　と、耀蔵は思い出したように笑った。

「それにしても、あの女房をそこまで引っぱってきたおまえの働きは相当なものだ」

「恐れ入ります」

「これには何か陰で細工があったのかえ？」

「べつに」

　と言ったが、浜中の顔が急に赧《あか》くなった。

「それみろ。おまえも相当な道楽者だから、後家《ごけ》を手に入れるのにはそれほどの苦労もいらなかったにちがいない。どうだ、佐久間の後家は佳《い》い女か？」

「それほどでもございませぬ」

と、浜中が答えたが、耀蔵は、若いとき吉原あたりに流連《いいづけ》をした自堕落な生活を、ふいと頭の隅に泛べた。

今は、そのときの放埓《ほうらつ》のおかげで、かえって仕事に気持ちが集中している。野心は己れの出世欲だけに凝《かた》まっているから、女道楽は遠い記憶となっていた。

「訴状は、おれが言ったとおりの文句にしただろうな？」

耀蔵は念を押した。

「万事、仰せのように計らいまして、そのへんは手抜かりございませぬ。てまえがその手本を書いてやりました。……ただ、心配なのは、御老中の駕籠脇が、その訴状を取り上げるかどうかでございます」

「そんなのは心配いらねえ」

と、耀蔵は伝法《てんぽう》な口を利《き》いた。

「水越に言っておいたから、彼も供侍にそれとなく含めているだろう」

「さようでございますか。……いよいよ、鳥居さまのご出世も間近くなりましたな」

「うむ」

耀蔵は、遠い所を見るような眼つきをして、

「矢部もできる男だが、おれという人間がいたのは奴の不仕合わせだったよ」

「矢部さまは即座に職を奪われますか？」

「そのへんは水越の裁量しだいだが、大将もあれでぐずぐずしているところがあるからな。なに、あまりぐずつけば、おれのほうで何とかするよ」

耀蔵は昂然としている。

二人が帰ったあと、用人が耀蔵のもとに今朝届いた長崎からの手紙を持ってきた。本庄茂平次からである。

文面は、まず新年の御慶《ぎよけい》を述べて、自分も思わず今年の正月を長崎で迎えたが、いよいよ壮健でご命令のために働いている、と前書してある。つづいて問題の高島四郎太夫の動静の報告がある。

——四郎太夫のもとを離れた自分は、高島の反対派福田九郎兵衛のもとに出入り

しているが、ここでは高島の陰口や悪口はいろいろと聞かれる。前にも報告したように、四郎太夫は、小島の居宅に石塀や土塀を堅固に修理して城郭同様にしている。また、その倉庫に米俵が夥しく詰まっているが、これは、門人の池部啓太を能本に遣わして肥後米を買い入れたものである。これだけでも二百人ぐらいの人数をゆうに三ヵ月は養えそうである。

そのほか、これは福田の話だが、大砲が三十門ぐらい造られ、鉄砲は五百挺ぐらい持っているらしい。その他、具足、槍、薙刀《なぎなた》の類は夥しく倉庫に仕舞われている。

また、四郎太夫は、伜《せがれ》の浅五郎や、地役人の神代政之丞、中村嘉右衛門、杉村三郎、その他、家来、若党などの徒党と語らって、しきりに長崎港外に出ては鯨漁《くじらりよう》をやっている。このことは、彼の罪状をお決めになるとき、鯨漁にことを寄せて長崎を足溜りにし、異国の兵を引き入れようとする陰謀と極めつけることができるのではなかろうか。

また、高島は小島の邸宅から長崎会所に通勤していて、私宅にはめったに帰らない。これも陰謀の秘密が洩れないための慎重な行動とも取れないだろうか。

いま、自分は、ご意向によって長崎奉行伊沢美作守《みまさかのかみ》とも連絡を取って、さらに高島の情報を集めるようにしている。いずれわかりしだい、そのつど報告を送るつもりである。

以上のようなことが、茂平次の手紙の文意であった。

なかなか要領がいい。耀蔵は、長崎の町を、あの小兵《こひょう》な男が歩き回って、高島の反対派に取り入っている様子が眼に見えるようだった。例の軽口と剽軽《ひょうきん》な態度で相手の内懐に飛び込む術を奇妙に知っている。

だが、一見、飄逸《ひょういつ》なように見えるが、その色の黒い皮膚の下に残忍なものがかくされている。耀蔵は、それに気がついている。

井上伝兵衛を殺したのは、あの男だ。まさかと思うが、カマをかけて訊いてみると、否定はしない。それも顔色一つ変えず、例の調子でへらへらと笑っているのだ。

伝兵衛の弟の熊倉伝之丞という者が長屋に来て、兄伝兵衛の下手人の心当たりをいろいろと訊いた末、ご当家に最近召し抱えられたという本庄茂平次なる者は、今はどうしているか、と彼の動静をくどくどと訊いて帰ったという。

それを用人から聞いた耀蔵は、首をひねったものである。

茂平次が師匠伝兵衛を殺したことは、耀蔵にさえもはっきりと打ち明けていない。ただ耀蔵の問いに否定をしないだけであった。だから、彼が他人に己れの秘密を明かしたとは思えない。

また、町方も伝兵衛殺しの下手人についてはしきりと調べているが、確たる証拠が上がらず、犯人の目ぼしがつかないままになっている。それなのに、伝兵衛の弟がどうして下手人を茂平次と察したのだろうか。もともと茂平次は伝兵衛の弟子だから、普通なら弟子が師匠を斬るとは考えられないわけだ。また、両人の仲は遺恨を含むほど悪くはなかったし、茂平次はあのような調子だから、それを外部に見せるということはなかったにちがいない。

耀蔵は、茂平次が師匠から再三小言を喰って遺恨を含んでいたことまでは知らないから、そう考えたのも無理のないところである。しかし、伝兵衛が密談の一端を聞いたことで将来の障害になることは暗示したから、茂平次の下手人たることは察している。

とにかく、耀蔵は用人に、今後そのような者が来ても、茂平次は遠い旅に立って、いつ帰るともしれないと言って追っ払え、と命じてある。

しかし、その後も、熊倉伝之丞という奴は、たびたび長屋に足を運んできているらしい。これほど一途に茂平次を目指しているからには、よほど確実なものが伝之丞に握られているのかもしれない。

町方が厳重な捜査をしてもわからなかった証跡を、なぜ、熊倉伝之丞だけが知っているのであろうか。用人の話によると、伝之丞は、伝兵衛が殺された晩の本庄茂平次の所在や行動を、うるさいほど、根掘り葉掘り訊いて帰ったというのだ。

耀蔵は、伝之丞のその性格から、茂平次が江戸に帰ってきても彼を尾《つ》け狙い、兄の仇討を仕掛けるような気がする。これは今後ずっと茂平次を使う以上、少々厄介なことである。だが、伝兵衛殺しの下手人が茂平次だと眼をつけた伝之丞は、その証拠をどこから得たのだろうか。誰かにそれを教えられたとすると、その密告者は誰か？

耀蔵は、あらゆることに詮索を伸ばす男であった。

いつの間にか夜になり、庭に出た。耀蔵は、胸いっぱいに夜気を吸い込んだ。遠い空で星が一つ流れた。明日は耀蔵の運命を開く出来事が起こる。

冬の穏やかな陽射しが地面いっぱいに明るく撒かれている。いかにも春を迎えたという暖かい朝の陽射しだった。

一人の年増女房が長い塀の陰に隠れていた。すぐ横には別の男が、その女とは関係なく人待ち顔に立っている。

前の濠《ほり》を越して石垣の上にも、その上の鬱蒼《うっそう》とした森にも明るい光線が当たっている。森の奥は西の丸だ。

西の丸下の、この辺の大名屋敷というと、北から数えて前田、水野、永井、南部の諸侯が並んでいる。次が建物のない草原の御用地で、つづいて麹町《こうじまち》一丁目、定火消役屋敷《じょうびけし》、松平兵部大輔、三宅土佐守と濠端を前にして並んでいる。

半蔵門はまた四谷御門とも言って、ここから真直ぐに西へ甲州街道が通っている。万一の場合に備える甲府城との直結軍用道路だ。この道筋は、番町から、四谷、内藤新宿の大木戸に至るまで旗本諸士の屋敷で固められている。

半蔵門は、鉄砲五挺、弓三張《はり》、長柄五筋、持筒二挺、持弓一組、右を万石以下三千石以上の旗本が三ヵ年勤番で警固する。

陽射しがかなり高くなった四ツ（午前十時）前であった。

大名行列が濠端沿いに、その半蔵門の前を通りすぎていく。行列は小走りの駆足だった。

普通の大名は、ゆっくりと行列を押し出していく。だが、老中に限って、さも忙しげに早駆けでいく慣習《しきたり》になっている。一説によると、天下に何かの変事が突発した場合、老中の駕籠が急いでいくと、諸人に目立つので、日ごろから老中のものに限って急ぐのだという。

その急ぎの行列が半蔵門の前を過ぎて、定火消役屋敷の前に来たときだった。先ほど長い塀の陰にうずくまっていた女が、とつぜん、駕籠を目がけて走り出した。

女は路上にまろびながら膝をつき、片手に訴状を高く差し上げていた。

「お願いでございます」

供頭が睨みつけて、

「しっ」

と叱ると、女は怯《ひる》まずに転がって、そのあとを追った。行列自体が早駆けなので、女もそれを追うのに必死だった。髪を振り乱し、着物の裾は泥だらけになっている。

「お願いの筋がございます。御老中、水野越前守さまの御行列と見て……、お願い……どうぞこの訴状をお受け取りくださいませ」

それを駕籠脇の供頭が女を撥《は》ねのける。うしろに従う供武士も女を睨みつけて過ぎた。これが日比谷御門を通って大手前に出ると、少々ことが面倒になってくる。この辺は、諸大名の行列の途上でごった返しになるからだ。

中年女は、さらにしつこく駕籠を追う。三宅土佐守の屋敷から井伊掃部頭《かもんのかみ》の屋敷にかけては下り坂になっている。それを転がるようにして慕《した》うのだった。

すると、何度目かに、供頭の手が女の差し出した訴状をさっと奪い取ると、懐に捻《ね》じ入れた。行列は、そのまま何事もなかったように通過した。女は、放心したように路の上に崩れて、行列にひれ伏していた。

水野の行列は大手前にさしかかった。ここで供回りの中間《ちゅうげん》を置いていく。これは諸大名といっしょなので、その混雑はひととおりでなかった。また、主人が下城のときは、これを迎えるのに諸家の供回りが揉《も》み合い、喧嘩まで起こったくらいである。

水野越前守が、その訴状を供頭から貰って中を開いたのは、御用部屋にすわってからだった。

忠邦はこっそりそれを読んだ。内容は鳥居耀蔵から聞いたとおりだ。

　南町奉行所で佐久間伝蔵なる者が、不正米買付一件で刃傷を起こしたが、その当事者である堀口六左衛門が未だに在任しているばかりか、その後昇進している。このご処置には何とも合点《がてん》がいかない。ご政道を明らかにしていただくため、不敬を顧《かえり》みず駕籠訴に及んだ、と認《したた》めてある。訴人は、南町奉行所で咽喉を突いて死んだ佐久間の女房の名前になっている。

　忠邦は、これを元どおりに収めて、重要書類を入れる手文庫の中にしまった。横に老中真田信濃守幸貫がいて、ちょいと不審そうな眼を送ったが、そのまま若年寄部屋から回ってきた書類を閲覧している。ほかの老中もそれぞれ机の前で書類の花押《かきはん》をしていた。誰もこの訴状の内容に気づく者はいない。

　午過《ひるす》ぎになると、南北両町奉行所の奉行と面謁する時間になっている。彼らから所管の行政報告を受けるためだが、重要な指示があれば、このとき伝える。

　その時刻、お坊主が来て、

「ただ今、両町奉行さま、お目通りを願っておりまする」

と、閾《しきい》に手をついた。

　忠邦は、矢部駿河守の精悍な顔を見るのが、今日だけは心が怯《ひる》んだ。

——桜は散ったが、まだ夜寒の三月二十一日の晩であった。

北八丁堀にある桑名藩の上屋敷に幕府大目付初鹿野《はじかの》美濃守よりの使者が来て、家老服《はっ》部石見《とりいわみ》に、左のとおりに申し渡した。

「相渡し候者有之候間、別紙書付の通り、家来を遠山左衛門尉屋敷前まで出し置き候て、評定所《ひょうじょうしょ》より案内次第遣《つかわ》し、請け取られるべく候　以上」

末尾は、真田信濃守、土井大炊頭《おおいのかみ》、水野越前守の三老中連名になっている。

別紙書付とは、

「騎馬二人、徒士《かち》十人、足軽十四、五人、乗物一挺、網懸け候事無用」

とあって、これは「相渡し候者」の護送の指示である。

家老の服部はお請けして、使者を玄関に送り出したが、言うまでもなく、これは幕府の科人《とがにん》を桑名に送って城中にて預かれ、という命令だ。

一藩で預かるからにはそうとう身分のある人にはちがいない。しかし、それが誰であるかは命令書にはないし、使者も明かさぬ。

二十一日の晩に、急使が来たのは、明日の準備をしておけというわけで、すなわち、二十二日がその科人の罪状決定日である。慣例でいけば、その日、当人は辰ノ口の評定所に呼び出されて、大目付、三奉行（南、北、寺社）立会いで判決が言い渡される。

判決が下ったら、科人は私宅に立ち寄ることは許されず、そのまま護送の駕籠に乗せられて、流謫《るたく》地にまっすぐ向かうのである。

夜中だが、服部は他の幹部、奥村、久松などを招集して、命令書による手配の緊急相談をした。主君、松平近江守定和《さだかず》は帰国中である。桑名は江戸より陸、舟路共九十四里余。十一万石。

三人の相談は、護送宰領《さいりよう》に物頭水野清左衛門、横目八木助左衛門、途中付添医師として加藤松甫《しょうほ》を決定した。

そのあと、三人の話題の中心になったのが、急のお預かり人は誰だろうという臆測である。

大名か、五千石以上の寄合旗本か、大名なら誰だろう、旗本なら誰だろうと、しばらく論議した。しかし、近ごろお取潰《とりつぶ》しになるような大名の心当たりもない。寄合では、去年の夏に、水野美濃が流されているが、これは林肥後や美濃部筑前の処分の尾をひいたものであるから特殊な例だ。とんと見当がつかない。駕籠で迎えに行くまではわからないということになった。

するると、使者が帰ったあと、一刻ほどして外桜田の真田邸からこっそり人が来て、明日の科人の名前を教えた。

「南町奉行矢部駿河守殿です」

と、その使いは言った。

「なに、矢部殿が？」

と、三人とも口を開けたままだった。

矢部は南町奉行になってようやく一年だが、評判はいたってよろしい。彼の剛直な性格は聞こえていたから、奉行としては適任者だし、事実、近ごろの名奉行だという世評さえ立っている。預かり人の名前を知らされて、松平家の家老が唖然となったのも、あまりにその人物が意外だったからである。

矢部にどのような落度があったか想像がつかない。真田家の使いもそこまでは聞いていないようである。真田家というのは老中信濃守幸貫のことで、矢部の罪状決定にはその評議に加わっている。

いったい、こんなことを老中がこっそり知らせてくることはないが、真田と松平家とは親戚になっているから、便宜を計ったのだ。当主定和の叔父が老中の幸貫で、真田家に養子に行ったのである。

矢部に落度がないとすると、考えられるのは、老中水野越前守との間の不和説だが、これもあまりはっきりしない。矢部は多少狷介《けんかい》な性格だから、水野と意見が対立することはあるにしても、それなら矢部を奉行職から逐《お》えばいいわけで、何も科人として桑名に流すことはない。

それをするからには、矢部の罪状を挙げなければならないが、それがどのようなことかは桑名藩江戸邸の家老たちには予想ができなかった。それほど、矢部の人物ができている。

翌二十二日、桑名藩では護送の準備をして、指示どおり、常盤橋門外の北町奉行屋敷前に駕籠を降ろしていた。別書によると、駕籠には網をかけなくともよいとある。

八ツ（午後二時）が指定時刻だったが、その半刻前から遠山の屋敷前で、松平家の物頭水野清左衛門は待機している。同勢、足軽を入れて二十六人、いずれも長途の旅装と警固の支度でいる。夜は肌寒いが、昼は居眠りしたくなるほどの暖かさだ。

八ツを少しすぎて、水野清左衛門は遠山手付の与力に屋敷内に呼び入れられた。

庭の玉砂利を踏んで背の高い男が歩いてくるのが水野清左衛門の眼にはいった。色の黒い顔に大きな眼が光っている。ほかに奉行所側の人数がいたが、これがまるで科人の矢部駿河の供のように貧弱に見えた。

矢部は、頭を下げている水野の前に立ちどまって、

「松平殿のご家中か。自分は矢部駿河守です」

と、大きな声で言った。

もはや、矢部は南町奉行を剝奪された寄合旗本だが、その寄合の地位もつづいて奪われ、家禄、屋敷とも召し上げられている。つまり、評定所で判決文を読み聞かされた瞬間、彼はあらゆる地位を失った牢人《ろうにん》にすぎなくなっている。

「てまえ、松平近江守家来、水野清左衛門と申します」

と、水野は名乗り、これから勢州桑名までお供しますと言った。これにも矢部は太い声で丁寧な挨拶を返した。

矢部は駕籠に乗るとき、明るい陽ざしにある景色を眺めていたが、

「よい天気だな」

と呟《つぶや》き、眼をじっと北町奉行屋敷のなまこ塀の一点に向けていた。そこには矢部の家来たちがうずくまっていた。

矢部駿河を護送する一行は、中仙道に路をとった。その夜は板橋泊まり。高崎、沓《くつ》掛《かけ》、塩尻を通って奈良井に着く。

――矢部駿河守が評定所に呼び出されたのは、二十二日の九ツ（午後零時）であった。すでに前夜から屋敷に通達があって、奉行所には出勤に及ばず、当日は辰ノ口に出頭せよ、とあった。これで駿河は覚悟を決めたのだ。

評定所では大目付初鹿野美濃守、目付柳原主計頭《かずえのかみ》、北町奉行遠山左衛門尉三人列座で、美濃守から申渡しがあった。

駿河は、その申渡しを聞くまで、どのような罪に自分を落としたかがわからなかった。とにかく、背後に水野老中と鳥居耀蔵とが策動したことだけははっきりしている。が、いかに彼らと合わないにしても、評定所に呼び出す以上、ただ町奉行職を奪うだけではなく、もっとそれ以上の処刑があるのだ。その罪状は、何を名目とするか、むしろ矢部の興味は最後までそこにあった。

駿河は、初鹿野美濃守が読み上げる文章をじっと聞いていた。

「御寄合矢部駿河守。そのほう儀、町奉行相勤め候節、組与力仁杉五郎左衛門、同心堀口六左衛門ほか五人、去る申年、市中御救米取扱掛相勤め、品々不正の取計らいに及び候始末、巨細《こさい》の儀は相弁ぜざれども、最初、御勘定奉行勤役中町方御用達仙波太郎兵衛より右御救米勘定内々差し越するため西の丸御留守居勤役中堀口六左衛門へ申し談じ、内々に取調候の由に付き……」

ここまで聞くと、ようやく駿河もあのことかと合点すると同時に、怒りが心中から燃え上がってきた。

最後を聞くまでもない。天保七年の飢饉《ききん》に幕府の買上米が天候の都合で芝浦に遅れて到着したため、別の買上船と二重になった。そのため御用達商人が大損をするところから、ときの南町奉行だった筒井伊賀守が帳簿上の操作で決済をしてしまった。それを不正米買付と言えば言えないことはない。だが、あのときは江戸市民の飢饉を救うための買付米だから、商人に損はかけられなかったのだ。

しかも、あれは数年も前で、矢部の責任ではない。当時、矢部は西の丸留守居であった。当事者は前任の南町奉行だった筒井伊賀守だ。

それを後任者の自分に罪を被せようとするから明らかな陰謀である。

「……よって松平近江守にお預け仰せつけられ候」

評定所での申渡しには異議を申し立てることはできない。美濃守が読み終わった判決文を翻《ひるがえ》して、表を矢部に見せたとき、矢部の大きな眼は文字に向かって燃え立っていた。

矢部は痩せてはいるが背が高く、顔色浅黒く、怕《こわ》いような容貌だが、それが怒りに髪の毛を逆立てているから、大目付初鹿野美濃の顔が歪《ゆが》んだ。傍らの北町奉行遠山左衛門尉は、眼のやり場がなくてうつむいている。この男は昨日まで矢部の相役だったのだが、彼を陥れる判決の評決に加わっている。

初鹿野美濃のうしろには大きな衝立《ついたて》がある。人ふたりが隠れても十分にその姿が隠せるくらいだが、矢部は、その衝立の陰に水野越前守がすわって始終を聞いているような気がしてならなかった。

美濃守は、その判決書をくるくると手もとに捲いたが、指が震えて巻紙がかさかさと音を立てた。列座の三人とも矢部の顔を正視するに耐えない様子でいる。

「では、これにて……」

初鹿野美濃も、遠山左衛門尉も、こそこそと席を起っていった。広い畳の上に、駿河は目付柳原主計頭と二人でつくねんと残った。

矢部の荒れ狂う頭の中には鳥居耀蔵の姿が映っている。彼は憤《いきどお》りを奥歯で嚙み殺していたが、摑《つか》んだ手の指は袴《はかま》の膝を破りそうになっていた。

向かい合った柳原は、

「矢部殿」

と、気の毒そうに呼んだ。

矢部と柳原とは昵懇《じっこん》の間柄だ。

「何とも、はや」

と、柳原は眼を落として、

「われらより、どう申し上げてよいかわかりませぬ。ただ、このうえは、桑名に心安らいで時期をお待ちなされませ。しばらくご辛抱になれば、またおてまえによい時期が参りましょう」

「…………」

「矢部殿。決して短気はお出しなさるな。なに、散る花は、いつまでも枝には残っておりませぬ。時節の移り変わりで、次々と次の花に譲ります」

矢部は、一言、

「ご厚意かたじけない」

と、礼を言った。

柳原主計の言葉は、政権の交替を花にたとえている。水野政権も長くはつづきますまい。必ず落日のときが参る。政権の隆替《りゅうたい》は歴史に見るとおりだ。長い眼でその時期をお待ちなさい、と言っている。あなたほどの俊才は、必ず呼び戻されて要職に就かれる。次の内閣になれば、いやでもあなたを呼び戻す。人も黙ってはいまい。ただ、勢い盛んな水野内閣では誰もがよう口に出さないでいるだけだ、と慰めているのだった。

矢部は、柳原の言う意味がよくわかった。しかし、沸《たぎ》り立つ忿怒《ふんぬ》は、それを理解しても、心に納得するにはまだ時間を要した。矢部がかたじけないと言ったのは、彼の厚意を謝しただけだ。

「道中の儀は」

と、柳原は温かな眼で言った。

「桑名藩にいろいろと心遣いを申し渡してある。何事も駿河殿に対しては無礼なきよう、道中も警固に差しさわりないかぎり御身の気ままに任せるよう取扱いを言っている。……矢部殿。長くて二、三年の辛抱です。どうか、遊山にでも発つような気持ちになられるがよろしいぞ」

矢部駿河は眼を閉じていた。


桑名藩の護送宰領水野清左衛門は、矢部駿河を丁重に扱った。幕府から預かった囚人だが、水野も矢部の心情には同情している。そのため護送の規則は厳しくとも、違背せぬ程度に彼をたいせつにした。

科人には休息や泊まりの間、煙草を給してはならないことになっている。もとより酒も出せない。だが、これは法規で、水野は自分の責任において泊まりの宿ごとに酒を出した。

一行は中仙道を木曾路にはいったが、駿河も初めての風景を愉しむふうに見える。寝覚めの床を過ぎて、妻籠《つまごめ》というところに着いた。

「水野殿」

と矢部は懐紙と矢立を求めて、

里の名を問へば哀れぞ増しにける
わが妻や子はいかがなるらむ

と、歌をかいて見せ、

「恥ずかしい一首をしたためました」

と笑った。寂しい微笑である。

それから馬籠《まごめ》の峠を越し、中津川に出て鵜沼《うぬま》から熱田《あつた》に出る。桑名藩の差回しの船が彼を迎え、七里の渡しを桑名に着けた。

桑名藩では城中の一画《かく》に幽閉所を建てた。竹矢来で外を囲み、濠《ほり》を囲《めぐ》らし、警固の人数を昼夜交替でつけた。預かり人といっても幕府の科人だから、幽居は思いのほか厳重である。当人には帯刀はもとより、刃もの、針などいっさい持たせぬ。行水のときは、坊主が付き添って湯をかけ、浴場にはいるときは必ず番人が次に控えている。毎朝の髪は、番人が鋏《はさみ》を持って元結《もとゆい》をくくる。決して、当人に鋏を持たせることはない。大小用に起つときも、坊主が次の間に控えている。寝るときも必ず一間を隔てて不寝番がつく。

また、桑名藩では、東海道筋の警固を厳重にし、城のすぐ下が揖斐川《いびがわ》の河口になっているので、出入りの船を検問した。科人の病気に備えて医者が付けられた。

食事は三度三度勤仕の坊主が持ってきたが、矢部は、

「ありがたいが、どうも食欲がない」

と、箸をつけない。それが二日ほどつづく。

「どこぞお悪うございますか？」

医者が尋ねても、別段のことはないと言って微笑している。医者ははじめ、環境の激変でそのようなこともあろうかと思っていたが、矢部の食事を摂《と》らぬことが三、四日つづいた。こうなると、矢部の意志がどこにあるかわかる。

矢部は、この幽居にはいっても、夜、床にはいらない。裃《かみしも》を着けたまま、夜も端然として床の柱に凭《よ》りかかっている。昼は両手を膝について身動きもせぬ。

勤仕の者がどうすすめても、矢部は頑として食事を受けつけなかった。それが五、六

日つづくと、彼の魁偉《かいい》な容貌もさすがに窶《やつ》れ果てて、眼光だけが光って、見るのが怖ろしいくらいである。

松平家ではおどろいて急飛脚を立て、これを江戸に報じた。大目付は、奥医師中川道《どう》玄《げん》を即刻桑名に下して矢部の診立《みた》てをさせた。

道玄が脈を診ると、すでに微弱な搏《う》ち方である。道玄はいろいろと薬をすすめたが、矢部は、その厚意だけを謝して頑として受け付けない。

「遠路はるばるお越し願ってまことにかたじけないが、自分は服薬はいっさいいたさぬつもりです。このような境涯になっては、たとえ丈夫な身体に戻ったとしても詮ないことです」

と、気息奄々《きそくえんえん》として語った。

道玄が、

「矢部さまとも思えぬお気弱な言葉と存じます。またの春がめぐりくることもさほど遠くないと存じます。これもご奉公と思《おぼ》し召して、どうぞ薬餌《やくじ》を摂られますように」

と、すすめたが、

「いやいや、たとえご奉公と申されても、所詮わたしにはもう役には立たぬこと。どうか、自分の気持ちを察してくださるなら、これ以上薬などおすすめくださるな」

と、痩せた手を振る。

矢部は、うつらうつらと眠たげな眼をして絶食の日を送り、すでに心身虚耗《きょこう》の状態とみえた。そんな日、矢部は、こんな感慨を道玄に洩らした。

「自分が大坂奉行であったころ処分した罪人のうち、死罪にした者が一人あるが、あれは今から考えてみると死罪にするほどではなく、せいぜい遠島でよかったと思う。その男が、死刑を申し渡したとき、無慈悲な御奉行と言わぬばかりに自分を睨《にら》みつけたことがまだ心に残っている。あの男に判決を下したのが三月二十二日。自分が罪を蒙《こうむ》ったのも同じ三月二十二日。まことに不思議な因縁だと思っています」

矢部の顔色は憔悴《しょうすい》が募り、すでにこの世のものとは思われなかった。

箱根の男

長崎を発った本庄茂平次は、伊勢の四日市まで歩いてきた。独りではなく、女を連れている。

長崎の丸山の女郎の玉蝶だ。茂平次が長崎に滞在している間に馴染《なじ》んだが、女はどうしても江戸に連れていけと彼にせがんだ。

茂平次は、女を請け出すほどの金はないので、玉蝶と諜《しめ》し合わせて途中で待ち合わせ、郭《くるわ》を脱《ぬ》けてきた彼女といっしょになった。

茂平次は、女には、女房はすっかり厭《いや》になって、今度江戸に行ったときは離別するつもりだと言ってある。女はそれを信じて、どうしても江戸でいっしょになりたいと言った。色も白いし、眼鼻立ちはまんざらでもない。茂平次は、江戸に着けば女を突っ放すつもりで、道中だけの慰《なぐさ》みにして連れている。毎晩、宿場女郎を買うよりも安上がりだ。博多までは、追手がかかるのをおそれたが、そこを過ぎると、太平楽な気分になって、道中の泊まり泊まりを玉蝶とふざけながらたどり着いた。

茂平次は、長崎の数ヵ月の滞在で高島四郎太夫の行状を調べ上げ、その資料を懐《ふところ》にしている。自分でもこれだけ揃えたことに満足だし、耀蔵に賞められることは必定だ。今度の江戸帰りがそのまま彼の出世につながるから心愉《たの》しかった。

四日市を立って桑名にはいった。船着場に行く両側には、名物の焼蛤《やきはまぐり》の店が並んでいる。店先の女たちが竃《かまど》の火を団扇《うちわ》であおぎながら、貝殻を焙っていた。

「噂には聞いていたけれど、これが焼蛤ですかえ?」

と、はじめて江戸に行く女は、うれしそうだ。本名はお玉だ。

「どうぞお寄りくださいまし」

と、店の女たちが呼び込む。

「一つ食べてみたいわ」

「おめえもよっぽど食いしんぼうだな。これまで、名物と聞けば必ずつまんできたぜ」

「だって生まれて初めてだもの。初ものは七十五日長生きするというからね」

「おやおや、そんなに婆アになるまで長生きするつもりかい?」

「悪かったね。あたしゃ婆アになっても、あんたから金輪際離れないから、覚悟をおしよ」

長崎の女は情が濃いというが、このお玉も、茂平次には至れり尽くせりの世話をする。その点、武家屋敷に奉公していたお袖の、どことなく味気ないのとはかなりな違いだった。茂平次が、ともかく江戸まで連れていく気になったのもそのためだ。もっとも、それから先はどうするつもりかわからない。

茂平次と女とは、蛤を肴に酒を呑んだ。女は酒好きだった。銚子を二、三本空けて、

「どれ、ぼつぼつ出かけようか」

と、起ち上がった。

渡し場まで来ると、広い河口から涼しい風が吹いてきている。すぐ横手に城が見えた。水の上に突き出た石垣の上に櫓が載って、強い陽が、その白壁に眩しいくらいに当たっていた。

「どなたさまのお城ですかえ?」

と、女は訊く。

「おめえは何にも知らねえな。桑名十一万石、松平近江守さまだ」

「これは海ですかえ?」

「海じゃねえ。揖斐川《いびがわ》と言って、まだ河口だ」

「広いもんですね。長崎にこんな大きな川はないね」

「これ、そう長崎長崎と言うんじゃねえ」

茂平次は、まだどこかに追手のことを心配している。


船着場には会所がある。船を待っている旅人が、その横の乗場にかたまっている。ここから宮までの乗合は一人十四文であった。

遠い水面に、黒い雲が刷いている。どこかの大名の道中らしく、舳《へさき》に幔幕《まんまく》を張った船が、ゆっくりすべってきている。

幔幕の赤い色が、この大きな展開風景の中に、朱の点を入れたようにきれいだった。

船頭が出船を合図する。待っていた乗客は、ぞろぞろと船の中に乗り込んだ。

茂平次は、先ほどから、このあたりの様子にちょっと奇異な思いをしていた。会所を中心に、船着場の警固が物々しいのである。桑名藩の武士だろうが、陣笠に野袴《のばかま》という姿でうろついていて、会所の出入りも多い。

前にここを通ったときは、そんなことはなかった。何となく空気が物々しいのだ。船に乗ってからも、そういう警固の武士が船着場に立って、乗合客の様子を上からじっと見おろしている。

茂平次は、はじめ、廓抜けの女を連れているのでうす気味悪かったが、まさか、その詮議でこれだけの人数が出ているわけでもあるまい、何だろうかと奇妙に思った。

「えろう厳しゅうおまんな」

と、横の男が連れに話しかけている。どうやら、この近在の人間らしかった。

「もし」

と、茂平次は声をかけた。

「いったい、どういう筋のお固めでございますかえ？」

隣りの男は振り向いて、

「おや、あんさんは旅の衆やよってにご存じないやろが、いま、あのお城に……」

と、船から見える桑名城に顎《あご》をしゃくり、

「元江戸南町奉行矢部駿河守さまが押し込められていやはるでな。桑名藩では公儀のお預かり人やさかい、道中筋のご警固がうるそうおまんねん」

「なに、矢部さまが？」

茂平次は小さくなっていく城のほうを唖然として眺めた。

（耀蔵め、とうとう、やったな）

茂平次の胸にきたのは、この衝撃だった。

耀蔵が矢部を追い出して南町奉行になりたがっているのは茂平次も早くから知っていた。耀蔵のことだから、いずれはその野心は成就させるにちがいないと考えていたが、それがこんな形で現われようとは思わなかった。茂平次にも予想外である。

（町奉行を辞めさせるなら、御役御免だけでも済むはずだ。それを罪人にして桑名藩に流すとは！）

茂平次は、今さらのように、鳥居耀蔵の残忍さと実力とに驚嘆した。狙いを定めた相手は必ず仕止めるというのが耀蔵の性格だが、これほど執念深いとは思わなかった。ただの解職では慊《あきた》らず、徹底的に相手をやっつけなければ耀蔵の気が済まないのだ。

味方にすれば、これほど頼りになる人物はいないが、敵に回すとこれほど怖ろしい男はいない。

茂平次は江戸にいるころ、町奉行としての矢部駿河の評判を知っていただけに、耀蔵がよくぞここまでやったと思う。いかに彼が水野越前をわが物にしているかがわかるのだ。

このような処置は、むろん、水野越前の手が動かなければ行ないえないことだ。してみると、鳥居耀蔵は今や水越のうしろに控えて、彼の手足を自由に操るくらいにまでなっている。

それにしても、わずか数ヵ月長崎にいた間に、世の中はずいぶんと変わったものだと茂平次は思った。不思議な因縁で、矢部の幽閉されている場所を見たものだ。

沖合いに出ると、先ほど船着場から眺めた暗い空が近づいてくる。船中の乗合客は急いで合羽を着けたり、笠をかぶったりした。

振り返ると、桑名城は煙雨の中に消えていた。

(そうか、矢部がとうとう落ちたか)

では、鳥居耀蔵はもう南町奉行になっているはずである。

（これはありがたいことになった）

茂平次は、矢部駿河の境遇に一片の同情も湧かなかった。むろん、耀蔵の下についているから矢部に対しての好感はなかったが、すべて落目の人間には彼の気持ちは冷淡なのだ。たとえ、耀蔵が転落の運命に見舞われても、彼といっしょに心中しようなどという気持ちは少しもない。没落する人間には軽蔑と快哉を送っている。

茂平次は、思わず唇がほころびた。これからいい目が出てきそうである。

——おれはどこまで出世するかわからないぞ。

横の女が茂平次の顔を見て、

「おまえさん、何を思い出し笑いしてるのだえ？　いやだねえ」

と、おかしそうに訊いた。勘違いしているのだ。

「うむ、泊まりを重ねるたびに、おめえにいい目をみせてもらえるからの」

「あたしにかかったのがおまえさんの百年目。身体に用心しなさいよ」

今度は女が淫乱そうににっと笑った。

霽《は》れ上がった海上には眩しい陽が射している。遠くに尾州《びしゅう》の山々が霞《かす》んでいた。

七里の渡しを過ぎて宮に上がった。

その夜は宮泊まり。これから江戸へは八十八里ある。

翌る日は、朝寝の癖のついている女を引き立てて、早く出立した。こうなると、茂平次ものんべんだらりと女の身体ばかりにおぼれてもいられない。早く江戸に着いて、新奉行となった耀蔵に会わなければならぬ。江戸に近づくこと、それが己れの出世に近づくことでもある。

次は岡崎泊まり。

松葉屋という宿に上がって、お玉といっしょに酒を呑んだ。女は呑ませると浴びるほど呑む。

こうなると、茂平次も、いよいよ、この女に煩《わずら》わしさを覚えてきた。江戸を留守にした間に、世の中は鳥居耀蔵を軸に大きく変化してきたように思える。もし、ひとり旅だったら、こんな所に泊まるのではなく、もっと無理をしてでも江戸へ急ぎたいところだ。足弱連れだからどうしても遅くなる。

銚子が十本ばかり並んだ。ここは花街《いろまち》が近いとみえ、三味線や唄声が聞こえてくる。女もそれを聞いて長崎の郭を思い出しているらしい。彼女は少し心細くなったのか、

茂平次に、

「ねえ、おまえさん。江戸に着いてもあたしを突っ放さないだろうね？　あたしはおまえさんが頼りだからね。心変わりでもすると、死んでしまうよ」

酒に酔っているので、茂平次にしがみついて声をあげて泣き出す。

「なに、大丈夫だ。心配するな」

と言ったが、茂平次もうんざりしていた。彼は、この岡崎が遊女街として街道一だということを知っている。

(面倒だから、どこかの宿場に叩き売ってくれよう)

どうせ、江戸に連れていけば厄介なのは決まっている。それよりも、早いとこ処分してしまえば後腐れはなくなるし、売った金も手にはいる。一石二鳥だった。

だが、女は、その世界に住んでいたので、妙な素振りをすると、すぐに勘づかれる。

茂平次は、あくまで女の言いなりになっているような、腑抜けた格好《ふり》をしていた。

御油《ごゆ》の町を過ぎると、やがて汐見《しおみ》峠にかかった。この坂を上ると、遠州灘七十五里が一望に展《ひら》ける。はじめて富士山も雲の間に見えてきた。

お玉は、富士山を初めて見たと言って無性に喜んでいる。

「くたびれたから、ここで休んでいこうよ」

と、女は、松原の見える上で草に腰をおろした。ここは、すぐ下が崖になっているので海が低く見える。

茂平次は舌打ちをした。女を連れていると、一里行っては休み、半道行っては腰をおろす。

「富士山なんざ、もっと先に行けば、いくらでも大きく見られる。さあ、先を急いだ、急いだ」

茂平次は急《せ》き立てる。

東海道の道筋だから、街道には人馬の往来が激しい。だが、女が休んだ所は、その道から離れた断崖の上になっている。展望のため、どうしてもこの地形にすわりたくなるのだ。

茂平次は崖の下をのぞいて、ふと、このまま女を下に突き落としたら、という気が起こった。酒は呑むし、自堕落だし、とても江戸でかまいつけていられない。それに、これから耀蔵に縋《すが》って出世するには、こういう女はいないほうが無事なのだ。ここまでの路銀も、女と二人分だからかなり使っている。彼は、そんな懐勘定もしていた。

だが、陽はまだ高い。街道は松並木で遮られているにしても、ここで大きな声を出されると、通行人に聞き咎《とが》められる。

まだ、江戸まで六十里以上ある。途中、箱根の関所があるが、女切手の用意もない。

早くこの女の始末をつけようと考えた。


沼津にはいったのが五日目で、三島に泊まって箱根にかかった。

嶮岨《けんそ》な山坂をお玉が歩いて越すとは思えない。果たして半里ばかり坂を上ると、そこに尻を据えてしまった。

そんな女を見ていると、長崎の廓で見た魅力が嘘のようで、情けない狐のような顔つきになっている。

「おまえさん、あたしはもう動けないよ」

と、女は泣き声を出した。

「しようがねえな。子供じゃあるまいし。そこですわり込んでも埒《らち》があかねえ。見ろ。通る人が笑ってるぜ」

「いくら笑われても、動けないものは仕方がないね。そんなら、あたしを負《おぶ》ってくれるかえ？」

「冗談じゃねえ。困った奴だ」

「おまえさんも、あんがい情がないんだね。長崎では巧いこと言ったくせに、こんなに薄情とは思わなかったよ」

廓の女の常で常識がなかった。

ちょうど、そのとき、

「旦那」

と、駕籠舁《かごか》きが寄ってきた。

「どうやら、お連れさんがお困りのようですね。あっしたちは帰り駕籠だから、安くしておきますぜ」

その声に女が飛びついた。

「おまえさん、あたしは駕籠に乗っていくよ」

箱根の関所に出るまでは、いくつもの山坂がひかえている。大しぐれ、小しぐれ、下長坂、上長坂などの難所があった。

茂平次は駕籠脇に従った。雲助は馴れているので、息杖《いきづえ》を調子よく突きながら、駕籠をゆすっていた。

一の山までくると、茶店がある。

「おまえさん、駕籠でも苦しくてならないねえ。一杯気つけに呑ましておくれよ」

雲助が眼をまるくして、

「こりゃおどろいた。お姐《ねえ》さんはよっぽどいけるんですね？」

「あたしは、畳の上に上膳据膳《あげぜんすえぜん》で暮らしてきた女だからね。こんな山路は駕籠でももたないよ。遠慮は要《い》らないから、おまえさんたちも一杯ずつお上がりよ」

「へえ、ありがとうございます」

茂平次は渋い顔をしていた。

お玉は駕籠から出て、茶碗酒をぐっと呷《あお》っている。

茂平次は、ふと思いついたことがあって、先棒《さきぼう》を離れた所に呼んだ。

「どうだ、おめえたちに金儲けをさせてやろうか」

と、小声でささやいた。

「へ？」

駕籠舁きは妙な顔をして見ている。

「あの連れだが」

と、顎をしゃくり、

「あのとおり大酒呑みで、おれもほとほと困っている。なに、途中から胡麻の蠅みてえにおれにくっついてきた女だ。これから江戸へいっしょに行くのはごめんだ。おめえたちで、あの女をいいようにしたうえ、三島の飯盛《めしもり》に叩き売ってくれねえか？」

「へえ」

と言ったが、雲助が呆れている。

「なにもそうおれの顔を穴のあくほど見ることはあるめえ。当節は金の世の中だ。おめえたちも少々の酒手を貰うより、そのほうがよっぽどよかろうぜ」

「わかりました」

と、はじめて雲助が下卑《げび》た笑いをした。

「だが、ここではちっとばかり具合が悪うござんすね。旦那ももう少し先までつき合っておくんなさいまし。あっしどもが人気《ひとけ》のねえ所でうまい具合に片づけます」

「おう、そうか」

「それで、分け前はどのぐれえ戴《いただ》けますか？」

「どうせ、おめえたちにくれてやった女だ。吝《けち》なことは言わねえ。みんなそっちで取ってくれ」

「へえ。すみません」

その駕籠舁きは、茶店の前に戻って、女を先に駕籠に入れたあと、相棒に耳打ちをした。

「さあ、行こうぜ」

駕籠舁きは弾んだ声を出した。

茂平次は、駕籠のうしろから坂道を上った。歩きながらあたりを見回したが、山中でも東海道だから、人馬や駕籠の往来は途切れなかった。人の気配がないと思っていても、山裾《やますそ》のかげから、ひょっこり人間が現われたりする。

いったい、雲助どもはどこでこの女を始末するつもりなのか。茂平次は、駕籠のうしろに従って考えている。

駕籠舁きは威勢よく息杖をついていた。彼らは、女をいいようにした挙句、三島の女郎に叩き売ることで金もはいる。しかも、連れの男がそうしろとすすめるのだから、駕籠をかついでいる肩が弾むのも無理はなかった。

富士が大きな姿で左側にくっきりと現われた。

駕籠の中の女が茂平次を呼んだ。

「どうした？」

「なんだか駕籠の中も苦しいね。少し外に出して休ませておくれでないか」

女は苛立ったような声を出した。

「しようのねえ奴だな。歩けば尻餅をつくし、駕籠に乗せれば苦しがるし、わがままもいい加減にしろ」

「だって、おまえさん。廓《くるわ》では縦のものを横にもしなかったんだからね。長崎くんだりから長い道中を歩きつづけているんだもの、少しはあたしの身にもなっておくれよ」

駕籠舁きが聞きつけて、

「おや、姐さんは長崎からですかい？」

と、おもしろそうに訊いた。廓の女とわかって、処分もしやすくなったと安心したらしい。

「そりゃ遠いところをたいへんだ。姐さんの言うのも無理はねえ。ねえ、旦那。少し休ませてあげたらいかがでしょう?」

「そうだな。迷惑をかけるな」

「なに、どうせ、空駕籠で帰ると思やあ、よっぽどましでさあ」

「そんなら、その辺でちょっと降ろしてくれるか」

「へえ、この先に賽《さい》の河原という所がございます」

「なに?」

「名前は気味が悪いようですが、往来の者が行倒れの死人を葬《とむら》って石を積み上げた所でさあ。その辺がちょいと広くなっておりますので、景色もいいし、ちょうど、休むに格好の所です。あとひと走り辛抱してください」

「聞いたとおりだ。もうちっと我慢しろ」

茂平次が言うと、

「なんだか頭痛がして、胸がむかむかしてきたから、なるべく早くしてくださいよ」

女の声は不機嫌に催促した。

駕籠舁きは茂平次と素早く眼を見合わせた。茂平次は黙ってうなずく。

坂をいくつか曲がって上ると、少しばかり展けた所に出た。片側は三国山が壁になって富士を隠している。片側は藪《やぶ》ばかりだが、その上に広い空が雲を積んでいた。

「姐さん、やっと着きました」

駕籠舁きは声を掛けておろした。お玉が中から匍《は》いずり出た。

「なるほど、これが賽の河原か」

崖の下に、いくつとなく小石が塔のように積み上げられている。あたりには、そんな石がいっぱいに散っていた。

「ここで往来の衆が念仏を唱えて参ります。まあ、ゆっくりお休みなせえ。あっしたちは、もうちょいとばかり、その辺をぶらつかせてもらいます」

二人の駕籠舁きは、茂平次とお玉を残して一人ずつ両方に散った。その意味は、あとで茂平次にわかった。ここは峠の一つになっているので、両方の端に立てば、下の街道がひと目で見渡せる。つまり、駕籠舁きは、人が近づいてくるかどうかを物見しているのだった。

お玉は石の上に横ずわりになって、脚をさすりながら、

「あたしは、念仏とか、抹香臭いものは大嫌いでね。いやな所に降ろしたもんだね」

と、小石の積み上げたのを睨んでいた。

「まあ、そう言うな。旅に出れば、一寸先が闇だ。おまえだってどうなるかわかったもんじゃねえぜ」

茂平次は腰から煙草入れを抜き出して、火をつけた煙管を女に持たせた。これが最後の機嫌とりだと思っている。

女はうまそうに吸っていたが、

「あと、江戸までどのくらいだえ?」

「そうだな、今夜が小田原泊まりで、その次二晩も泊まれば、花のお江戸だ」

「おまえさん、まさか、江戸にはいってあたしを撒《ま》いて遁げるんじゃないだろうね?」

茂平次は女の直感にぎょっとなったが、顔では笑った。

「おめえも旅に出てから、だいぶ気が弱くなったとみえるな。何度も聞かせているとおり、この茂平次は長崎生まれの地の人間だ。なんでおめえをそんな目に遭《あ》わせてよいものか」

「そうだね、おまえさんは長崎の人だから、旅の人と違って、あんまりひどい真似はしないだろうね。あたしはこんなわがまま者だから気にいるまいが、江戸にはいったら、心からおまえさんに尽くすつもりだよ。見捨てないでおくれ」

「改まって何を言うのだ。ここは賽の河原だ。世話狂言の台詞《せりふ》には、ちっとばかり舞台が違うぜ」

駕籠舁きが両方から戻ってきて、

「旦那、姐さん。お待たせしました」

と、置いた息杖を手に握った。

「さあさあ、早いとこ乗って、小田原でゆっくりと疲れを休めてください」

女は今の休みで少しは気分がよくなったか、わりと機嫌よく駕籠の中にはいった。駕籠舁きは掛け声をかけていっしょに腰を伸ばした。

そこを通り過ぎて下りにかかると、道が二股に岐《わか》れている。本街道とは違った細い路の上に、樹が鬱蒼《うっそう》と茂って、行く先が暗くなっていた。

駕籠舁きが茂平次を振り返った。眼をぎょろりと剥《む》いて、顎をしゃくる。おまえさんは勝手に本街道を走ってくれ、という合図だ。

「姐さん、少し近道を行くから、ちょいとばかり揺れますぜ。旦那もあとから気をつけて従いてきておくんなさい」

駕籠舁きはわざと大きな声で言うと、暗い径《こみち》の方角へ掛け声を殺していっさんに逃げこんだ。

茂平次は、あとを見ずに街道を駆けた。悲鳴が藪《やぶ》の中から起こった。

関所を無事に越してから、茂平次は、ようやく安堵した。

これで、お玉から追いかけられることはないのだ。長崎からここまで背負いこんだ厄病神をやっと払い落とした心持ちだった。気分がせいせいした。

女の叫びを聞いたときも、何の感情も起こらなかった。

(恨むなら勝手に恨め。こっちの知ったことじゃねえや)

大酒呑みのうえに、横着者だった。女郎の垢《あか》が身に染みこんでいて、普通の生活のできる女ではなかった。

その代わり、情はこまやかだった。むっちりと太った身体は、肌の荒《すさ》みがあまりなく、閨《ねや》の中も粘っこい。雲助の慰みものにするのは惜しかったが、ここまでいっしょに泊まりを重ねてきたのだから、思い切らなければなるまい。

だが、あんな女だ。三島の女郎になったら、その土地の水に馴染《なじ》んで、浮世三文と鼻唄まじりの生活を送るにちがいない。そこは、あんな女だから諦めも早いだろう。――

向こうから大名行列が登ってくる。駿府から沼津への途中でも二つの行列に会ったが、ここでもそれと出会った。三月から四月にかけては西国大名たちの帰国の時期に当たるので、行列が頻繁なのだ。

茂平次は他の旅人といっしょに山側の端にすわっていた。ここは猿すべりといって、箱根の山中でも片側は截《き》り立った断崖になり、その下は俗に篠原《ささはら》の谷といって、早川の渓流が泡を噴いている。向かいの連山は壁のように迫っている。行列を見送る者は、山を背にして一列にすわり込むことになった。

行列は長かった。それに、彼らは上り坂になっているから、よけいに通過に暇がかかる。いったいに、この辺は、難所の中でも名だたる急峻だ。馬に乗った者も、ここは降りて歩く。徒歩の武士は、いずれも顔に汗を流していた。

この行列を道端に見送っている中に、先ほどから茂平次の横顔ばかりちらちらと見ている三十四、五歳の旅装の武士がいる。茂平次から三人ばかり町人を置いた向こうである。武士は茂平次のほうに気をとられすぎて、国守の駕籠が通過するとき、供回りの者に注意されたくらいだった。

茂平次のほうはいっこうに気がつかない。ようやく行列が過ぎて、裾《すそ》の土埃《つちぼこり》をはたいて起ち上がった。ほかの者も邪魔された時間を取り返すかのように脚を速める。

片方の谷にはうすい霧が匍《は》っていた。

「しばらく」

茂平次はうしろから声をかけられた。振り向くと、編笠をかぶった小太りの男が追ってきている。かなり急いだとみえ、編笠の中からせわしない息を吐いていた。

「おう、やっぱり本庄氏だったな」

茂平次はぎょっとなったが、相手が編笠なので顔がわからず、身構えしてのぞいた。

「おてまえは？」

「熊倉伝之丞です」

相手のその声に歓びの響きがあった。編笠を取ったとき、井上道場でよく見かけた師匠井上伝兵衛の実弟、熊倉伝之丞の浅黒い顔が現われた。

「おや、これはお珍しい」

茂平次は内心のおどろきを隠して、にこりと笑った。

「熊倉さま、また意外な所でお目にかかります」

「いや、わたしもあんたに会えてうれしい」

熊倉伝之丞は、言葉に似ず顔を上気させて興奮していた。

「まさか、ここであんたにうまく会おうとは思わなかった……」

茂平次は、伝之丞の言う、うまく会えた、という言葉が鋭く耳に刺さった。おや、と思った。

「どちらへ……」

それでも茂平次は如才なく言いかけて、

「ああ、おてまえさまは松平隠岐守さまのご家中でしたな。さては、これから伊予松山のご本藩にでもお下りなされるところですか？」

「いやいや」

と、伝之丞は激しく首を振った。

「そうではない」

「はあ。それでは何のご用事で？」

「いや。……ま、本庄氏、いっしょに歩きながら話そう」

「いっしょにと申されても、てまえは結構ですが、あなたさまはこれから箱根をお上りではございませぬか？」

「いや、今まではそのつもりだったが、もうよいのだ」

熊倉伝之丞は茂平次の肩にふれるくらい横にならんだ。

「それは、またいかがな次第で？」

茂平次はいよいよ用心したが、のんびりした表情は忘れなかった。

「ここで、あんたに会えたから、それでいいのだ。もう遠い所まで行くことはない。ごいっしょに江戸まで戻ろう」

茂平次が横眼で見ると、熊倉伝之丞は、そっと片手で神仏でも拝むような格好をしていた。

「わたしがあんたに会って、いっしょに引き返す理由《わけ》を話して進ぜよう」

伝之丞は歩きながら言った。

「わたしの兄、あんたにとっては師匠の井上伝兵衛が、何者かに斬り殺されて以来、弟のわたしが、日夜、その仇《あだ》を捜しているのは、あんたも知ってのとおりだ」

「いや、ごもっともなことで。実はてまえも、短い間ですが、一時は師弟として恩義を受けた者。あなたさまともども井上伝兵衛さまの仇を捜さねばなりませぬが、ゆえあって鳥居耀蔵さまのご家来に加えられたため、主家の用向きに遮《さえぎ》られて何かと自由が利《き》きませぬ。まことに申し訳ないことで」

茂平次は恐縮を見せた。

「うむ、あんたにその気持ちがあるのか？」

伝之丞は念を押すように訊いて、

「それなら言うが、わたしはあんたの行方を捜していたのじゃ。少々ものを訊きたいと思ってな。それで鳥居さまのお屋敷に伺ったところ、あんたの行方をどうしても言ってくださらぬ。だが、いろいろと手を回して調べたところ、どうやら、長崎に帰国されているということを知ったのじゃ。わたしはそのため長崎まで行ってあんたに会うつもりだった。……いや、ここで会えたのは神仏のお引合わせ。まだ夢見心地でいる」

「これはしたり、熊倉さま。長崎までわたしを訪ねておいでになるからには、まるで、わたしが伝兵衛さまを討ったようなお疑いに聞こえますが……」

「ありようは、そのとおりだ」

「何とおっしゃいます？」

茂平次はわざと気色《けしき》ばんだ。

「いかに伝兵衛さまの弟御とはいいながら、めったなことを……」

「それなら、本庄氏、訊くが、兄伝兵衛が殺された晩、あんたはどこにいた？」

「それは前にも言ったことがありますが、家の中にずっと引っ込んで、どこにも出てはおりませぬ。てまえ女房お袖に訊いてくだされば、ちゃんとわかります」

「なるほど。だが、女房は夫のことだから都合のいいようにしか申さぬ。これは信用がならぬでな」

「伝之丞さま。では、わたしが伝兵衛殿を殺した下手人とでも言われるのですか？」

「いや、そうは言わぬ。残念なことに証拠がないでな。しかし、確かなところから知らせがあった」

「はてね」

茂平次は首をかしげてみせた。

「確かなところとおっしゃると？」

茂平次の頭に泛《うか》んだのは、伝兵衛を斬った前後の光景だ。斬り殺したとき、誰かが闇の中から来るのを耳で知った。彼はあわてて遁げたものだが、あの暗さだ、誰が通りかかったとしても、うしろ姿だけでわかったとは思えない。伝之丞め、いい加減な罠をかける、と、肚であざ笑った。

「うむ」

果たして伝之丞はあとの言葉をすぐにはつがなかった。これが茂平次には彼が詰まったようにしか取れなかった。

「それをいま明かすわけにはいかぬ。なにしろ、相手が迷惑するでな」

「これは熊倉さまのお言葉とも存ぜぬな」

と、茂平次は急に強い声で抗議した。

「どなたがさような根も葉もないことをあなたさまに言ったか存じませぬが、迷惑はわたしのほうです。なにしろ、師匠殺しの嫌疑を受けているわけですからな。こりゃ黙っておられませぬ。中傷した人間の迷惑が大事か、師匠殺しの汚名を被せられたわたしの迷惑が大事か、熊倉さま、さあ、お聞かせくださいまし。ご返事によっては、そのお人のところにあなたさまを同道して談じ込まねばなりませぬ」

熊倉伝之丞の顔に軽い狼狽が走った。

「まあ、そのことは、いずれ……」

と、言葉を濁そうとした。

茂平次は、井上伝兵衛の道場に通っていて、時折りやってくるこの熊倉を知っている。松平家の家来というが、鈍重で、口が重く、それに律義者だ。

茂平次を疑ったのも漠然とした想像からにちがいない。その証拠に、彼はなんの実証も握っていないのだ。誰かに教えられたと言っているが、それが単純な恫喝であることは、出所が言えないでいる伝之丞の狼狽で何より明瞭ではないか。

「熊倉さま。あなたはわたしを長崎まで追ってこられようとなされたくらいです。よほどの確実な証人があったとみえますが、いったい、それは誰でしょうか？　わたしは江戸にはいっても、主命を報告する前に、まず、そっちのほうから話をつけなければなりませぬ。さあ、ご遠慮には及ばぬ。お名前を明かしてくだされ」

茂平次が大きな声を出すので、傍を通る人が振り返った。

熊倉伝之丞の表情が正直に困惑を見せはじめたのは、その密告が名前のない投書だったことだ。もともと、茂平次の挙動を疑っていたところに、この内報があったので、すぐとそれに決めてしまったのである。

「それはいずれわかることじゃ。しばらく待ってもらいたい」

伝之丞は茂平次の理詰めにあって。気弱な声を出した。

「いや、なりませぬ。かようなことは他のことと違い、てまえの恥辱でございますからな。おてまえさまのご都合次第で先に延ばすのは承服できませぬ。さあ、明かしてくださいませ」

「まあまあ」

と、熊倉伝之丞は防禦に出た。

「それでは、本庄氏、おてまえはしかと兄を討った覚えはないのだな」

「ご念の入ったお尋ねで……」

と、茂平次は嗤《わら》った。

「わたしがかように言っていることです。さような極悪非道なことがどうしてできましょうか」

「うむ……」

熊倉伝之丞はむずかしい顔で口を曲げた。

「てまえは先を急ぎまする。これで御免……」

茂平次は、さっさと伝之丞から離れて先に歩き出した。

（へん、唐変木《とうへんぼく》め。のろまなくせにカマなどかけて小細工をしやがる）

茂平次は熊倉伝之丞の鈍重さを嗤ったが、一町ばかりを過ぎて振り向くと、その伝之丞がのろのろとうしろから影法師のように従《つ》いてきているのを見た。


その夜は小田原泊まりで、茂平次は草鞋《わらじ》を脱いだ。

小田原は、箱根を越す者と越えてきた者との足溜りになっているから、その賑わいぶりは街道で一、二を争った。大久保加賀守十一万石の城下だ。この辺は名物外郎《ういろう》売りの店が多い。

茂平次は、風呂から上がって食膳についた。宿の女中を相手に銚子を三本空ける。

「旦那さま、お独りの旅では寂しゅうございますね」

顔の平べったい女中が酌をしながら言った。

「うむ。毎晩ひとりで枕を抱いて寝るのだからな」

茂平次は、昨日まで道連れだったお玉のことを考えた。今ごろはどうなっているだろうか。

「旦那さま、なんだか寂しそうですね。でも、江戸まではもうすぐでございます。かわいい女子衆《おなご》が待っているんでございましょう？」

「そういう者がいれば、なにも独りで出てくることはない。毎晩抱いている枕の味がしみついているくらいだ」

「そんなら、この小田原には夢窓《むそう》枕という名物がございます。江戸へのお土産《みやげ》に買ってお帰りなさいまし」

「親切な姐さんだ」

茂平次の耳に、離れた部屋からの三味線と唄声がはいった。

「おや、賑やかなことだな。どこかの講中でも泊まっているのかえ？」

「いいえ、あれは、江戸のお武家さまが三、四人で、山祝いだと言って騒いでおられます」

箱根を越える前晩には、その無事を祈るために遊興する旅の風習があった。

「なるほどな。なにかい、江戸のお武家と言ったが、旗本衆でも来ているのかえ？」

「いいえ、どこかの藩中のお方のようでございます」

「何にしても繁盛は結構だ。このぶんなら、どの部屋もいっぱいだろう」

茂平次は、そこまで言って気がつき、

「今夜おれといっしょにこの宿に泊まったお客の中に、江戸のお武家がいなかったかえ？」

と、訊いてみた。

「はい、お一人いらっしゃいました」

「そのお武家は、年のころ三十四、五で、顔が浅黒く、眼の大きい、野暮ったい風体《ふうてい》ではなかったかえ？」

「あら、まあ、よくご存じで……旦那さまのお連れ衆ですか？」

「とんでもねえ。ただ、山越えを後になり先になりして来たので、おまえの所に泊まったのじゃねえかと思っただけだ」

果たして熊倉伝之丞もこの宿に来ている。偶然とは思えない。伝之丞は茂平次を監視しているのだ。

「その武家は、どの部屋にいるかえ？」

「はい、入口に近い小部屋に、独りでつくねんとすわっていらっしゃいます」

「入口に近いとは粗末な扱いだな。おまえの所もほかにましな部屋はなかったのかえ」

「いいえ、それが、そのお武家さまのご所望《しょもう》でございました」

思ったとおりだ。熊倉伝之丞は、わざと入口に近い部屋に陣取って、茂平次の出入りを見張っているつもりなのである。奥の座敷だと、監視の眼が届かぬ。

しぶとい奴だ、と茂平次は杯《さかずき》を呷《あお》った。

茂平次は起ち上がると、帯を締め直した。

「おや、旦那さま、どちらへ？」

「ちょいとばかり、そこらを歩いてくる」

「あら、そうですか。暗いから気をつけておいでなさいまし。それに、この辺は白首《しらくび》の猪《いのしし》も出ますから、喰われないようになさいまし」

茂平次は、広い階段を降りて、廊下を入口のほうに歩いた。それとなく見当をつけた部屋の前を通ると、果たして廊下の障子が細目に隙をつくっていた。灯は消えているが、内で伝之丞が眼を光らして廊下を通る人間を覗いているにちがいなかった。茂平次の夜立ちを警戒しているのだろう。

茂平次は、わざと咳払いをして、杉下駄をつっかけて外へ出た。べつに行く所もない。一本道の街道をぶらぶらすると、藪の中から鼠啼《ねずな》きが聞こえた。手拭で顔を包んだ女が、家の軒陰《のきかげ》に二、三人屯ろしている。

適当なところで振り返ると、黒い影が離れた所に現われていた。こちらはその気で覗くから、黒い姿が伝之丞とわかるのに手間はいらない。向こうでも距離をおいてこちらの様子をじっと見ている。

（ふむ、このぶんではおれを伝兵衛の仇《かたき》と尾《つ》け狙うつもりだな）

茂平次は、伝之丞ひとりは怕《こわ》くはないが、そのうしろに伝兵衛の門弟小松典膳などが控えているので、少々厄介であった。

（それにしても、誰が伝之丞におれのことを告げ口したのだろうか。伝兵衛が殺された直後は、見舞に駆けつけたり、ほかの門弟衆といっしょに下手人を捜し出さずにはおかぬと憤慨してみせたものだが、あのときは誰も疑っていなかった。伝之丞がこうも執念深く付きまとうからには、そういう告げ口をした者があるにちがいない）

茂平次が宿のほうへ戻ると、伝之丞の影もうしろからふらふらと尾いてくる。

「あら、お早いお帰りで」

と、部屋にはいるとさっきの鼻の低い女中が笑った。

「その辺で顔の白い猪に出会いませんでしたかえ」

「なんだか手招きされたが、うす気味悪くて遁《に》げて帰った」

「おや、まあ、お堅いことで」

「おい、姐さん、明日は早立ちだ。明けてからすぐにここを出たいから、朝飯代わりに握飯《にぎりめし》を今夜じゅうに作っておいてくれ」

茂平次は面倒な伝之丞をここで撒《ま》くつもりになった。


茂平次は翌朝六ツ（六時）に宿を立った。まだ家の中は暗かった。伝之丞の部屋の前を通ったが、さすがに障子は閉まっている。当人はまだ寝ているらしい。

街道には蒼白い朝靄《あさもや》が立ちこめていた。旅の者の姿も見かけなかった。

昼飯は大磯でとった。海を見晴らした茶屋で半刻《はんとき》ばかり過ごしたが、うしろから来る人間の中には伝之丞と思える武士の姿はなかった。今ごろは泡を喰ってあとを追ってきているかと思うと、おかしくなった。

大磯から平塚を過ぎると、馬入川《ばにゅう》の船渡しとなる。ここも西国大名の国帰りで船渡しは混雑していた。

藤沢の宿にはいる手前で日が暮れかかる。大山詣《おおやままい》りの講中が白衣姿でならんで通っていった。

茂平次は、うしろを向いて思わずぎょっとなった。道端に餉い上がっている夕靄《ゆうもや》の中から、編笠《あみがさ》をかぶった武士が歩いてきているが、間違いなく熊倉伝之丞の姿だった。

（畜生、いつの間に追いついてきたんだろう？　小田原を出るときは、たしかに寝床の中だったと思うが）

茂平次が宿を早立ちしたと知って、伝之丞はあわてて追っかけてきたにちがいない。こちらは馬入川の渡しでえらく手間取ったため、それだけ向こうに追いつかれたのだろう。茂平次は、こんなことなら、あの箱根の断崖上でいっそ片付けてしまえば、あと腐れがなくてよかったと思った。

あそこで殺したところで、江戸の伝之丞の身内はまさか茂平次が下手人とは思わないだろう。もともと、彼を捜しに長崎へ出立した伝之丞だが、当人が長崎に着いたころは、こちらは入違いに長崎を立っているので、茂平次が殺《や》ったとはわからぬはずだ。まさか、箱根の山中で偶然出くわしたとは思うまい。

だから、あのまま伝之丞を谷底にでも片付けてしまえば、彼は永遠に行方不明か、死体が発見されたとしても他人に殺害《あや》められたとしか考えられまい。

茂平次は忌々《いまいま》しい気持ちになって、藤沢の相模屋という宿にはいった。

「おい、番頭さん、いちばん入口に近い部屋にはいらせてくれ」

彼はいきなりそう言った。

「へえ」

番頭は、変わった客もあるものだと思って見ている。たいていの客が入口近い所を嫌うのに、わざわざそこを所望するのだ。しかし、茂平次としては、ここに頑張っていて、あとからはいってくる伝之丞を自然と奥のほうにやらせるつもりだ。

果たして、彼のあとから尾けてきた伝之丞は入口で番頭と話をしている。茂平次はほくそ笑《え》みながら、その伝之丞が番頭に連れられて廊下を奥へ行き過ぎるのを隙見《すきみ》していた。

だが、あの男のことだ、そう奥のほうまで行くはずはない。今朝の早立ちで懲《こ》りているから、ことによると、今夜ひと晩じゅう、寝ないで見張っているかもしれぬ。

どうせ、ここまで来たことだし、江戸の入口にたどり着いたようなものだった。明日の朝は伝之丞の裏をかいて、午《ひる》ごろまでゆっくりと朝寝をするつもりにしている。

するとその晩だった。外から声をかけて当の伝之丞がぬっとはいってきた。しびれを切らしてきたとみえる。

「おや、これはまた同じ宿でございましたな」

と、茂平次も仕方がないので笑いながら彼を通した。旅疲れ半分の伝之丞はむっつりとしている。

「本庄氏」

と、伝之丞はむずかしい顔で問うた。

「もう一度あんたに訊くが、兄伝兵衛が殺された夜は、あんたはずっと家にいたわけだな？」

「これは何度も同じお尋ねで……たしかに、あの夜は一歩も家から外には出ておりませぬ」

茂平次は口もとに微笑をみせて、余裕のある返事をした。

「しかと間違いないか？　いや、こうくどく訊くのはほかでもない。有体《ありてい》に言えば、あんたをみんなが疑っているのでな」

「どういう理由《わけ》でてまえが疑われているのか存じませぬが、くどく訊かれると、てまえも少々腹が立って参ります。いや、腹といえば、痛くもない腹を探《さぐ》られるとは、このことでございましょうな」

「うむ」

ここでも口の重い伝之丞は、言葉に詰まって腕組みをした。確たる証拠がないから、これ以上は問責のしようがないのだ。おそらく、長崎に出かけたというのも、親類縁者や門弟たちから、茂平次を真犯人として討ち果たせとけしかけられて出立したにちがいなかった。だが、いざ、箱根で彼と出会ってみると、証拠なしに、いきなり仇呼ばわりもできず、といって追及のしようもないので、伝之丞自身が焦慮しているのだ。茂平次のあとをどこまでも尾けてくるのは、伝之丞に諦めがつかないからだ。

伝之丞は未練がましく茂平次から離れないで、何とか茂平次に泥を吐かせようとあせっているが、彼の性格ではもたもたするだけであった。

「熊倉さま」

と、茂平次は、重苦しい顔をしている伝之丞に言った。

「てまえも亡き師匠の下手人として疑われてはかないませぬ。江戸に帰ったら、なるべくあなた方にお手伝いをして、下手人を捜し出すことにいたします」

「うむ……」

「どうかご安心なさいまし」

「…………」

伝之丞はまだ煮え切らないでぐずぐずしている。

――その伝之丞は、翌朝、藤沢の宿を発った茂平次のうしろから、相変わらず影のように尾いてきていた。

茂平次は、江戸に着くとすぐに鳥居耀蔵の屋敷に行ったが、すでに彼の役宅は変わっていた。

「南町奉行になられてから、今では任官されて甲斐守忠耀《ただあき》さまと申される」

と、屋敷の者は教える。

(鳥居甲斐守忠耀か。なるほど、これで耀蔵も本望だろう。それにつれてこっちまで出世の口が開けたというものだ)

茂平次は勇み立った。

おりから下城した鳥居は、茂平次が屋敷に訪ねてきたと聞いて、すぐに上に通した。

茂平次は耀蔵の前に匍《は》いつくばった。

「これは久々にお目にかかります。茂平次、ただ今、長崎より立ち帰ってございます」

しばらくぶりに見る鳥居は、以前よりもやや肥《こ》えて見えた。念願の南町奉行になったせいか、えらく機嫌がいい。例のよく光る眼で茂平次を満足そうに眺め、

「ご苦労だったな。おまえから来た手紙は、みんな眼を通している。いや、よく、やってくれた」

と、ねぎらってくれた。

「お褒《ほ》めにあずかりまして、てまえも長途の疲れがいちどきに消し飛んだようでございます。なお、高島四郎太夫の行跡につきましては、今まで送りました報告以外に、まだまだ調書を持って帰りましたので、のちほどお手もとに差し出します」

茂平次はそう言って、改めて手をつき、

「報告のためにあとになりましたが、このたびは、殿には、南町奉行職になられまして、まことに祝着《しゅうちゃく》しごくでございます」

「うむ。まあ、何とか格好がついたから、これからはわしの思うとおりにやるつもりだ。今後もおまえの力を借りねばならぬ」

と、祝いを述べた。

と、耀蔵は愛想がいい。

「御前さま、それにつけましても、てまえ、長崎より帰る途中桑名を通りましたとき、お城に押し込められている矢部駿河守さまの噂を耳にしてございます。このような所に矢部さまがお預けになっているかと思うと、さても不思議な因縁だと思って参りました」

「そうか。で、おまえが通ったときは、矢部はまだ元気でいたのだな」

「七里の渡しの乗合船まで桑名藩の役人が調べているようなありさまで、厳しいお固めでございました」

「うむ。もう、その固めも要らぬことだ」

「はて、どういうわけでございますか？」

「矢部は死んだよ」

と、鳥居はぽつりと言った。

「何と仰せられます?」

茂平次はびっくりして、笑いの漂《ただよ》っている唇を見上げた。

「ふふん、馬鹿な奴だ。矢部め、桑名に押し込められて以来、食を絶ち、水も飲まなんだそうな。そのため二十日ばかりして、裃《かみしも》を着けて柱に凭《よ》りかかったまま絶息したそうじゃ」

「…………」

茂平次もさすがにすぐには言葉が出ない。

「呆れた奴だ」

と、鳥居は罵った。

「いま、目付大屋右京が検視のため桑名に下向している。さぞかし矢部の無念顔が塩漬けとなって萎《しな》びていることだろうよ。いくらでもおれを恨め。のう茂平次」

「はい」

「世の中はな、他人《ひと》のことにばかりかまっては生きていられぬのだ。短い定命《じょうみょう》だ。思い切り自分の仕事をするためには、他人の顔色などうかがってふらふらするでない。よいか」

「はい。ご教訓肝に銘じてございます」

「矢部はのう、わしの前面に截《き》り立っていた岩だった。あの男、たしかに仕事はできた。だが、わしにとっては邪魔だ。邪魔なものは取り払わねばならぬ。それは、このわしが生きるためだ。仕事を精いっぱいやりたいからだ。手段はどうでもいい。他人に何と言われようと、最後に勝った者が勝ちじゃ。とかく人の心は勝者にはついに屈服してくるものだ。弱い者はいかぬ。弱いと、とかく他人に足を掬《すく》われる」

「はい……」

「こりゃおまえに講釈することはなかったかもしれぬな。おまえもあまり気の弱い男ではなさそうだからのう」

鳥居にみつめられて、

「恐れ入りましてございます」

と、茂平次は畳に顔を付けた。しかし、歓喜が満身から湧き上がっていた。

矢部駿河守定謙は絶食して、その禁錮されていた桑名城内吉田丸の幽居で自殺した。彼は憤懣のあまり、死ぬまで床には就かず、昼夜、柱に凭りかかってすわっていたと伝えられる。矢部は別段遺言らしいものは遺していないが、水野越前守と鳥居耀蔵の行く末を見届けられないのが残念だ、と洩らしたといわれている。

桑名藩では矢部の死を病死として扱い、その朝、城下の寺院に次のような回書をまわした。

「御預人矢部駿河守様御病気の処、御養生無御叶、今朝御死去被成候。依之、追て相触候迄万端物静に相慎み、火之元等別而入念候様心得可申候」

幕府からの検視が来るまで、矢部の遺体は塩漬けにして保存された。科人《とがにん》であるため、検視のあとは寺院に葬らず、近村の田圃《たんぼ》の中に埋葬した。

法令雨下

　水野忠邦は、新たに鳥居甲斐守忠耀を南町奉行としたことで、自分の改革の実行に存分にとりかかることができた。

　これまでは矢部駿河守定謙がいたため、水野はとかく掣肘《せいちゅう》されるかたちとなっていた。こういう町奉行がいては水野もやりにくい。法令は、行政官僚の協力なくしては実績が上がらないのだ。矢部はともするとこっちの足を引っ張りそうな男だ、という危惧を忠邦は持っていた。彼は、矢部の顔を御用部屋などで見ると、気負い立った心が萎縮してしまうのだ。

　忠邦は、矢部をその職から辞めさせるだけでいいと思っていたが、鳥居の策動は、思いもよらず矢部の罪科をつくりあげ、桑名に流してしまう仕儀となった。南町奉行所の年番方下役佐久間伝蔵の女房の駕籠訴《かごそ》を口実にして、矢部の失脚を急速に決定したかたちになった。

忠邦は、その矢部が桑名藩の幽居で憤死したと聞いて、寝ざめはよくなかった。彼もまた矢部の一人物であったことを認めないわけにはいかなかった。その矢部が餓死してまで自分を恨んだかと思うと、眼の前が暗く翳《かげ》ってくる。

そんな気の浮かない顔の忠邦に鳥居は、

「いや、あれくらいに処置しておかないと、いつ、矢部がまた出てきて反対勢力に加わるかもわかりませぬ。ちと強《きつ》いようだが、これであなたの座を脅かす禍根は、絶たれたのです。これからは思いのままになされませ。自分もできるだけお力になります」

と、しきりと激励した。

鳥居は、単に協力するというだけでなく、もっと積極的だった。自分でも立案して、それを実行に移すときは、細心の配慮をした。

由来、官僚とは、上司の意図を見抜いて、その具体化に率先して当たるのが能吏とされている。その点、鳥居は、忠邦が言い出さないことでも、ちゃんと呑み込んで法案をつくっている。のみならず、法令の下部徹底は、その監察如何《いかん》にあることを忠邦に進言した。これは別段忠邦に断わるまでもなく、鳥居が町奉行という地位になったので、いくらでも取り締まりができることだった。

改革令は、矢部が奉行職にある前年の夏から出されていたが、実際に峻烈《しゅんれつ》をきわめたのは鳥居の奉行就任からである。

水野は、物価安定を図るため、市中の庶民が分不相応な贅沢をするのを禁じた。しかし、どのように禁令を出しても物価はいっこうに下がらない。

彼は、その原因を調べてみて、江戸にはいってくる大坂方面からの物資の値段が、いわゆる問屋仲間の一手に握られていることを発見した。つまり、限られた数の仲買が商品を独占して、中間搾取を行なっているのである。彼らは、その特権で生産地の値段を叩き、消費値段をつり上げているのである。それによって生じる利潤は巨額に上っている。

江戸は、物資の巨大な消費都市である。問屋仲間は「株」組織で、組合員は一定の人数に制限されて、それ以上にはふやさないしくみにしている。

忠邦は、ひっきょう、これらの悪商人が特権を握って物価を操作しているから、いかに奢侈禁止令を出しても値下げの成績が上がらないとして、問屋組合の解散を思い立った。

問屋組合の中でも、ことに菱垣廻船《ひがきかいせん》問屋が最も相場をつり上げているとみた。大坂から江戸へさまざまな商品が運送されるが、この海運の便を開いたのが元和《げんな》五年ごろのことで、寛永元年には大坂北浜町和泉屋《いずみや》平右衛門という者が海運問屋をはじめたが、その運船を「菱垣船」と言った。この船に限って垣楯《かきだて》のすじを菱垣にしたから、その名前が起こった。ところで、江戸の繁盛につれて灘あたりから送りこまれる酒の量がふえて、享保年間に、その酒樽の輸送だけを専門にする運船が起こった。これを樽廻船という。

菱垣と樽の二つの海運組合が輸送権を独占したため、綿、油などの各貨物を取り扱う商人たちも協議して規約を設け、元禄七年に、初めてその商品に応じた同業組合ができた。

絹布《けんぷ》・太物《ふともの》・小間物・雛人形を扱う「内店組」同じく荒物・塗物・打物を扱う「通町組」、薬種と砂糖を扱う「薬種店組」、釘・銅・鉄物などを扱う「釘店組」、畳表・青筵《あおむしろ》を扱う「表組」、水・油を扱う「河岸《かし》組」、紙・蠟燭を扱う「紙店組」、それと酒類の「酒店組」ができた。以上八種の組合に、前記の二つを入れてこれを十組問屋といった。

ところが、その後、十組問屋は、組合数をだんだんにふやして六十五組に及んだ。そのため、けっきょく、文政六年以後、年々、船主から二百両、同業組合から一万両ずつの冥加金《みょうがきん》を幕府に納めることにして、営業者の数を限り、ほかには同業を営ませないという規約の認可を得た。冥加金とは、こういう特権を認めてくれた幕府へのお礼ということになっているが、税金のようなものだ。

この特権的な組合組織は、おいおい他の業種にも及び、湯屋、髪結床《かみゆいどこ》のような営業にもしだいにそれを見倣《みなら》うものができて、その組合員となる資格の「株」は、それ自体が売買の価値を生じた。これもたいそうな高値を呼んだ。

水野忠邦は、江戸じゅうの問屋、仲買、小売などで株組合の制度を全廃して、商売は何ぴとも勝手次第、という解放令を出した。これは天保十二年の十二月十三日の令だ。

「菱垣廻船問屋共より、年々金一万二百両づつ為二冥加一上納金致来候処、問屋共不正之趣相聞候間、以来不レ及二上納一候。尤向後右仲間株札は勿論、此外共すべて、問屋仲間組合抔《など》と唱候儀不二相成一候。右に付ては是迄船積来り候諸品は勿論、都《すべ》て何国より出候何品にても、素人直売買可レ為二勝手次第一、且又諸国産之類、其外すべて江戸表へ相廻し候品も、問屋に不レ限、諸々出入之者共に引受、売捌候儀勝手次第に候。右之通り問屋共に不レ限、町中不レ洩様可二触知一者也」

同月十八日の令。

「菱垣樽荷物之儀、規定有レ之候処、此度問屋組合等令二停止一、諸品素人直売買可レ為二勝手次第一旨申渡候に付ては、菱垣樽船積荷物之儀、向後是迄之規定に不レ拘、船主相対次第、便利之方へ積込、差支無レ之様運送可レ致候。尤菱垣之方は、文政之度紀伊殿より貸渡有レ之候天目船印、差障候儀有レ之間、已来相用申間敷候。尤紀伊殿へ御返上可レ致候」

水野忠邦は、この二つの法令がたいそう自慢げであった。彼は公儀の威光で、すぐに十組組合をはじめあらゆる問屋が解体し、市中の値段が一挙に下落するものと期待していた。

ところが、一月になっても値段は下がらぬ。暮れから正月にかけては商品の需要が増すので、そのせいかと思って待っていたところ、二月にはいっても下落の兆候がない。三月近くなっても市価は小ゆるぎもしなかった。

ここで水野は鳥居に相談した。

鳥居は、かねてからその配下を江戸市中に放ってつぶさに実情を探っていたから、いわゆる下情には通じている。

彼は水野の諮問に答えた。

「これは、ひっきょう、まだ問屋連中がお布令《ふれ》に対してたかを括《くく》っているからです。在来のようにお布令一本では、とうてい、その徹底はできませぬ。それに、十組組合などは二百年も前からつづいたものであり、その多くは甘い汁を吸ってきた豪商が加わっております。なかなか、冥加金免除などで言うことを聞くはずはありませぬ。彼らにすれば、一挙にして巨額の利益を失うことになりますからな」

「では、どうしたらいい？」

「政令はあくまでも厳重にすることです。それに違背した者はてまえが取り締まります。その法文はてまえが立案しましょう」

鳥居は、そう請け合って、たちまち原案を作って忠邦に見せた。その政令が三月二日の十組廃止に関する追加令である。その要旨は次のとおりだ。

「巨額の冥加金免除をありがたいこととも思わず、なお、問屋の名目を唱え、組合も解けないもののように心得る者があるのは不埒至極である。以後、組合仲間、問屋などを唱えることを厳禁する。ただし、米商いは米屋、油商いは油屋と唱えるがよい。商業方法も仲売りに卸すばかりでなく、小売りを専らにし、たとえ卸を断わるとも小売りのほうには間に合うようにし、かつまた卸方より小売値段のほうを高くすることはならない。このうえ相守らない輩は、時刻を移さず厳重に吟味のうえお仕置を行なう。

また、湯屋、髪結床の類は諸品の値段に関らぬものによって、とくに組合仲間の廃止令は沙汰しなかったが、同商売のうち賃銀を安くする者があると、組合の者が故障を申し出ると聞くが、不埒千万である。以後、右商売の者も、株札はもちろん、組合仲間など唱えることを厳禁したうえ、町内そのほかに同商売のもの何軒できようと、値を安くしようと差しつかえない」

しかし、この告諭を出しても、まだ市中にたいして効果がないのを見て取ると、つづいて次のような布令を出した。

「このたび、諸品値下げの儀仰せ出されたのは、ひっきょう、細民の生活安定のご仁慈、ありがたきご趣意に付き、町人一同感服仕り、商人は力の及ぶ限り値下げいたすはずのところ、表向き値下げをいたし、内実は品物を落とし、また目方を減らしたものもこれある由お聴きに入り、右の類の名前申し上げよとの御沙汰である。右は風聞までのことだが、万一、右などの名前お聴きに入ったならば、いかようのお咎めあるやも測られず、恐れ入る次第によって、一同厳重に相心得、商品精良、量目たっぷり、値段決着いたさなければならぬ。かく諭しても相変わらず不正の商売をいたすならば、容赦なく名前を申し立つべく、その節になって後悔いたされまじく予め申し聞かせる」

この文句の中に出てくる「お聴き」とは、将軍の耳に達するという意味で、むろん、将軍家がいちいち細かな市中の値段の報告を受けるわけはない。いうなれば、商人の無言の抵抗が意外に強いのを知って、将軍の名前を出し、恫喝に出たのだ。

しかし、物価はいっこうに下がる様子はない。

なぜ、物価が下がらないのだろうか。

忠邦は、これは商人が物資を買占めするからだと断じた。それで、他国へ前金を払って商品を買い止め、積送りをわざと見合わせて、そこに囲い置いてはならぬ、という布令を出した。また、問屋、株などという称号はいっさいまかりならぬ、と言い出したので、江戸市中からは問屋と名のついた暖簾や看板が全部消えた。

同時に、江戸の消費階級にも重ねて贅沢品の追放を指令した。そのころの富裕な町人は、子どもの毱さえ絹糸でかがって、立派な桐函に入れたものを買っていたが、一個一両以上の値はざらであった。もちろん、女の着る着物は贅を尽くした。

鳥居が南町奉行になった十三年四月の布令はこうであった。

近年、女ども裾《すそ》よけと唱うるものをまとい、裾をからげて通行し、あるいは女童《わらべ》が衿掛《えりかけ》を用いるも、そのもとはまったく倹約の趣意であったものが、今日ではかえって無益の伊達を飾り、華美のために用いるようになったのは、まことに心得違いである。よって、「町人男女の衣服の儀、たとえ絹、紬《つむぎ》でも羽二重竜紋に紛らわしき品並びに浮織、綾織等に似寄った、すべて手数をかけたる織方の品はいっさい無用の趣意」とし、女の衣服類にたいそうな織物、縫物は用いてはならず、縫金糸などがはいっても小袖表一つ代金三百目、染模様小袖一つ百五十目限り、それ以上の品は売買とも相成らぬ、と達した。

高価な品物の禁令は次のような布令となった。

「石灯籠、手水鉢、踏段、庭石等に無益の人力を費やして莫大な高金で売り出すものがあるが、爾今、金十両以上に当たるものの製造販売を禁止する。

陶器類に近来専ら新奇を競って作り、なかんずく、石灯籠の形、あるいは井桁などを模するものさえある。これらの陶器の本性に不似合いのものは売買を禁止する。植木鉢もまた高価なものを禁止する。金三両以上の植木鉢物の売買を禁ずる」

法令は各方面に互《わた》り、微に入り細に互っている。これは一つのものに手をつければ、次々と際限なく対象がひろがるからである。

その法令のおもなものを挙げてみると、以上のほか、次のようなものがある。

葬礼の節、多人数の見送りを止めて、施主三、四人に限る。……面体を包む頭巾を禁ずる。……諸所の楊弓《ようきゆう》場の女を廃《や》めさせる。……町々の女髪結を禁止する。……鼈甲の櫛、笄は禁止。……両国の旅役者芝居を止めさせる。……歌浄瑠璃《うたじようるり》師で男は女弟子を採ってはならない、同様に女師匠は男弟子を採ってはならない。役者、遊女の団扇絵と一枚絵を禁止する。……手遊物に金銀箔を使ってはならない。……雛人形の高さは八寸限りとする。

諸所の富籤《とみくじ》を禁止する。……町々の念仏題目に鉦や太鼓を入れてはならない。……町人の武芸稽古を禁止する。……武家地へ町人の居住を禁止する。……灸、鍼看板で笑絵に紛らわしいものは止めさせる。……町々の町家が勝手に増築することを禁ずる。……川舟のすだれをおろすことを止めさせる。……諸所の床店を取払いにする。……近年流行の人情本を発禁にする。……月水速流薬（堕胎薬）の発売禁止。――

風俗の粛正は、倹約令と不可分である。質素の徹底をはかって、消費者の購買欲を抑えるとともに、一方では、株札仲間という中間的仲買業者の特権を剝ぎとって、いつでも誰でもがその商売に新しく参加できることによって自由競争を起こさせ、自然の値下がりを狙ったのだ。今までは生産地に物資がだぶついていても、株札仲間の手で抑えられて高値を維持してきた。この制度が崩壊すれば、このような特権的な操作が許されなくなるから、物資は安い値で市場に氾濫するであろう、とみた。つまり、需要を抑えて、供給を解き放ったのだ。

それでも市中の相場は下がらない。

なぜだろうか。実際、株札仲間の禁止によって新しく営業に参加する者は出てきた。たとえば、新規開業ができなかった湯屋、髪結床などは開業者がぼつぼつ現われてきて、なかには、神田蠟燭町の九兵衛という者は薬湯を開業したところが、男女入れ混みにしたので大当たりをとっている。もっとも、これはすぐに入れ混みはまかりならぬと禁止された。

制限が解けたので、新しく開業する者はたしかに続出した。しかるに、商品が巷に溢れ出るかと思うと、かえって市中から物資が欠乏していくような奇現象を呈してきた。

これは、十組問屋組合のような伝統的な商業団体を解体させたので、かえって金融機関が貸出しを渋るようになったからである。なんといっても組合制度は特権的な商業制度だっただけに、信用は絶対的であった。それが崩れてしまうと、商人は各個ばらばらになってしまったのみならず、商売先行きの不安も伴う。金貸しが貸付けを躊躇するようになったのは、その理由からで、ここに金融の逼迫が起きるようになった。

また、消費者の購買力を倹約令の名前で抑えるようにした政策は、生産地の物資の出回りを低下させ、問屋もまた仕入れを手控えるようになった。金融の逼迫と、商品の仕入れ手控えが、水野忠邦の思惑とはまったく反対の方向に現象を走らせたのである。だが、なんといっても、その最大の原因は、幕府財政の枯渇にあった。幕府は歴代の財政の窮乏を補うため、しきりと貨幣の改鋳を行なっている。この悪貨の氾濫が一方に物価高を呼んだのだ。現に天保九年にも何度目かの吹替えを行なっている。

こういう通貨改悪方針を改めないで、ただ命令一本だけで物価の引下げができると信じたところに、水野忠邦の大きな過誤があった。

金貨を鋳《い》直《なお》して金の含有量を減らし、質の悪い流通貨幣に水増しすれば、物価高になってくるのは当然である。忠邦は物価安定策に苦しんだが、ここに、その根本原因となっている改鋳を喜んでいるひとりがいた。

その男は、本町一丁目の、奥行およそ七十二間、幅四十六間の地域に、長屋門と黒板塀をとりめぐらした内で贅沢な生活をしている、御金改役《おきんあらためやく》後藤三右衛門であった。

彼は、その本家である庄三郎と同様の家格に登用されて騎馬登城の待遇を受け、家臣一統には帯刀を許されている。三右衛門は、もともと信州飯田の百姓の伜であるから、今でも色が黒い。

――だいたい、貨幣の吹替えを行なうのは、家康が江戸に入府した慶長以来、代々襲名の後藤庄三郎が当たっていたが、十一代庄三郎光包《みつかね》が幕府の咎《とが》めを蒙《こうむ》って絶家となった結果、庄三郎の縁戚というので、新しく御金改役に先代三右衛門が任命されたのである。現在の三右衛門は実名を光亨《みつのり》という養子だが、文化十三年子《ね》の歳《とし》十二月に家督を相続した。

彼は、文化十五年に幕府の命で二分判金を吹き立てて以来、屋敷内の建物を増設し、文政二年には小判と一分金を改鋳した。

三右衛門はつづいて天保六年に当百銭《とうびやくせん》を鋳たが、八年には五両判を新造し、小判一分の改鋳に従った。その間に金二十万両を幕府に献上し、天保九年には、年来の功績によって時服二領を賜っている。

さて、後藤三右衛門が、なぜ、改鋳を喜ぶかといえば、それによって後藤家が多大な利潤を上げることができるからだ。

ここで、少しばかり、当時の貨幣制度にふれておく。

日本に金がいちばん多く産出された時代は戦国時代の末期で、その中でも武田信玄の本拠であった甲州の産金がいちばん多かった。進んだ甲州の採鉱術は、各地の領主によって領内の産金開発に使われたり、城攻めの際、甲州の金掘りが坑道を掘る用にもちいられたりした。多量な金を産出した信玄の甲州では、領内だけで通用する立派な金幣を造っていた。これを甲金という。

家康は甲斐の金が欲しくて仕方がなかったが、本能寺の変以後、甲斐、信濃を収めるに至って、久しく望んでいた金を手に入れ、鋳造に当たらせた。家康が江戸に移ってからも、金掘りの名人といわれた大久保長安《ちょうあん》を金山奉行に起用、佐渡や伊豆大仁《おおひと》の金山、但馬《たじま》の大森銀山その他の鉱山の開発に当たらせている。このころの金幣は慶長小判といって純度の高いものであった。

その後、後藤庄三郎一族が鋳作に当たって徳川貨幣制度の改革がはじまった。もともと、後藤庄三郎は彫金工で、いわば細工師である。彼の彫金技術は、たとえば、「温雅なること春の海面遠くおくれさきだつ真帆《まほ》にうすくこく霞かかりてはしるさまみえぬがごとし」といわれた。それまで円形だった甲金を優美な楕円形にしたのは、彼の創始である。これははじめ武将間の贈答用として鑑賞されたが、爾来《じらい》、この型が幕末までつづいたのは、諸人の好みに合ったからで、工芸家としての庄三郎の着想の非凡さを物語る。

慶長判は、大判で百分中金の含有量が約六七パーセント、銀の含有量二七パーセント、銅の含有量六パーセントで、小判は金八四パーセント、銀一六パーセントという具合になっている。

この金幣は九十五年ほど維持されてきたが、国内の商業発展は、ついに幕府の金貨欠乏を来たすようになり、これを補うため元禄年間第一回の改鋳が行なわれた。

もともと、中央集権化した日本じゅうの財政を、幕府直轄の所領と金とで維持していこうとするのだから、どうしても流通貨幣の欠乏が起こる。そのほか、貨幣鋳造の地金の供給源である金、銀山がしだいにその産出額を減少したのも、ますますその欠乏を増してきた。幕府は苦しい切抜け策として貨幣の改鋳を行なうほかなくなってしまった。

これは、国民経済の発達に流通貨幣の速度が追い付かないための現象だ。そこで考えられるのは、流通金貨を回収し、それらをもとにして数をふやした水増し貨幣政策だ。幕府は、元禄年間に時の勘定奉行荻原重秀の建議を入れて貨幣の改革をし、財政の窮乏からのがれた。

鋳直された金幣は金の含有量が少なくなって価値を減じたが、幕府の考えでは、公儀の威光をもってすれば石や瓦でも通貨となると思って改鋳したのである。

元禄に改鋳された大判は金の含有量が約五二パーセント弱、銀四六パーセント、銅二パーセントとなり、小判は金が約五七パーセント、銀四三パーセントというふうになった。

しかし、当時の庶民は、金または銀そのものの純度を通貨価値としたから、この改鋳による品質の劣悪はとうぜん物価の値上がりを来たした。

けれども、国内商業の発展につれて、幕府は再度金幣の吹替えを行なわなければならないことになる。これが十五年を隔てて行なわれた宝永の改鋳である。このときは、品位は慶長金にやや等しかったが、量目を減らして小判一枚をわずかに二匁五分とした。形がひどく小さくなったので、これを小形金と称した。

その後、吉宗のころに、この幣制紊乱《びんらん》を回復するため復古主義的な改鋳を行なったが、それもつかの間で、明和二年の改鋳と、安永の改鋳、つづいて文政の改鋳は、品質の低下をますます激しくした。そのたびに物価は騰《あが》るばかりである。

これらの貨幣を改鋳する所が、金座の後藤の造幣工場である。

御金改役としての後藤家は改鋳の吹替えの額の百分の一を手数料として貰った。千両の改鋳をして十両の工賃だ。これを分一金《ぶいちきん》といった。

したがって、何千万両も改鋳すると、その分一金だけでもたいへんな額である。もっとも、後藤では、これらの分一金で夥《おびただ》しい傭人《やといにん》の給料と、工賃、材料代を支払うことになるが、それでもかなりな収入になるので、この中から冥加金《みょうがきん》を幕府に納めていた。いわば官許の営業をさしてもらう代わりに税金を納めるようなものだ。

しかし、幕府では、この改鋳によって夥しい利益を上げている。これでようやく巨大な歳計不足を補ってきた。しかし、幕吏はこういう改鋳によって財政窮乏が安易に救われるので、この手段が忘れられず、改鋳によって得た利益を益納と称して、唯一の財政策とした。つまり、幕府の支出の大部分をこの改鋳による「益納」が支えていたのである。

一方、その改鋳の御用を承る後藤家では、分一の手数料ではなお少ないとして、当時の勘定奉行に懇願したり、あるいは要路者と結託したりして、実際は一分五厘または二分の手数料を取った。しかし、どのように手数料がふえても、相変わらず分一金と称していた。したがって、後藤家としては改鋳のたびに大金が懐に転げ込んでくるわけである。

しかし、これは表向きのことで、この正当な分一金のほか、改鋳に際して後藤ではかなりなピンハネを行なってきている。そのことは、幕府の要路者、たとえば老中や勘定奉行などとの秘密取引きとなっている。歴代の後藤家が要路者と腐れ縁を持ってきたのは、そのためだ。

しかし、要路者の間に権力争いが起こると、いつも金座の後藤が問題になる。現に九代目庄三郎は罪を得て梟首《さらしくび》にかけられている。十一代庄三郎光包は三宅島に流罪となって絶家した。このへんの罪状は、幕府の金融政策の信用に関るとして記録されていないが、権力争いによる汚職の露顕に因るものだ。——

御金改役という名の後藤は、その下に常式方、並役など数人の役人を使ったが、これらを総称して後藤の手代といっていた。手代は江戸、京都、佐渡にそれぞれ詰めたが、その人数は、明和年間の調査によれば、江戸詰が二十人、京都詰が十人、佐渡詰が十三人となっている。この下に職人が夥しく使われている。これらの給料は、例の分一金で賄《まかな》われていたので、後藤の収入の莫大さがわかる。

ところで、現在日本銀行になっている幕府の金座の敷地内には、どのような建物があったかというと、金局（事務所）、吹所（工場）と御金改役住居の三つに分かれていた。

金局には、宿直の者や勘定役の詰所がある。

吹所、つまり工場は六ヵ所に分かれていて、大吹所、打物場、下鉢取場、吹所棟梁詰所、細工場、色附場などがあった。

官舎になっている後藤の住居には、御金改詰所、臨時方、常式方、並役詰所、使者の間、表玄関、内玄関、引替所、下金改所、広間、座敷など数ヵ所があって、公私内外のことを整理したが、このほか役人の官舎が数軒建っていた。

主人の後藤三右衛門は、その北側に建てられた住居に住んでいるが、これは私宅になっている。

三右衛門は、自分の代になって本家と同じような待遇を受けているが、伊那の飯田在から出てきた彼には、まだ出世欲があった。現状では満足できないでいる。なるほど、登城も許され、おもな使用人には熨斗目《のしめ》着用の許可も受けているが、身分的にいえば、勘定奉行の下に従いている、いわば職人の親方にすぎない。三右衛門としては、この上の望みとして御目見《おめみえ》以上の官位が欲しかった。

彼は、このことを水野忠邦に希望して再三述べてきた。

三右衛門は、忠邦にはかなりな金を融通していた。先年、出羽庄内藩が所替えを命じられたとき、庄内藩は、その阻止のために必死に運動し、老中の忠邦に二千両の贈賄をした。これが矢部駿河の手で汚職摘発に発展しかかったところを、忠邦はあわてて三右衛門から金を借りて庄内藩に返している。これはほんの一例だ。

富裕な肥前唐津藩から、老中出世の資格を取るため、遠州浜松に所替えになった忠邦は、藩政がひどく苦しくなっている。藩の財政は火の車だ。それに、彼がここまで来るには、奥向きや、しかるべき役々の向きに運動金を使っているし、老中となってからも、その格式にふさわしい交際をしなければならなかった。そんなことで、ますます江戸屋敷の入費は嵩《かさ》んでくる。浜松の本藩では江戸屋敷からくる金の催促に四苦八苦している。後藤は忠邦の窮状を見て、ひそかに援助をしてきた。

しかし、後藤三右衛門は商売人だ。報酬の見込みがなければ、いつ退職するかわからない老中に金品を贈与することはない。三右衛門は、忠邦在職中に何とか念願の目的を達したかったのである。

けれども、これには、さすがの忠邦もすぐにはうんと言わない。幕府はすべて先例と典拠を尊ぶ。本家ならいざ知らず、別後藤家では三右衛門の望むような待遇の前例がない。忠邦はそれで躊躇しているのだった。

後藤の本家の初代は後藤庄三郎光次《みつよし》といったが、これは家康に篤く重用され、つづいて二代、三代も、元服のときは時の将軍に面謁している。

その本家が前記の次第で断絶して三右衛門の代になったが、まだ将軍面謁という資格は取れていない。先代にそのことがなかったからだ。三右衛門光亨には、それが残念でならなかった。

もともと、三右衛門光亨は欝勃《うつぼつ》たる野心を持っているだけに、相当な手腕家であった。

天保八年の吹替えでは、彼は莫大な儲けをした。そのため冥加金も納めているが、忠邦や、その腹心の鳥居耀蔵にも相当な金を贈っている。ことに耀蔵を忠邦の懐刀とみて、彼にはその後もかなりな贈賄をした。耀蔵には後藤の毒が回っていた。

御金改役としての後藤家が幕府から命じられたままの仕事をしているぶんには、普通の請負仕事である。しかし、改鋳のたびに分一金のほか莫大な利潤があるとなると、今度は、次の改鋳が望ましくなってくる。こうなれば、もはや、後藤は金工の親方ではなく、立派な商人である。さらに、それが為政者と結びつくことで、完全な政商である。

水野忠邦がいかに後藤三右衛門を信用していたかは、忠邦が天保の改革令を下しはじめた前年の八月に、その意見書を出させたことでもわかる。忠邦は、政令の立法化に当たっては、鳥居耀蔵のほか天文方渋川六蔵などに意見を言わせているが、三右衛門からも考えを聞いたのだ。

後藤本家の初代庄三郎光次は家康の側近にあって、政治にも参画したというが、忠邦と三右衛門の位置は、この関係を連想させる。しかし、家康と光次の場合はまだ幕府の草創期で純粋だったが、忠邦と三右衛門とは金でつながった関係である。

さて、三右衛門が十二年八月に忠邦に出した意見書というのは世に有名であるから、その概略を記してみる。

「太守さま（水野忠邦のこと）の評判は世上でいろいろと噂されているが、このたびご改革を仰せ出されてからは、それを諷《ふう》した童謡に等しいいろいろな戯作《げさく》がはやっています。もとよりご威勢でいささかも御懸念《ごけねん》はないと存じますが、いわゆる転ばぬ先の杖と申す諺《ことわざ》もあることで、私としては歯に衣《きぬ》をきせず、愚見を率直に申し上げます。

ある人は、浜松侯（忠邦のこと）は当代のご俊傑で、凡百の役人の及ぶところにあらず、この御方ならでは当節のご改革はできまいと感嘆しておりますが、ただ、惜しむらくは寛容に少々乏しきとの噂もございます。太守さまに寛容と恕察の二箇条を加え、これを行なわれますならば、中興の賢宰相と崇め奉ることは必定と皆は申しております。

ある老人は、寛政年間の白河楽翁のご改革は既往は咎めず、これを将来に戒しめるというご趣意で万事を改革されました。ただ、田沼侯、稲葉侯のお二人の官職を辞めさせただけで、そのほかの者は左遷の沙汰もなく、まことに寛容のご政事だと申しております。

しかるところ、このたびのご改革には、林（肥後守）、水野（美濃守）、美濃部

（筑前守）の左遷をはじめ、貶謫《へんたく》された人々はすでに数十人にも及んでいます。これではほかの役人は申すに及ばず、軽輩の町人に至るまで、今後はどのようになることかと薄氷を踏むの心地で、はなはだ人心が不安でございます。また、これまで左遷された輩は、自分の落度は省みないで、その家臣一統に至るまでご改革に怨みを抱くおそれもございます。

また、ある学者は、浜松さまはご英才であらせられるが、とかく厳格のご性質で、醇厚の情がうすくおわしけるとの評判もございます。されば、人徳をもって士民を撫育したまい、小鮮を煮るがごとき寛大の心でなければ、天下の士民はみなみな塗炭の苦しみに耐ええなくなるだろうと申しております。

また、この節、市中の呉服太物類、荒物屋、道具屋、茶屋、船宿、青楼、割烹屋、諸職人、そのほか何商売に限らず、一統に不景気になって難渋しております。また、芝居や、青楼、遊船に出ている者は、諜者が来て、内々、その姓名を記し、このことを咎めるとの風聞がございますが、このため両国や浅草の盛り場は自然と衰微し、このまま三年もつづけば、貧民は生活もできなくなり、たぶん、他国へのがれる者も出てくるのではないかと思われます。

武家、町方の分限者も門外禁足、婦女子は三絃の稽古も差し止められ、まったく諒闇《りょうあん》のようでございますが、これもひとえに執政の厳しい命令のための弊と存ぜられます。

すべてご改革の筋は、法のために縛せられては怪我人多くして怨みを生じます。かねて御博識の太守さまに傍らよりいささかも申し上げる筋合いはございませんが、以上、世上の噂の一端を申し上げた次第です。とかく当路者は、あまりにその渦中にあるため眼が迷うことがあり、俗に岡目八目と称して傍観者のほうが万事よく見えることがございますので不束《ふつつか》を顧みずに申し上げました。

およそ世上の悪評の因が、怨みと妬みの二筋よりほかないとすれば、このところでご仁愛の道を主として施されたならば、海内《かいだい》の士民は悉くご仁政に悦服するに相違ないと存ぜられます……」

のちに勝海舟がこの後藤意見書を評して「その識度と非凡、士大夫をして慚愧《ざんき》せしむるにたる」と評したが、三右衛門は若いころ京都に出て漢学の塾に通っただけに、その原文は博弁宏辞、堂々たる意見書になっている。

要するに、後藤三右衛門は、こういう率直な意見を出すくらいの密着感が忠邦との間に存在していたし、同時に、忠邦によって儲けさせられている彼としては、水野内閣が倒壊すれば、わが身の没落にもなりかねないので、いわば、わが身かわいさのあまりの忠邦への意見であった。

後藤三右衛門は、毎朝七ツ半（午前五時）には起きる。これは夏冬同じである。前の晩にどのように遅くなっても、時間に遅れるということはない。

起きると、真裸になって井戸端に立ち、冷水を十五、六杯浴びる。そのあと、身体じゅうが真赤になるまで拭き上げる。どのような厳冬でもこの習慣は欠かさなかった。後藤の身体は、筋骨逞しくてひきしまっている。彼は前の晩に深酒をしても、この冷水浴で宿酔《ふつかよい》をさました。

三右衛門の傍に、女房の杉が衣類を持って控える。それをひっかけて、今度は庭へ出て木刀で素振りをする。裂帛の気合いが明け方の冴えた空気の中を伝わると、下婢たちが起きてくる。

三右衛門は、四方に柏手を打って、それから居間にはいり、漢書に眼をさらす。若いとき京都の猪飼敬所の門で学んだ漢学の素養が残っている。それに、鳥居耀蔵と親しくなってからは、耀蔵からいろいろと教えてもらっている。

それが済むと、ようやく五ツ（午前八時）近くになる。朝の食膳は一汁一菜と決めていた。三右衛門の粗食は、外で贅沢なものを食べつけているせいともみられる。

金座の役人と職人は五ツ出勤となっている。半刻も経つと、三右衛門は工場一帯を見回る。これが日課だった。

職人は、大きく分けて吹方と細工方とに区別される。いずれも出勤の際は、中門の番人からひとりずつ改められることになっている。金を取り扱う場所だから、出入りは厳重をきわめた。職人は出勤の順序に鑑札を渡して、玄関脇から木戸を通って工作場へ三々五々とはいっていく。

三右衛門が見回るころは、すでに各職場では仕事がはじまっている。手代、細工人、手伝、番子などはいずれも就業に先立って、まず自分の服を脱ぎ、めいめいが素肌になって、それぞれ役服を着ける。その役服の背中には、座方になると、扇型の中に金の字を入れた印、吹方になれば吹の印がはいったのをつけている。

三右衛門がくると、それぞれの持場の職人がいっせいに頭を下げるが、小頭だけが、お早うございます、と挨拶する。

三右衛門は御用蔵のほうに行き、当日の資材の持出しなどひととおり検分した。

この御用蔵というのは幕府から預かっている金銀類の地金を納めている所で、諸方から持ってくる古金は別に格納されていた。

ここでは手代が控えていて、当日の製造工程と睨み合わせて、搬出量を決めている。

三右衛門は、金位改所にはいった。

金幣の製造は、諸金山から持ち込まれた金塊を鋳潰すのと、改鋳以前に流通していた金幣、つまり古金を吹替えするのとふたとおりある。ここは金塊の鑑定をする所だが、まだ金位が未定となっているので、それを決めるため試験をしている。四、五人の座人が平らな円形の試験石を手にして、金塊をこれにこすり付け、さらに手本金と称する標準金をこすり付けて、金塊と手本金との色を比較している。

三右衛門がはいっていくと、その上役が、お早うございます、と挨拶した。

三右衛門は、白紙の上に載せられた金塊を見て、手に取った。

「佐渡もだいぶ痩せたな」

と、彼は呟いた。色でわかるのだ。鉱石そのものに金の含有量が少なくなっている。

佐渡金山で掘り出された鉱石は、金銀銅を含んだ雑多なもので、多様な種類があったが、良質なものは水筋と称して、自然金六〇パーセントないし七〇パーセント、銀四〇パーセントないし三〇パーセントの合金になっていた。この水筋を精錬するのを吹立てといった。

もとより、精錬法は幼稚なもので、すべて炭火と鞴《ふいご》の作用である。水筋を吹き立て筋金となったものを面筋金と呼び、沙物《よなぎもの》を吹き立て銀となったものを山吹銀と称した。この山吹銀の中にはまだ金が含有されているから、金銀の分離を行なう作業を分床屋といったが、のちには吹分所と改められた。金銀の分離の法は、なかなか面倒で、これを説明すると長くなるが、要するに、技術が未発達だから純粋性には遠い。

金座に送られてくる金塊は、ほとんど佐渡だけとなっている。その他は但馬金山が細々とあるくらいだった。

すでに原材料となる金鉱が欠乏すれば、それまで出回っていた慶長金幣や元禄大判の鋳潰しを大量にしなければならなくなる。

さて、鉱山から出た金でもまだ多分に銀銅鉛を含んでいるから、そのままでは吹立てに用いられない。この含有物を除去するために焼金にした。焼金場は、これらの混合地金を分離する所で、まず金塊を炉の火で赤く焼き、これを鉄板の上に載せて、角石をもって磨り砕き、砂塵にする。

砕かれた金は、食塩と混合して土器に盛り上げる。土器に盛り上げたものをそのまま、かねて土中に埋めていた甑《こしき》の中に入れ、炮烙《ほうろく》を蓋にして炭火に投じ、昼夜を分かたず赤く熱すると、金の中に含まれた銀銅鉛の類が分離して塩と化合する。この操作を再三反覆して純金を得るのである。いずれも座人立会いのうえ、職人が仕事をした。

三右衛門は、そういう場所に来ても、熱心な眼を向けて観察した。もともと、仕事には精を出すほうだし、勘が鋭いから、馴れた職人も三右衛門に横に立たれると、気持ちが居竦むくらいだった。

この塩は、赤穂塩を用いた。また、炭は必ず紀州熊野産の大きなものを用いた。

三右衛門は、地金組合所にも回ってくる。ここは、古金や地金を鋳造する金位に適当に配分するため秤にかけたり、金銀混和の分量を定める所だ。混ぜものは銀が多かったから、金位に適当な差銀の量目を算出する。そのほか、貨幣材料となる棹金を造る大吹所や、棹金を延ばす延金場や、延金の金位を改める所などは、だいたい、大判小判になる前の地均らし作業といったところだ。

三右衛門は、荒切場、揉物場《ためもの》等を回って、槌目場、極印所、磨場を回って色附場に来た。

ここでは、職人が砂で磨き上げた小判の表裏に色附薬を塗りつけ、炉にかけ渡した長い金ぐしの上に並べて焼いている。色附薬というのは緑礬《りょくばん》、丹礬、焼塩などの混合剤で、一度塗って焼いた小判は塩で摩擦し、水で洗ってさらに乾燥する。こういうことを再三繰り返すと、しだいに純金の金色が表に現われ、いわゆる山吹色になるのである。だが、近ごろの吹替えのように銀を多く混入すると、どうしても金色の景気が悪くなるので、この色附場はそうとう大事な職場になっている。

こうして三右衛門が順々に見て回っていると、手代が来て、古金を吹替えに来た客の報告をした。

三右衛門が戻ると、詰所で勘定吟味役の下田幸太夫が火鉢の前にすわって手招きした。

「三右衛門、いま、鳥居殿が見えている。どうやら、急のお越しのようだな」

勘定吟味役は、この金座に当番で詰めている。勘定吟味役は、金座の監督役で、禄高五百石の旗本から選ばれることになっている。

「鳥居さまはご就任なされて初めてのおいでてでございます」

「鳥居殿もここが珍しいであろうな」

もとより、金座は勘定奉行の直轄だが、そこに働いている職人は町奉行の監督下にある。それで、月に一度ぐらいは町奉行がここに来ることになっているが、前任者矢部はあまり来たことがない。北の遠山は後藤のところに遊びに来る程度であった。

鳥居は、その町奉行になって最初の見回りだが、事前の通告なしに突然やって来るところなど、いかにも鳥居らしかった。

もっとも、この前、三右衛門が鳥居の屋敷に行ったとき、一度現場を見たい、などと言っていた。

三右衛門は、居宅に引き返して霰小紋の肩衣を着け大小をさした。奉行を迎える礼儀で、ふだんはそんな堅苦しい仲ではない。

対面所に行くと、鳥居は紋付の羽織を着けただけの着流しで、出された茶を呑んでいた。

「これは、ようこそおいでくださいました」

自然と挨拶も簡略だった。

「今日は役所も閑でな、ひょいとおぬしの所を思い出したのだ。山吹色の小判がどのようにして造られるか、ひとつ拝見したいと思ってな」

「ご案内仕ります」

後藤三右衛門も、鳥居の言葉をそのとおりに受け取った。いかに権謀術数に長けた人でも、知らない工場を見るのは子供のような好奇心をもっているものだ。

三右衛門は、鳥居甲斐守を先導して各職場を案内した。勘定奉行でもそうだが、奉行の座中巡視となると、座人は悉く平伏してこれを迎えた。

勘定奉行の巡視となると、座に詰めている吟味役や組頭がお供するが、管轄違いの奉行なので、いっしょについてきた与力が二、三人、鳥居のうしろに従うだけだった。

鳥居は、御用蔵から順次各職場を見て歩く。職人はそのまま仕事をつづけるが、職長ともいうべき小頭だけは町奉行の巡視につつしんで控えていた。

「ここが焼金場でございます」

職人が大勢、四角な炉に炭火を起こして金を焼いている。鳥居は珍しそうにその作業を見て、次の吹寄に移った。

次には延金場にはいった。ここでは延方の職人どもが土間に大きな鉄床を据え、職人頭取の者がその前にすわって、小さな金槌で地金を叩いている。すると、真向かいにいる職人が大きな鉄槌を揮って向こう槌を入れ、金を延ばしていく。そのたびに炉に地金を入れて焼いてはしだいに厚さをうすめていくのだが、このへんはとんと鍛冶屋と変わりない。小さな金槌と向こう槌とが交互に音をたてている。

ここは荒くれた職人が多い。鳥居の眼が今しも一つの鉄床に向こう槌を打っている二十六、七くらいの男に向いた。

「三右衛門」

と、鳥居は呼びかけ、

「ここの職人は、あまり長く勤めぬと見えるな？」

と訊いた。

「は？」

「あれを見い。あの男は……」

と、眼顔で向こう槌を打っている男を指し、

「力はあるようだが、馴れていないとみえる。腰の据え方、槌の振りように定まりがない。新規に入れた者か？」

と尋ねた。後藤もそのほうを見て、傍らに控えている吹屋棟梁を呼んだ。

「あの者は、近ごろ傭ったものか？」

「へい」

と、棟梁はかしこまった。

「なにぶん、病気になる奴が近ごろふえまして。意気地のねえ話ですが、月にひとりかふたりは、必ず辞めていきます。それで、あの男も、つい十日前に傭い入れましたようなわけで」

「そうか。身もとはしっかりしているだろうな？」

「へい、それはもう……手代さまにしっかりと選んでいただいておりますので」

「うむ」

鳥居は棟梁の言葉を耳にしていたが、もちろん、直接には尋ねない。尋ねる必要がないといった顔で、すいと次の銅気改場に向かっていた。遅れた三右衛門が小走りに彼の傍らをすり抜けて先へ立った。

「今日はおもしろいところを見せてもらった」

と、鳥居は脇息に凭れて三右衛門に杯を差した。

三右衛門の向島の寮だった。三囲神社の近くで、隅田川を前にしている。三右衛門が建てた家で、世間に遠慮して小ぢんまりとはしているが、見かけと違い、中にはいると木口の選び方といい、造りといい、豪奢をきわめている。

つい近くに、この前まで権勢をふるった中野碩翁の別荘があったが、今は取り払われて跡形もなくなっている。家斉の寵愛したお美代の方が大奥から追い出されて以来、碩翁も自ら別荘を壊してよそに移っていったのである。

裏は寺島村の田圃だが、この辺は植木をあきなう家が多く、数寄屋造りの別宅も少なくなかった。

「いかがでございました」

と、三右衛門が杯を返した。

「いや、聞きしにまさる大掛かりなものだな。それに、いちいち目方を秤にかけて見ているなど、面倒で手間のいる仕事だ」

「なにしろ、公儀の金をお預かりしているので、目方に一分の狂いがあってもなりませぬ。ご覧になったように、それにもいちいち勘定方から御出役が付いておられますので」

「監督には来ているが、いずれも退屈そうな顔をしていたな」

「はあ、なにぶん、毎日のことでございますから」

と、三右衛門はほほえんだ。ふたりの笑いはふたりだけに通じる意味がある。

鳥居は笑った。

「お梅」

と三右衛門は妾に、

「お奉行さまはいける口だ。おすすめしろ」

「いかがでございますか?」

と、お梅が目立たぬながら、どこかに派手な感じのする衣裳で鳥居に銚子をすすめた。

「いや、頂戴している」

鳥居が酌を受けながら、

「こういう時世になって、とんと三味も琴も鳴らせぬとは、そなたも窮屈であろう」

と、彼は三右衛門の妾に言った。この女は柳橋の芸者だったのを、三右衛門が引かしてここに置いていた。

「ほんとに」

と、お梅は眼に艶を見せてほほえみ、

「この前、柳橋を久しぶりに通りかかりましたところ、あの辺のお茶屋さんが嘆いていました。なかには商売替えをする家が出て参りました」

「恨まれているだろうが、ご時世で仕方がないな。だが、こちらだけは遠慮することはない。町奉行のわしがそう言っている。何か言う者があれば、わしの名前を出してくれるといい」

「ほんに近ごろは油断も隙もなりませぬ。ちょっと派手な着物を着ていたり、三味線の音が聞こえたりすると、町方の衆が駆けつけて番屋に引っ張っていきます。それがみんな密告ですから、怕《こお》うございます」

「女子の愉しみが無《の》うなった」

と、鳥居は杯を煙草に替えた。お梅が金無垢の吸口のほうを懐紙で拭いて鳥居に差し出した。こんな煙管も他人には見せられない。すぐに贅沢をしていると番屋に引っ張られるが、親玉の町奉行の前では平気である。

「三右衛門、今日見て思うたが、あれだけの手代や職人を使っていては、なかなかの物入りだな」

「さよう。これでは分一金を少し色をつけていただかねばなりませぬが、鳥居さまにお口添えを頼みましょうかな」

「分一金ぐらいのことでは追っつくまい」

と、鳥居は蒼い烟を吐いた。

「三右衛門、水越（水野越前守）は次の改鋳を考えているぞ」

「さあ」

と、三右衛門は商人らしく、狡く自分を抑えた。

「いかがなものでしょうかな。これには、どうやら、お返しのほうが大きいようで」

「いやいや、返しが大きゅうても、おぬしの懐にはもっと転げ込むはず。のう、三右衛門、この前の手賀沼のことと違い、水越は本気で印旛沼をやるつもりだ。毎日、絵図面と首っ引きをしている。おぬしが願い出んでも、こりゃ改鋳は必至じゃ」

「大丈夫でございましょうかな？　いや、開鑿の一件ですが」

「おぬしはどう見る？」

「この前から、だんだんとご意見を申し上げていますが、利口なお方ゆえ手抜かりはあるまいとは存じます。なれど、もし、万一、一分の狂いでもございますと、これがひろがって、あるいは……」

「あるいは？」

「いいえ、こりゃ水野さまのことだけでは済みませぬ。後藤の身代も含めて、鳥居さま、あなたも同じ舟の上に乗っているのでございますよ。沈まばもろとも……たいせつなところでございます」

三右衛門はそう言いながら、袱紗に包んだ重いものを盆の上にのせて出した。

「今日、引替えにきた古金です。中国筋のある藩の留守居役が持参したものですが、慶長大判で十枚……」

土産にお持ち帰りくださいというのを、鳥居は眼だけでうなずいた。

くらがえ女郎

　四、五日経って後藤三右衛門は、職人取締方の手代から、このまえ言いつけた用事の報告を聞いた。
「延金場の向こう槌を打っている職人の身もとがわかりました」

「どういうのだ？」

「あの男は三州の生まれで、友吉と申します。長いこと武家の中間奉公をしていましたが、今度、そこを辞めて、こちらの職人になったものです」

「請人はあるのか？」

「ございます」

　と、手代は書付けを懐から出した。

「請人は、神田久右衛門町の武具屋竹中屋惣七でございます」

「武具屋か」

三右衛門は考えていたが、

「その武具屋は友吉をじかに知っているのか？」

「へえ、惣七の得意先に、その友吉が奉公していたそうで」

「奉公先は何というのだ？」

「青山のほうにいる御家人で、石川栄之助という二百五十石の小普請組だそうです」

「石川？」

三右衛門はまた考えていたが、

「その親戚に石川疇之丞という人がいないかえ？」

「さあ、何ともそれはわかりませんが」

「そこまで調べてみろ。急ぐぞ」

「かしこまりました」

その報告は一日おいてあった。

「やっぱり旦那さまの言われたとおりです。石川栄之助の従兄に石川疇之丞というのがございます」

「そうであろう」

三右衛門はうなずいて、もうよい、と言って手代を退らせた。しかし、そのあと、

「小細工をしよる」

と、うすく笑って呟いた。

三右衛門が見回りのとき延金場に寄ってみると、色の白い友吉という男はもう一人の向こう槌と交替して、汗を拭いて休んでいた。

「棟梁」

三右衛門は職長を呼んで、

「どうだ、あの男、使いものになるか?」

と、顎で友吉のほうを指した。

「へえ、身体がまだヤワですから、すぐというわけには参りません。ああしてすぐに休みたがりますが、そのうち役に立つでしょう。なにしろ、近ごろは人手が足りなくて困りものです」

「うむ、馴れない者は、なるべくいたわってやれ」

「へえ」

三右衛門は棟梁に、友吉をここへ呼んでくれ、と言った。

友吉は三右衛門の前に来ると、仕事姿の裸のままでうずくまった。三右衛門はそれを上からじっと見おろしている。肩の具合、手つきの様子に眼を止めて、

「友吉というのだそうだな？」

と、声をかけた。三右衛門が直々に、こういう傭いの男にものを言うのは珍しい。

「どうだ、仕事は辛抱できるか？」

「へえ、まだ馴れねえもんですから」

と、友吉は腰から手拭を抜いて顔の汗を拭った。

「おまえ、三州の生まれだそうだな。武家奉公は長かったのか？」

「へえ、あちこちの中間奉公をやって参りましたが、いつまでも渡り中間ではうだつが上がらねえと思って、ここに傭ってもらいました」

「うむ。若いときから武家奉公するくらいなら、おまえも剣術の見様見真似ぐらいはしたろう。どうだえ？」

「へえ……はじめはそのつもりでしたが、そっちのほうはモノにならずに終わりまし

た」

「おまえ、よっぽど楽な屋敷に奉公したらしいな。肩の肉づきも、指先も、そう無骨張っちゃいねえぜ」

「へえ、恐れ入ります」

「まあ、年一両二分の中間奉公の給金よりは、おまえの働き具合で、ここは、もそっといいはずだ。……どうだ、こういう大判小判を造っている所に働いて、どんな気持ちだえ？」

「はじめは眼に眩しゅうございましたが、今ではただの金物を打っているような心持ちでございます」

「そうなくてはならぬ。大判小判も、ここで畳目をつけ、極印を打って、世間さまに出してからこそ天下のお宝だ。だが、ここに置いてあるぶんには、おまえの言うとおり、鉄屑同様だからな。欲心を起こすなよ」

「へえ」

「まあ、しっかり働いてくれ」

三右衛門はそう言って、ついとそこを離れた。次の改場に行ったのである。

ここでは小判にする延金に極印を打っている。三右衛門は、職人が長鋏で極印の箇所から延金を切り落としているのを見ながら、少し首をかしげていた。これからどうしたものか、と思案しているようでもあった。いま見ている極印づけには関係のないことである。

三右衛門が部屋に戻ったとき、母屋から女中が手紙を届けに来た。これは、向島の寮に置いてあるお梅からのもので、

「昨夜から、妹のお柳《りゅう》が宿下がりして泊まっています。明日、大奥に戻ると申しておりますから、今夜じゅうにお越しくださいませ」

という文面だった。

三右衛門はそれを割いて火鉢の中にくべた。

三右衛門が向島に行くため家を出たのは暮六ツ（午後六時）を過ぎていた。

「ちょっと出てくる」

三右衛門は、女房の杉にそう言って、駕籠に乗った。女房は、行ってらっしゃいませ、と送り出したが、寂しい顔をしている。行く先を訊かないのは、夫がどこへ行くの

かわかっているからであった。

向島の寮に着くと、それまで聞こえていた三味線がやんだ。この辺は、広い地所をとった金持ちの寮が何軒かつづき、同じつくりの杉垣がいくとおりも曲がっている。

「お待ちしていました」

と、お梅が三囲神社境内の林が見える座敷へ通した。昼間だと、社の建物の朱い色がよく見える。

「お柳が来ているそうだな？」

「昨日、宿下がりをいただいて帰って参りました。ここにすぐ呼びましょうか？」

「そうしてくれ」

お梅は妹を連れて来た。

「今晩は」

と、十九になるお柳は、お城に勤めている独特な髪を重たげに前に傾けた。

「よく帰った。飯は済んだか？」

「お先にいただきました」

「若い者ですから、旦那さまがお越しになるまで待ちきれないのです」

横からお梅が言った。

「若い者はたんと食べるがよい。……どうだ、お城の作法にも馴れたか？」

「はい、ようやく馴れてきました。でも、お城の作法よりは、こちらのほうがずっと気楽で、食事もおいしゅうございます」

「それはそうだよ、おまえ」

と、姉は言った。

「うちで食べている物は、公方さまも及ばないくらいだからね。大きな声では言えないが、お城のはそれほどでもないでしょう」

お梅は、この家の贅にあかした食事を誇らしげに思っている。三右衛門は美食家で、山国で育ったせいか、魚がことのほか好きだった。

お柳はお城に奉公してからは年寄姉小路の部屋子となっている。それも去年の秋からだった。当人が嫁入り前の行儀を習いたいと言うので、三右衛門が手を回して頼みこんだのだが、このことは水野越前にも、鳥居耀蔵にも言っていない。まったく三右衛門の名前を出さずに、知合いの商家の養女ということにしている。

普通の大奥女中は奉公に上がったが最後、暇を取ることが容易でないが、部屋子は高級女中の私用人だから、かなり自由が利いた。しかし、大奥女中のような権限はなく、又者という蔑称でも呼ばれていた。富裕な町家から行儀見習いで上がる者が多かった。

「だいぶ人に馴れたかい？」

と、三右衛門はやさしく訊いた。

「はい、みなさまが親切にしてくださいますので。それに、旦那さまから目をかけていただいています」

部屋子のお柳が言う旦那さまとは、その主である姉小路のことだった。

「それはよかった」

と、三右衛門はうなずく。傍らからお梅が、

「この子は、わたしと違って、何でも気がつきますから」

と、姉らしく言い添えた。

「気がつくといえば、大奥では水野さまの評判はどうだ？」

三右衛門は、例の金無垢の煙管をお梅の吸いつけで取った。

「はい……それほど変わってはおりませぬ。旦那さまのところには、何かと御老中から

ご挨拶があるようです」

「なるほど、大奥にはまだ倹約令は出ていないからな。だが、女中衆は、市中の奢侈禁止令をどう思うているかな?」

「今のところ、のんびりとしています。大奥は特別で、御老中も手がつけられないと誰でも思っておりますから」

「なるほど」

「ただ、このたびのご禁令では女子衆《おなご》の髪飾りや、着物、帯などに厳しいお禁《と》めが出ておりますので、あれほどまでにしなくとも、と言い合っております。それと、局《つぼね》にはいってくる野菜や魚などに初ものが禁められたのが、だいぶんこたえているようでございます」

水越の禁止令では、野菜、魚介類の贅沢を抑えるため、初ものを売ってはならないということになっている。このため江戸っ子冥利の「初鰹」も季節になっても見られなくなった。野菜も同断で、ハシリのものはいっさい出荷してもいけない、売ってもいけない、とある。

もっとも、町人の富裕者は、小指くらいの茄子の初ものに大金を投じていたから、水越は、まず、そういう贅沢を抑えたのだ。

「それは不自由だろうな」

と、三右衛門は笑った。

「それに感応寺の一件で、お女中の御代参も厳しくなりましたので、みんな窮屈がっております。外出もままならず、欲しい物も買えなくなったのでは、何が愉しくて生きているのかなどと、女中衆はぼやいています」

代参にことよせて、雑司ヶ谷の感応寺に大奥女中どもが詣り、僧侶と姦通して暴《ば》れ、寺は破却、坊主は処刑、女中はお暇という処分が発表されたのが、去年であった。大奥女中は身体の血のたぎりを、ひとりで持てあましているにちがいない。

「ことに旦那さまは、お妹さまの花の井さまから水戸さまの倹約令のお話を聞いておられますので、ひとしお身につまされているようでございます」

「なに、水戸さまの花の井が？」

三右衛門は、はじめて眼に特別な表情をみせた。

「花の井殿はたびたび見えるか？」

「いいえ、この前のお正月に、御簾中《ごれんちゅう》のお使者として御慶《ぎょけい》においであそばしましたが、そのとき、一日、ごゆるりとご姉妹で睦まじゅう話しておられました。そのとき、聞くともなくお物語を聞いておりましたが、水戸さまのお国もとはたいへんな貧乏だそうですね」

「水戸家は天下一の金なしじゃ」

と、三右衛門は言ったが、彼には水戸家よりも幕府の貧乏が大きく映っていた。

幕府の手持金は枯渇している。三右衛門には、勘定奉行よりも、そのことが確実にわかるのだ。彼は水越が早晩改鋳に踏み切ることを予想していた。ただし、水越は、おのれの念願としている印旛沼開鑿の費用としての冥加金を三右衛門に出させようとしているのだ。

三右衛門は、冥加金は出してもよろしい。しかし、改鋳はなるべく早くさせるように仕向けようと考えていた。ただ、水越は、三右衛門が願い出ている官位獲得を取引きとして恩きせがましく考えているようだが、三右衛門はすぐにはそれに飛びつかず、できるだけ水越を焦らしたうえで吹替えに持ってこさせようと考えている。

「この前聞いた話では、花の井さまが近くまたお見えになるそうでございます」

と、お柳は告げた。

「ほう、また姉妹話かな」

「そのようなことでございましょう。でも、花の井さまは、水戸さまと上さまとがあまりお仲がしっくり行っていないのを、ずいぶん心配しておられます。それで、上さまにお気に入りの姉小路さまにとりなしをお頼みに、おいでになるのではないでしょうか」

家慶と水戸斉昭との不仲は前々からだったが、斉昭はまた水野忠邦とも合わなかった。斉昭を江戸邸から水戸邸に帰らせた異例の許可も、何となく忠邦に斉昭が煙たいからであった。このころから将軍家と水戸家との不仲な噂が流れはじめていた。

三右衛門の頭の中に、お柳の何気ない話から縦横の図面が引かれていく。

斉昭は水越嫌いだ。水越はまた斉昭を敬遠している。

その斉昭が将軍家慶に接近を試みたら、忠邦の立場はどうなるか。また、市中の手厳しい禁止令は、いまお柳の話にあるように、魚介類、野菜類の初もの禁止などが、徐々に大奥の女中に心理的、生理的な圧迫を加えるまでに浸透してきた。水越は大奥にはまだ手を入れるつもりはないようだが、もし、彼が図に乗って、このマンモス的な怪物に手をふれようものなら、どえらいことになる。

食物の贅沢品禁止は、今度は女どもが命より愛好している衣類、化粧品類の大奥移入に影響してくる。

水越の奢侈禁止令は抜本的なもので、その商品製造を禁止しているので、市中は品薄になっていく。したがって、大奥出入りの御用商人も扱う贅沢品が減少しているのだ。市中こそ上から抑えて済むが、その締め上げ方が、今度は大奥にはいる品の自然制限になれば、水越は間接的に大奥に倹約令を布いたと同じことになり、早晩水越に対する反撥が起こるかもしれない。

それに、長持の中にはいって大奥から出て、寺の坊主との密会に耽るという女の愉しみも奪われている。

まだ、それはかたちの上には現われていないが、三右衛門の眼の端にはかげろうのごとくぼんやりと映っているのだった。

「ま、何かと大奥の様子はつづけて報らせてほしい」

と、三右衛門はお柳に頼んだ。

「どのように些細なことでも、わしは知りたいでな。お柳、今夜はわしは帰るで、これとゆっくりと話をするがよい」

「あら、お帰りですか？」

と、お梅が不機嫌な顔をしたときだった。


邸内がにわかに騒がしくなった。人の声が叫んだかと思うと、足音が走り回っている。三右衛門が聞き耳を立てたとき、傭人の男が庭先から駆けつけてきた。

「旦那さま、いま怪しい奴を見かけたので、捕りおさえようとしたところ、うまうまと遁げられました」

「どんな奴だ？」

「顔を包んでいるので、人体はわかりませんが、黒い着物を着たすばしっこい奴でした。すぐに自身番に届けましょうか？」

「まあ、待て。そいつは、いったい、どこに潜んでいたのだ？」

「台所の横から出てきましたので、女中がはじめ家の者かと思ったぐらい落ち着いた様子だったそうです」

「それでは、まだ家の中にいるな。おい、すぐに内を調べてみろ」

三右衛門がお梅に言いつけると、

「まあ」

と、真蒼になって、怖ろしくてひとりで行けない様子だった。

「しようがない奴だ」

三右衛門がお梅とお柳をうしろに従《つ》れて、台所から点検して納戸に行った。そこの天井の片隅の板が一枚剥がれている。

「ここだな」

三右衛門は見上げた。

「梅、何か盗られているものはないか、すぐに調べるのだ」

「はい」

お梅が気違いのようになって、納戸の箪笥《たんす》の抽斗《ひきだし》を音立てて開けはじめた。

三右衛門はそれには無関心に、じっと天井を見上げている。彼は、盗賊が天井裏を歩いていたのを想像しているのだった。

「何も盗られたものはありませんわ」

お梅が箪笥のあらゆる抽斗を開けて、衣類を調べて報告した。

「不思議だな。だが、何かなくなってる品があるはずだ。着物などでなく、もそっと小さいものでないか？」

　三右衛門に注意されて、お梅がなおもがたごとと捜していた。すると、いつも化粧する部屋に来て、彼女は声をあげた。

「どうした？」

　三右衛門が蒼《あお》くなっているお柳といっしょに駆けつけた。

「この鏡台の抽斗の中に入れておいた簪《かんざし》がありません。いつか旦那さまにいただいた、珊瑚《さんご》に金無垢の脚の付いたものです」


　翌朝、後藤三右衛門は井戸端で着物を持っている女房に言った。

「重作《じゆうさく》はいるか？　寝ているなら起こして、ここへ呼んでこい」

　女房が別棟に傭人を起こしに行った間、三右衛門は頭から水桶を五、六杯かぶっていた。

「お呼びでございますか？」

　三十くらいの男が、三右衛門の妻のうしろからはいってきた。

「重作、もう起きていたか。おぬしにひと走り行ってもらいたい所がある」

三右衛門は、その黒い身体から滴を流していた。髪も、胸も、腹も水滴が無数の筋となって垂れている。

「神田久右衛門町に竹中屋惣七という武具屋がある。そこの裏店に友吉という奴が巣を作っているはずだ。こいつはうちの延金場で働いている向こう槌だが、おめえ、そこに行って、奴の様子を探ってこい。近所の評判もちゃんと聞いてくるのだ。そいつが昨夜家で寝ていたかどうかをな」

「かしこまりました」

重作は三右衛門の傭人だが、実は彼の隠密に使われている。

三右衛門の朝は早い。五ツ（八時）にはもう表へ出ていて、手代たちに指図していた。その日の製作工程は、勘定奉行から派遣されて来ている吟味役と相談して決めることになっている。その吟味役が少し遅れて出勤してきた。三右衛門のそれからの時間は、しばらく彼らとの打ち合わせに費やされた。

「では、見回ってくる」

彼は工事場係の手代を連れ、毎朝の例で次々と工場を見て回った。

延金場にきた。彼の眼は、いま鉄床の上に大槌を振るっている友吉の様子に向いた。しかし、格別ものを言うのではない。ただじっと立って彼を見ている。

友吉のほうは大槌を振るうことに懸命になっていて、そこに三右衛門がはいってきたことなど心にないようだった。

三右衛門の眼はしばらく友吉に注がれていたが、それは自分の凝視から彼の反応を見届ける眼つきだった。友吉の動作に起こる少しの変化も見のがさぬようにしている。

「棟梁」

と、三右衛門は初めて横にうずくまっている職長に言った。

「みんな精が出るな」

「へえ」

「延金場は怪我人の多い所だ。火傷、打傷、危い場所だ。馴れねえ者はとくに気をつけてやれよ」

「へえ、かしこまりました」

三右衛門は見残した工場を一巡し、表には寄らず、母屋に戻ると、そこに重作が待っていた。

「どうだったえ？」

彼は長煙管を取り上げたが、家では銀造りを使っている。

「友吉は、たしかに昨夜家で寝ております」

重作は報告した。

「ほう、寝ていたか」

あんがいな顔だった。

「友吉のいるところはせめえ棟割長屋ですが、隣りで様子を訊くと、友吉はたしかに宵の口から寝ていたそうです。仕事でくたびれるのか、寝つきは早いほうだそうです」

「夜中はどうだ？」

「九ツ（午前零時）ごろに隣りの豆腐屋が眼をさましたとき、友吉が便所にでも起きたらしく、家の中を歩き回っている音が聞こえていたそうです」

三右衛門が煙管をくわえて考えたのは、昨夜の被害の時刻を思い合わせているからだ。神田から向島までの往復時間も彼の思案の中にあった。

「朝はどうだ」

「隣りは豆腐屋ですから、めっぽう朝は早いです。それでも友吉の鼾が隣りから聞こえていたそうです。それから、六ツ（午前六時）を過ぎたころ友吉は表へ出て顔を洗ったそうですから、昨夜はどこにも出ていないと言っていました」

「そうか。……で、友吉の近所の評判はどうだ？」

「それがたいそうよろしゅうございます。愛想はいいし、親切だし、いい男が越してきたと言っています。それで、隣りの豆腐屋のかみさんはときどき友吉に卯の花をやってるそうです」

「友吉は独り者だな」

「へえ。でも、今のところ、浮いた噂はないようです」

「そうか、若者に似合わず感心だな」

三右衛門はまた首を捻っていたが、

「重作、おぬし、今日の仕事が済んだら、友吉のあとをこっそり尾けてみろ」

「友吉がどうかしましたか？」

「うむ、どうということはないが、おれの納得のいかぬことがある。ひとつ、二、三日は、それをつづけてくれ」

「わかりました」

三右衛門が重作を退らせて、女房の汲んできた茶を呑んでいると、手代がはいってきた。

「ただ今、御老中のお使いで御用人さまがおいでになりました」

後藤屋敷でいう老中とは水野忠邦のことだけだった。

「では、こっちの座敷へ通してくれ」

三右衛門は刻を計って羽織を着更え、母屋になっている庭の見える座敷へはいった。するど、庭を見ていた水野の公用人が赭ら顔をこちらに振り向けた。

「これはいらっしゃいまし」

「おう、後藤殿、相変わらず繁盛のようだな」

「へえ」

「ここにいても、金を打つ槌の音が聞こえてくる。あの音色はまた格別じゃ」

用人は笑って、

「後藤殿、実は主人越前守がおてまえに今夜ぜひ会いたいので、下屋敷までご足労ねがいたいと申しておられるが」

と、使者の口上を愛想よく言い出した。

「今晩は」

と、格子戸の表で声がした。

赤坂の一ツ木通りの裏で、常磐津文字常の家だった。

「おまえさん、伊与さんですよ」

と、掻巻を着せられて転寝をしていた石川栄之助を起こした。

「そうか。こっちへ上げろ」

伊与吉がはいってきた。栄之助の前に膝を折ったが、栄之助は半身を起こしただけで、頭を片肘で支えた。

「おう、伊与吉か。……またの名を友吉。後藤の金座職人とは世を忍ぶ仮りの姿、実は希代の白浪がやって来たな」

「へへ、ご冗談で」

「どうだ、向こう槌打ちはちっとは馴れたかえ？」

「手の先の仕事は仲間に負けませんが、力仕事はちっとばかり骨身にこたえます」

「ご苦労だな。従兄の疇之丞が鳥居耀蔵にゴマを摺りたいばっかりに、おめえにとんだ苦労をかけている」

「あんた」

と、横から伊与吉に茶を出した文字常が言った。

「それでは、まるで他人ごとのようで、伊与さんに気の毒じゃありませんか。あんたから頼んだくせに」

「大きにそうだったな。いや、従兄につながる縁で礼を言う。で、今夜は何だ？」

「へえ、実はこれから四谷の旦那の所にお伺いしようと思ってめえりました」

「疇之丞の家か。何かあいつ向きの土産話でもできたのかえ？」

「いいえ、そうじゃございませんが、四谷の旦那には、まだわっちの腕をわかってもらえませんから、昨夜、三右衛門の妾宅に忍び込んだ証拠をお見せしようと思っておりやす」

「ほう、昨夜はいったのか？」

「へえ、一つは、昼間、三右衛門が延金場に見回りに来て、えらくわっちのほうをじろじろ見ていましたから、胸糞悪くなったので、その意趣晴らしでもございます」

「なに、おめえのことを気にかけていたと?」

「いえ、大丈夫でございます。たった今、こっちへ来るときも、妙な奴があとを尾けてきましたから、さっそく、撒いてやりました。……いえ、もう心配はいりません」

「さすがに後藤だな。しかし、素姓を気取られてはいないだろうな?」

「へえ。今のところ、わっちが新入りだというので、少々勘ぐってるくらいでございます」

「おめえのことだから抜かりはねえと思うが……それで、おめえ、向島へはいって何か聞いたのか?」

「台所から忍び込んで、天井を剥って板を一枚はずし、降りた所が鏡台の置いてある部屋でございました。誰もいないので、鏡台の抽斗をあけ、一本頂戴したのが、ほれ、これでございます」

伊与吉は、懐から紙に巻いた簪を取り出した。

「まあ、きれい」

と、文字常が横からのぞいて驚嘆した。

「うむ、玉は珊瑚珠で、脚は金無垢だな。妾にやるのも豪儀なものだな」

「そいつを持ってまた天井に匍い上がり、しばらく歩き回っておりました。すると、下のほうで男と女の声がするので、聞き耳を立てました」

「後藤と妾との睦言かえ？」

「いいえ、それがそうじゃねえんで。なんでも、話の様子だと、後藤の妾の妹が、御本丸の大奥女中のもとに部屋子に住み込んでいるようでございました」

「なに、部屋子……後藤もなかなかやるのう。その女中は何という名だ？」

「なんでも、姉小路とかいう名前が出ておりました」

「姉小路？　そいつは本丸の大物だ」

「それから、姉小路の妹のほうは水戸さまの奥向きに上がっているようで、これも花の井という名前が出ておりましたから、そこの女中にちがいありません」

「花の井なら名前を聞いている」

と、栄之助はうなずいた。

「どちらも名前のある女中だ」

「姉小路とか、花の井とか、とんと吉原のおいらんの話を聞いているような具合でございました」

「話していたのはどういうことだ」

「後藤が、その妹というのに向かい、あとも気をつけて変わったことがあれば何でも報らせてくれ、と言っておりました。だが、そのつづきを聞こうとしたとき、どうやら気づかれそうになったので、急いで天井を匍い、台所に降りました。そのとき、まずいことに後藤の傭人に見つかって、ほうほうの体で遁げました。……いや、もう、旦那の前ですが、妾宅といっても、たいしたものでございますな。見かけはそうでもねえが、内部は凄いもんで……。追っかけられるのにはおどろかねえが、これには胆を潰しました」

「そうであろうな。……世の中は水越のご禁制が行きすぎて、やれ、倹約の、やれ、ご禁制のとうるさくて仕方がねえのに、後藤だけは贅沢三昧をしているんだな。……この文字常もどうやら店をたたまなきゃならねえようだ。伊与吉、おれももう左団扇をきめこめなくなったよ」

「いよいよ、こちらもだめですか？」

「この月限り、この商売を廃業しないと、手鎖で女牢に入れると、それはうるさく町役人が来て催促します」

と、横から文字常が説明した。

「そうなったら、伊与吉、おれは仕方がねえから、どこかの芝居小屋の裏方にでも転げ込もうと思っている。こいつは下座の三味線弾きにでも押し込むよりほか仕方があるめえ。……近ごろは、旗本屋敷の博奕場にも町方の手がはいるようになった。どうもおもしろくもねえ世の中になった。女でも、ちっとばかり帯に金糸がはいっていただけで、岡っ引が来て番屋にしょっ引いていくというじゃねえか」

「まったくいやな世の中になりました」

と、伊与吉も溜息をついた。

「持ってる金銀金具は全部お上に差し出せの、匿してはならねえのと強いお達しなので、みんなお上に奉って、このぶんじゃ、わっちらの商売も上がったりでさア」

「大きにそうだな」

何もありませんが、と言って文字常が銚子を運んできた。

「師匠、こんなことをなすっちゃ困ります」

「まあ、いい。おめえが遠慮するのはおかしかろうぜ。……世の中の不景気に引き替え、おめえなんざ、苦労でも天下の宝を造っている所で働いているのだ。見るだけでも景気がよさそうだがな」

「冗談いっちゃいけません、旦那。金座の木戸にはいるときは着ている着物をすっぽり脱いで、真裸になっておしきせの仕事着を着せられます。それから、帰るときは、褌を取って向こうむきに四つん匍いになります。肛門の穴まで役人が眺めますから、親兄弟には見せられた図じゃございません」

「なるほど。それじゃ、色男も台なしだな」

栄之助は笑って、

「おめえ。ご苦労だが、あとで、従兄の疇之丞のところに行って、いっさいを話してやれ。喜ぶぜ」

「へえ」

「しかし、奴には、おれに話したようなことを言ったのでは満足すめえ。少し飾りをつけて話してやるのだ」

「へえ」

「そうだな、こう言ってやれ……後藤の邸に忍び込んだが、後藤は妾を側に置いて、水野の用人と密談していたとな」

「水野さまというと、あの、御老中で？」

伊与吉は眼をまるくした。

「それくれえのハッタリを利かせねえと、疇之丞は驚かねえ」

「旦那も人が悪うござんすね」

「なに、かまうことはねえ。どうせ、鳥居耀蔵のところに注進に行ってあいつが忠義顔するだけだ。少々まやかしものを景気につけてもわかりようはねえ。おれの言うとおりに疇之丞が耀蔵の耳に入れたほうが、気受けがよくなるのだ」

「話の内容は、どういうことで？」

「水野の用人が言うには、このところ、てまえ主人も不如意につき、少しばかり融通していただきたい、と申し込んでいたと言え。そうだな、ひとつ、二千両とでも、吹っかけるか」

「二千両？」

「そういちいち眼をむくな。そうだ、ちと多いかな」

と、考え直して、

「当座の小遣として、八百両と言うか」

「へえ」

「何を感心している。嘘八百両だ。そのへんがいいところかもしれねえ」

「では、旦那。そのとおりにこれから行って四谷の旦那に話してきます」

「おっと。それから、おめえの持っているその簪は、従兄には決して渡してはならねえ。あいつは、このほうも欲の深けえ男だ。必ず、おれのところに持って帰れよ」

「わっちも、そのつもりでおりました」

「まあ、うれしい」

と、文字常が横からまた顔を出して、伊与吉の手にある簪をほれぼれと見直した。

「何を言いやがる。こんな物をおめえが挿して、町を一歩でも練り歩いてみろ。その辺から密偵が飛び出して、しょっ引いて行かれようぜ」

「そいじゃ、おまえさん。この簪はどうするのかえ?」

「知れたことだ。また、どこかの質屋を威嚇かして、十両がとこも巻き上げてやろうか」

「それはいけません。おまえさん、たったこの前、あの鼈甲の櫛で牢屋に入れられたばかりじゃないの。わたしは、あの間じゅう、どんなに心配したかしれないよ。好きな茶も断って、お百度詣りや、百万遍を毎晩唱えていましたよ」

「えい、陰気な話をするな」

と、栄之助は顔をしかめた。

「それじゃ、簪の一件は仕方がねえ。いちおう従兄のところに預けておくとするか。そのうち、こいつを小道具にうめえ工夫がつくかもしれねえ……そんなら伊与吉、すぐに疇之丞のところへ行ってこい。だが、気をつけろよ」

「へえ。もう後から尾けてくる者はいねえと思いますが。心配なのは長屋に帰ってからです」

「どうした?」

「今夜あたりから、長屋を後藤の手下が見張っているかもわかりません」

「そいつは困ったな」

「なに、大丈夫です。そのへんの細工は馴れておりますから、誰にも知られねえようにこっそり家に帰り、外に張っている奴に、今晩は、と挨拶してやります。……しかし、さすがに後藤は眼が届きますね」

「なに、あんな商売をしていると、誰でも疑い深くなるのだ。伊与吉、言うまでもねえが、当分は、神妙に働いていろよ」

「へえ、わかりました。そのうち、先方が安心するようにいたします」

「おう、そうしろ」

栄之助は、あくびをして起き直った。

「おい、これから後藤のことを疇之丞に知らせるときは、必ず、おれのほうを先口にして持ってこいよ」

「わかりました」

「あいつに流す話は、それに向くようにおれが調合してやる」

伊与吉が、長屋の屋根伝いにわが家に戻ってきたのは、夜がだいぶん更けてからだった。

四谷の石川疇之丞のもとに「情報」の報告をすませてすぐに引き返してきたが、彼の歩行は速かった。その気になれば普通の速さの半分の時間だった。四谷からこの神田に戻ってくるのも、今の時間でいえば三十分くらいだ。だから、後藤三右衛門が、伊与吉が神田に住んでいると聞き、別宅のある向島との往復時間を考えても常識ではわからなかったわけだ。

これは彼の「職業上」の訓練で、忍びには第一に脚の訓練が必要である。音を立てないで素早く遁げることも大事だが、人よりも歩行時間を短縮することも必要だ。この訓練による足音を消す法は、いま、屋根の上を伝わっているときも生かされた。暗闇をとおして下を見ると、ちょうど自分の家の前あたりの路地に妙な奴が一人しゃがんでいる。はは ア、あいつだな、と彼はひとり合点した。

その反対の裏口の屋根から、こっそり天窓を開けて狭い台所に降りた。そこで足を洗い、着物の裾をおろしたが、座敷には、隣りの弥助という男がしきりと煙管《きせる》を吐月峰《はいふき》に叩いていた。

「よう、弥助さん。いま戻ったぜ」

伊与吉は障子を開けて、上にあがった。

「おや、思ったより早かったね」

三十七、八の赭《あか》ら顔の弥助は振り向いた。実は、この男には二朱ほど渡して今夜の留守番に来てもらっている。

留守番といっても、要するに伊与吉のボロ家に人間の気配がしていることが、外からのぞく者にわかればいいのだ。表の戸は宵から閉めているが、節穴やガタガタの戸なので、隙だらけとなっている。だが、表側の座敷は障子がぴたりと閉めてあるから、外の人間には伊与吉の代わりがいるなどとはわからない。

後藤三右衛門がどうやら自分を警戒していると伊与吉には思えたので、すぐに隣りの弥助に留守番を頼んで影の身代わりにしたのだ。弥助は女衒が商売で、金さえ出せば何でも引き受けてくれる。

「すまねえ、退屈だったろう？」

伊与吉は言った。

「なあに、そうでもねえ……実は、友さん」

と、弥助は伊与吉の変名を言って、

「おめえには断わらなかったが、実は、さっきここで商売をしていたのだ」

「なるほど。おめえはやっぱり商売人だな。少しの時間もむだにしねえ」

「いや、すまねえ。実を言うと、急に以前から頼んでいた仲間が玉を連れてきてな。うちで話せばおめえから頼まれた留守番の役ができなくなるので、ここを借りてちょいと話したのだ。何しろ、その玉は三島のほうから来たので、放ってはおけねえのでこっちに呼んだのだ」

「なに、かまわねえ。かえって人間が多いほうが外で見張っている奴には見分けがつかなかったにちげえねえ」

伊与吉は耳を立て、ちょっと待ってくれ、と言い、下に降りて表の心張棒をはずした。

がらりと戸を開けたとき、おりから戸の隙間から覗き見して中腰になっていた男と正面からぶっつかった。

外の男は、足音もしないでいきなり戸が開いたので仰天して棒立ちになったが、体裁の悪い顔をしている。

「今晩は」

伊与吉のほうからにやりと笑って、

「どちらさまで?」

と、わざと小腰を屈《かが》めて訊いた。

「へえ、なに……」

先方はどぎまぎした。

「この辺に、忠、忠助さんという方は住んでおりませんかね？」

と、吃《ども》った。

「忠助さんですかえ？」

伊与吉もわざと考えて、

「どうも聞いたような名だが……そうだ、忠助さんならこの長屋じゃござんせんぜ。ここを出てから表の角を竹中屋さんの右に沿って六軒行ったところが、たしか、忠助さんの家だったと思います」

「それは、ご造作をかけました。いえ、夜遅くやってきましたので、どうにも伺うことができず閉口しておりましたが、おかげで助かりました……ごめんなすって」

相手の男は、遁げるように路地を去っていった。

「ふふ、ざまあ見やがれ」

と、伊与吉は後ろを見送ってせせら笑い、内にはいると、弥助が煙管を煙草入れにしまうところだった。

「おかげで表を見張っている奴がごまかされて帰ったよ。博奕場の借りを取り立てに来たのだが、使いだから、おれの顔を知らねえのだ」

「そいつは何よりだ。……友さん、いまも言ったとおり、玉を隣りの留守の家に戻しているから、おらあ、これで帰るぜ」

「そいつは気の毒だったたな。早く帰《けえ》ってやりな。女が心細がっているにちげえねえ」

「なに、そんな女じゃねえ。今ごろはひとりで酔っぱらっていい気持ちになっているかもしれねえ。うっかり帰るとクダでも巻かれかねねえ」

「そんなに呑み助かえ?」

「呑むどころの騒ぎじゃねえ、まるで女うわばみだ。……今夜、先方の男といっしょに来たが、こっちに来るなり、いきなり女のほうから、一ぺえ気付けに呑ましてくれと言うんだ。なにしろ、三島からこっちに来たので、咽喉《のど》が渇いてしようがねえと言うんだ」

「そりゃ、たいそうな女だ。そいじゃ、そうとう泥水に狎《な》れた女だな」

「三島にはちっとばかりしかいなかったようだが、あんまり酒を呑むので、向こうの抱え主もあきれて出したのだ……長崎訛があるが、どうやら足抜きでもしてこっちに来たらしい……どうだ、友さん。おめえも独り者だ。一度その女を見てみるか。ついでに、一ぺえ酒の相手をしたらどうだ」

「とんでもねえ」

と、伊与吉は手を振った。

「そんなうわばみ相手じゃ、とても太刀打できねえ。だが、酒はともかくとして、ちょっとおもしろそうな女だ。そいつは年齢はいくつになるかえ？」

「当人は二十一と言っているが、三つばかりはサバをよんでいるかもしれねえ。器量もまんざらでねえのに、抱え主が出すからには、あの酒でよっぽど懲りたとみえる」

「で、おめえ、その玉をどこにはめ込むつもりだ。まさか、近ごろ、岡場所の取り締まりのうるせえ江戸に置くんじゃあるめえな。聞くところによると、江戸じゅうの夜鷹、蹴コロ、提げ重、船饅頭がみんな散り散りばらばらになるというぜ。女義太夫もいけねえ、女師匠もいけねえ、女髪結もいけねえ、いけねえづくしの江戸にそんな玉を呼んでどうするんだ？」

「おっと、そのことよ。おめえの言うとおり、おらあ、そいつを下総の佐倉の宿にはめ込もうと思うのだ」

「佐倉だって？」

「どうせ大酒呑みだ。あの辺の土百姓を相手に落とし込むよりほかにやり場もあるめえ。この前からそっちのほうの仲間に頼まれていたんだ」

「佐倉のような田舎に、そんな繁盛があるのかえ？」

「おれはよくわからねえが、なんでも、向こうのほうでは印旛沼のご開鑿が公儀の手で近くはじまるというので、だいぶん騒いでいるようだ。まだお上のほうで決まったわけではねえらしいが、この前からぼつぼつ下見の役人などが来ているので、本工事は近くはじまると見ているのだ。そうなると、諸国から大名衆が集まり、工事にかかるにちげえねえから、たいそうな人数が来る。それをアテこんでの前景気らしい」

「なるほど、さすがに商売人だ。道によって賢しというが、匂いを嗅ぐのも早えな」

と、伊与吉は感嘆した。

「おめえも金座の職人で地道に働いているよりも、この際、向こうに行って大儲けをしたらどうだ？」

と、弥助はすすめた。

「いやいや、おれはそんな性分じゃねえ。やっぱり職人が似合いだ」

「おめえがそんな料簡なら仕方がねえが、おめえほどの気っぷがあれば、商売に向くと思うがな。なあ、友さん、その気になったら、いつでも相談に乗るぜ」

「ありがとうよ。……それよりも、弥助さん、その酔いどれの玉をおめえの家に行って拝ましてもらおうか」

「おい、きた」

弥助が先に立って、伊与吉がそのあとに従い、片隣りの弥助の入口の戸を潜った。一方の隣りは豆腐屋になっている。

「あれだ、あれだ」

と、弥助は次の間の障子を顎で指して伊与吉にささやいた。障子は行灯の灯を映して、そこに女の影を浮かしている。女は片手に茶碗を抱えていた。

「帰ったよ」

弥助がはいると、女は、とろんとした眼をあげた。髪は崩れて、身体もふらふらしている。それでも、弥助と、あとに従った伊与吉を見て、前の乱れを直してすわった。

「これは、親方さん、お帰んなさい」

女は茶碗を置いた。傍らに一升徳利が一つ転がり、一つは近くにおいてある。

「おや、もう、これを呑んだのかえ?」

「やっと片を付けました」

と、女は頭を下げる真似をした。

「呆れたものだ。おめえひとりで一升呑んでしまったな。旅の疲れの気付けにしては、ちっとばかり手荒いようだな」

「親方さん、酒でも呑まないと、あたしゃむしゃくしゃしてどうにもやりきれないんだからね。明日は下総の何とかいう草深い田舎に売られていく身だ。ちっとはあたしの身にもなっておくれよ」

なるほど、その言葉には九州訛があった。

「姐さん」

と、伊与吉が口を出した。

「おめえ、長崎のほうから来たというが、ほんとうかえ?」

女は焦点の定まらない眼を伊与吉に向けた。

「この人は誰だえ、親方さん？」

「うむ、おめえに言うのを忘れたが、隣りの友吉さんというのだ。金座に働いている職人だ」

「おや、そうかえ。……友吉さんとやら。おまえさんの言うとおり、あたしは長崎からはるばるとやって来たんだからね、よろしく頼みますよ」

「そいつは長え旅路をたいへんだったな。で、なにかい、三島にいたというが、そいつはどういう縁故だね？」

「おや、おまえさん、職人というが、人別調べもするのかえ？」

「いや、そういうわけじゃねえが、ちょっと変わってるからな」

「変わってるのは当たりまえよ。これほど変わってる女も珍しいだろうね。ちょいと、おまえは男前のようだから、打ち明けてあげるが、あたしゃ男に騙されて箱根まで来たとき、その男にひどい目に遭い、とうとう、知らないで三島の女郎に売られてしまったんだよ。……酒でも呑んでいなければ生きていられないね」

「そいつは気の毒だったな」

と、伊与吉は女に言った。

「世の中には悪い奴がいっぱいいるからおめえも気をつけな。といっても、もうはじまらねえわけか。佐倉はこの江戸と違って、人情のあついお百姓のいるところだ。向こうに行ったら、ずいぶんとかわいがってもらうといいぜ。……おめえほどの器量だ、さぞかし長崎の廓では御職を張っていたにちげえねえ」

「おまえさんにそう賞められても、今さらうれしくはないね。草深い田舎に身売りをするんじゃ、あたしもおしまいさ」

「そう自棄を起こしたもんでもねえ。お天道さまは、どの土地にもちゃんと照っていなさる。またの仕合わせもあるというもんだぜ」

「ふん、アテになるもんか。おまえさんも口の巧いほうだね」

そこまで言ったが、女はふと気がついたように、

「おまえさん、江戸のお生まれかえ?」

と、訊いた。

「うむ、まあね」

「そいじゃ、いろいろとものを知っていなさるだろうが、この江戸にいる本庄茂平次と

いう武士の名前を聞いているかえ？」

「なに、本庄茂平次？」

伊与吉は女の顔を見たが、すぐに表情を元に戻して、

「うむ、名前だけは知らねえこともねえ」

「え、知ってるかえ。そんなら、その人はどこにいるかわかっているだろうね？」

「その本庄さんとおめえとはどういう関りあいがあるのだ？」

「事情はあとで話すとして、友さん、その人の住居がわかっているなら、今夜にでもあたしをそこに連れてっておくれでないか？」

「冗談じゃねえ。おめえ、そんな身体だ。今夜のところは諦めねえ。駕籠に乗っけてもとても無理だ」

「あたしゃいくら呑んでも性根だけは変わらないからね」

「それが酒呑みの悪い癖だ。見ねえ、おめえ、そこから起っても足腰が動くめえぜ」

「そんなら、友さん、夜が明けたら、あたしをその本庄茂平次のところへ連れてってくれるかえ？」

「事と次第によっちゃ連れていかねえでもねえが、その前に、おめえと本庄さんとの間

を話してくれねえか」

「本庄茂平次は長崎の生まれでね、あたしとは同じ所さ」

「うむ、本庄さんは長崎生まれと聞いたことがある。そんなら、おめえと本庄さんとは筒井筒の仲かえ？」

「そうとわかったら、居所ぐらいは教えておくれよ」

伊与吉は考えていたが、

「詳しいことは知らねえが、なんでも、本庄さんは、南町奉行鳥居甲斐守さまのご家来衆だということだから、おおかた、鳥居さまのお屋敷にいると思うがね」

「あたしは江戸のことは西も東もわからないが、そう言って人に訊いたら教えてくれるかえ？」

「そりゃわかると思うが、おめえ、本気に本庄さんを訪ねていくつもりか？」

「明日にでもなれば、ちょっと逢いにいきたいね」

「冗談じゃねえ」

と、横から女衒の弥助が口を尖らせた。

「おめえは明日江戸を発って佐倉に行かなきゃならねえ身だ。そんな間があるもんか」

「親方さん、後生だから、もう一日延ばしておくんなさいな」

「だめだ、だめだ。おめえを迎えに明日の朝、佐倉から人が来るはずだ。それまでは、おれがどこへも行かせねえで手もとに置いておかなくちゃならねえ」

「どうしてもだめかえ？」

「おめえには大金がかかっている。勝手な真似をされちゃ、こっちが困るからのう」

「そうかえ」

女は諦めたようにぐったりとなった。

「親方、あたしゃ眠くなったから蒲団を敷くよ。どこにしまってあるのかえ」

「そうか。これほど酔っているのだ、寝るに越したことはねえ。おめえはその体たらくだから、おれが敷いてやらア」

弥助は押入れから蒲団を出した。

女が寝たので、伊与吉と弥助とは隣りの四畳半に移って、改めて酒を呑み直した。障子の向こうからは、すぐに女の鼾が聞こえていた。

「えれえ女がいたもんだな」

と、伊与吉は弥助の顔を見た。

「まったくだ。器量は悪くねえから金にはなるが、佐倉に行っても、さぞ手こずらせるにちげえねえな」

「だが、妙なことを言ったな。本庄茂平次というのは鳥居さまの家来だ。あの女は本庄さんと同じように長崎の生まれだから、それで逢いたいと言ってるが、どうやら、これは別な因縁があるらしいな」

「おれもそれには気がついたが、あんまり江戸にぐずぐずしちゃいられねえ。明日は佐倉から迎えが来るから、早えとこここから出立させねえことには安心ができねえ。いいあんばいに酔っ払って寝たから、あのぶんじゃ、明日までは放っといても寝込むにちげえねえ」

弥助は、女の鼾を聞いて安心している。

二人は、それから酒を酌みかわして、いっしょにごろ寝をした。

弥助は横になるとたちまち眠ってしまったが、伊与吉は少し気になることがあって、天井を向いて思案している。それは、例の簪を四谷の石川疇之丞に取り上げられてしまったので、栄之助に会って叱られるのが辛いのである。

伊与吉の朝は早い。金座には門限があるので、それに間に合わないとはいれないことになる。

その伊与吉が破れ障子をあけてのぞくと、昨夜弥助が敷いた蒲団の中はもぬけの殻だった。

「おい、弥助さん、起きろよ。ええことになった。女がいねえぜ」

「なに？」

弥助は真赤な眼をあけたが、伊与吉の言う意味がわかると、仰天して跳ね起きた。

苛《か》察《さつ》

南町奉行の鳥居甲斐守は四ツ（午前十時）には登城する。

用人になった本庄茂平次は、主人の登城前が忙しい。屋敷にも朝から客が詰めかけて、いろいろなことを鳥居に頼みにくる。その応接を用人三人が取りさばいていた。話によっては用人だけで帰すこともあり、また、甲斐守に取り次いでその意向を伝えることもあり、内容によってはその者を甲斐守に会わせたりする。

これが当番月になると、もっと忙しくなる。町奉行という職は裁判沙汰以外に江戸の民政を司っているので、非常に忙しい職だ。訴訟の裁判は南北両町奉行が一ヵ月交替に担当する。

月番でないときでも町奉行は城に毎日詰めているが、式日には評定所にいく。ことに鳥居の場合は老中筆頭水野忠邦と直結しているというので、何かと裏から願い出る者が多く、屋敷には客の入来があとを絶たない。

　そういう忙しい時刻だった。町奉行所の与力が本庄茂平次のところに来て、

「本庄さま」

　と、低い声でささやいた。

「ただ今、数寄屋橋御門前に、本庄さまにぜひお会いしたいと言ってきている女がいますが、どういたしましょうか？」

「女？」

　茂平次は与力の顔を見て、

「どういう筋合いで来たのだ？」

「はい、なんでも、長崎で本庄さまとよく知り合っていたと申しております」

「なに、長崎で？」

「本庄さまとはご同郷だそうで」

「同郷といっても長崎は広い。いや、江戸には及ばぬがの。何という女だ？」

「それが、その」

　と、与力が言いにくそうにした。

「あまり身なりのよろしからぬ女で、御門前から追い返そうといたしましたが、どうしても当人が聞きませぬので、いちおう、伺いに来たわけです。当人の申しますには、長崎の丸山にいた者で、本庄さまにお会いすればすぐにわかると言い張っております。どうやら、酒気を帯びているようで」

「朝から酒を呑んでいるのか」

本庄茂平次は、その女が誰であるかわかったが、まさかという気持ちもある。彼は内心の動揺を隠して、

「名前は何と申すのだ？」

「それがはっきりとは申しませぬ。とにかく、本庄さまに取り次いでくれれば、必ずご当人がご面会くださると申しております」

「いくつぐらいの女だ？」

「二十二、三くらいで、ちょっと見たところ、茶屋女のような風采でございます。とにかく、大きな声で言い張っておりますので、いささか外聞も考え、いま、とり静めております。なにしろ、ものを言うたびに酒臭い息を吐きかけてくるので……」

「うむ」

茂平次は唸った。信じられないことである。箱根の山で雲助の手に渡し、三島の女郎に売られたとばかり思っていた女がここに来ようとは。……

さすがの茂平次も困惑した。だが、これは絶対会ってはならない女だ。この忙しい最中に、朝からとんだ者が舞い込んだものだ。

「おおかた、その女は気違いであろうな？」

「はあ」

与力はうすうす事情を察しているらしかったが、茂平次の言葉には当然のようにうなずいた。

「わしにはまったく心当たりはない。長崎の女というからにはそれにちがいないだろうが、どこかでわしの名前を聞いてふらふらと迷いこんできたのだろう。迷惑千万な話だ。かまわないから、そういうのは門前から追っ払ってくれ」

「わかりました。しかし、あの様子では口先で言ってもとうてい納得しそうにございませんから、辻番のほうに渡しましょうか？」

「そういう処置は、そちらのほうに任せる」

茂平次はそう言ったが、思い返して、

「待て待て。そのような女を辻番に渡すと、またそこでどのようなあらぬことを口走るかもしれぬ。気違いだから誰も相手にすまいが、噂になってもわしの迷惑だからな。辻番に渡さないで、少しぐらい痛めつけてもいい、二度と寄りつかぬように追っ払ってくれ」

茂平次は強気に言った。女はひとりで三島から江戸に来たのだろうか。これはよほど恨みに思ってやってきたか、それとも女の深情けか、とにかく、思いも寄らぬことになったものだ。

あの女のことだから、いま追っ払っても、またやってくるかもしれぬ。毎日毎日、この辺をうろつかれては、どんな風評が立って甲斐守の耳にはいらぬともかぎらぬ。せっかく出世の糸口をつかんだのに、こんなことでしくじっては間尺に合わない。茂平次は、さすがに汗が出る思いだった。

「そうだ、面倒だから、その女にはこう言ってくれ。本庄茂平次というのは、たしかにこの前までこの屋敷にいたが、今は辞めて当屋敷には住んでおらぬとな。つまり、どこに行ったかわからぬというのだ。当人がいないというのがいちばんいい。そうだ、そう言ってくれ」

「承知しました」

与力はじろりと上眼遣いに茂平次を見て退《さが》った。茂平次には、その眼つきが気にくわぬ。奥で甲斐守が呼んでいると報《し》らされて、茂平次はそちらのほうに急いだが、心は平静を失っていた。


弥助が数寄屋橋前に来ると、お玉が番所の前で二、三人の小者に囲まれている姿が映った。番人は六尺棒を立てて叱っているが、お玉が口を尖らせて何やら言い募《つの》っていた。

お玉の風采は、三島から連れてきたときのままで、誰が見ても堅気の女でないことはわかる。通りかかった者が二、三人このありさまを珍しそうに見物していた。


弥助は、女がいたことで安心する一方、気も動顚して番人の前に土下座した。

「ごめんくださいまし。てまえ、この女の身寄りの者でございますが、朝から酔ってこんなところに参り、とんだご迷惑をかけました。へえ、どうぞお許しなすって」

と、つづけざまに頭を下げた。

「おまえがこの女の寄辺《よるべ》か？」

与力もほっとした顔になって、

「御門前もわきまえず、気違いを放って不埒千万だぞ。早々に引き取れ」

「恐れ入りました。さっそくにも」

と、お玉の肩を掴んで、

「やい、おめえは何ということをするのだ。いくら酒に酔ったからといって、御門前に来てつまらねえおしゃべりをするとは、とんでもねえ阿魔だ。さあ、おれといっしょに帰るんだ」

「おや、親方。どうして、おまえさん、ここに来たのかえ？」

女は二日酔いの醒めないとろんとした眼で弥助の顔を見据えた。

「どうしてもこうしてもねえもんだ。おめえが昨夜、本庄さまがどうのこうのと言っていたから、おおかたこの辺に来ているんじゃねえかと察しをつけて、すっ飛んできたのだ。……さあ、くだらねえことを言わねえで、おれといっしょに帰るんだ」

「放しておくれよ」

お玉は掴まえられた肩をゆすって弥助の手を振りほどいた。

「あたしゃ、酔っちゃいないよ。どんなに酒を呑んでも、一晩寝たら正気に返るんだからね。どうしても本庄さんに会ってひとこと言わないと動けない筋があるんだよ。ちょっとでもあの人に会わせてくれたらすなおに帰るよ」

「本庄氏は、当屋敷にいないのだ」

と、与力が口を出して弥助に言った。

「それを、この女に何度言ってもわからぬのだ。そのほう、早くこの気違いを連れて帰れ」

「気違いとは何だね」

と、お玉は与力に噛みついた。

「あたしは、気も狂ってないし、立派に正気だよ。本庄さんがこの屋敷にいないというのは嘘だ。あたしを追っ払うためにそう言っているのは、ちゃんとこっちにわかっているからね。あの人は極悪人だ。あたしは一度はあの人に会って、その面の皮をひん剝いてやらないとここは動けないね」

「何を言やがる」

と、弥助はうろうろしてお玉の身体を抱いた。

「おめえ、酔っているから、そんな大口を叩いてもお役人さまが大目に見てらっしゃるのだ。もし、そうでなかったら、すぐに引っくくられて牢屋にぶち込まれるぜ」

「牢屋だと？　おい、親方、冗談いっちゃいけねえよ。牢屋にぶち込まれるのは本庄さんのほうだよ。かわいそうだから、ここではその理由は言わないがね。本人の顔を見たら、あたしゃ、洗いざらいあいつの悪事を言ってやるからね。……さ、どこへでもあたしを連れてってくれ。お奉行さまの前に出たら、かえって、本庄さんのほうが都合が悪くなるだろうよ」

「おい、お玉」

と、弥助はてこずって、なだめにかかった。

「何だか知らねえが、ここは厳しいお固めの御門前だ。ちっとは場所柄も考えてみろ。おめえは酔っているから、醒めてからの言い分は、これから帰っておれがとっくり聞こうじゃねえか。それから先は、おめえの言うとおりにおれも力添えするぜ。さあ、みんな立停まっておめえの格好を見ているぜ。みっともねえから引き揚げよう」

「いやだ、いやだ」

と、お玉は身体をゆすった。

「親方、おまえさんが何と言おうと、あたしは本庄さんに会わないかぎりここは離れないからね。それで気に入らなければ、あたしをどうなとしておくれ」

「わからねえことを言うんじゃねえ。え、お玉。それに、おめえを迎えにもう佐倉から人が来てるはずだ。あんまりおれに世話を焼かせるんじゃねえぜ。ちっとはおれの身にもなってくれ」

「何を言うんだよ、親方。おまえさんの気持ちといったって、女を売買して金を儲けることしか、眼がないじゃないか」

「えい、こんな所で何を言うのだ。すなおにおれといっしょに帰ってくれ。頼む」

弥助は、与力や同心や番人たちがじっと見ているので気が気でなかった。

「なあ、お玉。おめえの言うことは何でも聞いてやらア。その代わり今日のところだけはいちおう引き返してくれ。おめえがいくら頼みこんだところで、相手の本庄さまがいらっしゃらなければどうにもならねえじゃねえか。ここに一ン日おめえが突っ立っていれば、おめえだけのことじゃねえ、ここに並んでいなさるお役人衆がどのように迷惑なさるかしれねえ。あんまりてめえ勝手なことばかり並べるんじゃねえぜ」

「本庄さんがいないというのは嘘だ。それがわかっているから、あたしはわざと意地が張りたいんだよ」

「わかったわかった。意地を張るぶんには、おれも江戸っ子だから嫌いなほうじゃねえが、それも時と場所によりけりだあな。え、お玉。頼むからよう、このとおりおれは拝んでいる」

弥助はお玉に手を合わせた。

「そんなら、親方、この場はおまえの顔を立てて、ひとまず引き揚げてやるよ」

女もようやく折れたようだった。

「そうか。いや、そうこなくっちゃいけねえ。さすがにお玉さんだ。ものわかりのいいことだ」

「ふん、煽てたって、その手には乗らないよ。あたしは思いつめたら何をするかわからない女だからね。佐倉であろうが、奥州の涯であろうが、またいつこの御門前に飛んでくるかもしれないから、よくあたしの身体を見張っているんだね。……お役人衆」

と、お玉は睨んで立っている与力や番人に言った。

「大きにお邪魔さまでしたね。本庄さんに言っておくれよ。たかが女一匹が来たからといって、表情を変えて逃げ隠れするのはあんまり男らしくないとね。なんだい、こんなたいそうな構えの御門の中に引っ込んでるからといって、あんまり威張るんじゃないよ」

「もういいからよう、お玉、黙って帰ろう。……へえ、どうも、とんだご迷惑をかけました」

と、弥助は、お玉の背中を押しながら、役人のほうに頭を下げつづけた。

鳥居甲斐守は城に上がって水野忠邦と会った。

鳥居は、この前から、長崎の高島四郎太夫を江戸に召喚するように忠邦に進言している。罪状は本庄茂平次が長崎から持ち帰った報告に基づいている。

四郎太夫は私宅に城郭を築き、米穀を蓄え、武器を整えている。彼はまた鯨漁にこと寄せて長崎の港外でひそかに南蛮人と通謀し、異国人の日本乗っ取りに荷担している。今にして彼を糺明せずば国家のため一大事が起こるであろうというのである。

さすがの忠邦も、この鳥居の進言には躊躇の色を見せている。鳥居の挙げた高島秋帆の罪状が、どうも非現実的に思えるからだ。鳥居は前に起こった高野長英や渡辺崋山の「蛮社の獄」のときも糺明に当たっているが、どうやらでっち上げの感じが強い。もっとも、崋山は田原藩に帰って蟄居中に自殺し、長英は逃亡して未だに行方が知れない。

厳重な詮議にもかかわらず彼が逮捕されないので、長英はロシアにのがれたなどという風聞さえある。

世間ではこの獄について幕府の方針を非難している。それでも、この事件は崋山の自殺と長英の逃亡によって実態をごまかしたが、忠邦は、高島秋帆の召喚で再びこの轍《てつ》を踏みたくなかった。

召喚といっても鳥居甲斐守のことだから、必ず四郎太夫を下獄させるにちがいない。鳥居は未だに蘭学を執念深く敵視している。四郎太夫を狙うのは、彼の飽くなき執念だが、鳥居よりも公平な立場にある忠邦は、高島秋帆を下獄させることで、蘭学者たちからどのような反感を買うかわかっていた。

北にはロシアの船がしきりと領海を侵している。西からはエゲレスの船が近づいている。国防上、否応なしに洋式武器を採用しなければならないことは、忠邦には切実にわかっていた。そういう際に、江川太郎左衛門はじめ洋式兵学者の信望を集めている高島秋帆を獄に落とすことが、どのように不利であるかは明らかである。

といって鳥居の執拗な慫慂《しょうよう》を拒絶するほどの勇気も忠邦にはなかった。彼は、眼を据えて詰め寄ってくる鳥居の催促を、もうしばらく考えさせてくれ、ということで時間を稼いでいた。が、これとてもどこまで鳥居に抵抗できるかわからない。

鳥居は、そういう忠邦の優柔不断な態度を歯がゆく思っている。その日も、そのことでしばらく揉んだ末、忠邦は気をかえるように、例の印旛沼開鑿の一件を持ち出した。

「この前から現地に人をやって視察させているが、その報告によると、なかなか有望らしい。しかし、念を入れて、次には、もっと経験者を派遣するつもりだ。その結果で、見積もりもわかるから、まず、あの辺の大名に工事を分担させるとして、この費用の冥加金を後藤三右衛門に申しつけようと思っている」

鳥居は忠邦の言葉を聞いて、先日、石川疇之丞から報らせてきた内報を思い出した。疇之丞の内報は、忠邦の用人が向島の後藤の別荘に行き、水野家の借金を頼んだというのだ。忠邦には後藤の手が回っている。

「後藤はすなおに冥加金を承知しますかな？」

鳥居はさあらぬ顔で訊いた。

「いや、あの男も商売人だけに容易には承諾すまい。この間、ちょっと当たってみたがの、彼が言うには」

と、忠邦は後藤の言葉を伝えた。

「去る亥年（天保十年）に二十万両の金を上納しているので、自分はじめ手代に至るまで家財も乏しくなり、蓄え金もはなはだ手うすになっている。とてもこの大事業の資金を一手に引き受けることは困難であると申していた。しかしのう、あの男は商人とはいえ眼から鼻に抜けるような才智の人間じゃ。あのくらいの人間は、現在公儀の役人を見渡してもちょいと見当たらぬ。後藤は今度の上納金は勘弁してくれと言うが、それが彼の最終の本音ではあるまい。つまり、彼の考えていることを通してやれば、けっきょくは承諾するものと思う……」

忠邦は暗におれを懐柔《かいじゅう》にかかっているな、と鳥居は思った。現在、鳥居の了解なしには何事も計画ができぬからだ。

「印旛沼の調査には、近ごろ優秀な男がいてのう」

忠邦は鳥居に話した。

「元小田原藩の百姓だが、家老服部十郎兵衛に取り立てられて、あの辺の田畑を改良し、米の増収を図った二宮金次郎という男だ。その者を大久保殿から貰いうけてわしの家来にしている。この者に印旛沼を実測させようと思ってな。なにせ、これまでの彼の実績から考えて、わしはその報告に期待をかけているのだ」

忠邦は自慢げに話した。

二宮金次郎の名前は鳥居甲斐守も聞いていないではない。篤農家で、農地の改良に精を出し、あの辺の農民からは神さまのように言われている。野州桜町領の荒村復興を任されたときは、十年間の苦心の末、これを成功させた。しかし、忠邦が金次郎を買っているのは、その農業技術よりも土地の実測技術が正確だというところにあるらしい。もっとも、河川を深くして印旛沼を干拓すれば、およそ十万石余の新田が開発される見込みなので、金次郎の持つ改良技術はその将来に使う含みもあるようだった。

「それはまことに結構で」

鳥居は、そう答えるよりほかに挨拶のしようがない。ただ、一介の篤農家を起用して、その男に印旛沼開鑿の全希望を託しているところに、忠邦の飽くことのない執着をみると同時に、鳥居は、何となく胸の中に寒い風が吹いてくるような心地がした。

「して、もし開鑿普請が決定すれば、どの藩にその賦役の御用を務めさせるおつもりですか？」

鳥居が訊くと、忠邦は高島四郎太夫処罰の話とはうって変わって乗気になった。

「されば、水野出羽守、酒井左衛門尉、松平因幡守、林播磨守、それに黒田甲斐守、まず、この連中に掘割の丁場《ちょうば》を担当申しつけようと思っている」

水野は駿州沼津、酒井は出羽庄内、松平は因州鳥取、林は上総貝淵、黒田は筑前秋月のそれぞれの城主だ。そして、水野出羽と林播磨とは前将軍家斉《いえなり》時代の側用人として権力を振るった曰くつきの家柄だ。

忠邦の胸中には、すでにそれらの大名を動かして、大勢の人夫が印旛沼の葦《あし》の間に蝗《いなご》のように立ち働いている光景までが描かれているようであった。そういえば、忠邦の眼には恍惚とした色さえ泛《うか》んでいる。

これらの諸藩には普請御用を命令するとともにその分担丁場の土木費用をも分担させるが、しかし、それは局地的なもので、これほどの国家的な大工事となれば幕府の出金も相当なものになる。しかも公庫は年々金銀の減少をみるばかりで費用が不足している。

徳川時代の幕府や諸藩の財政は、近代国家にみるような予算制度はない。歳入をみて歳出を加減する。すなわち、入るを量って出るを制するのが財政経理の原則であって、今日でいえば、個人の家計と似たようなしくみになっている。

極端にいうと、取りっ放しの使いっ放しである。むろん年々の収入では百姓から取り立てる地租が根本であり、米納が大部分であるから、財源はきわめて固定的とならざるをえない。このため支出の面では使いっ放しというわけにはいかず、年々膨張する経費を一定の出納に見合って規制する必要が生じるわけだ。これを予算と言えば言えないことはないが、規制をしても、そこから出納を按配することはできないから、今日の国家財政の予算制度とは根本的に違って、あくまでも入るを量って出るを制するのが財政経理の原則になっていた。

しかし、取りっ放し使いっ放しの財政は、世の中の経済が米から金に移るのに伴って収入と支出の調整に矛盾が生じてくる。米の現物よりも、その換金の高が問題となる。つまり、支出面からする貨幣の需要を米価に頼って調整せざるをえないことになる。だから享保、寛政、天保の諸改革も、しょせんはこのような矛盾に対処しての政策であり、幕府財政における深刻な調整だともいえる。

元来、幕府の歳入源であった天領（幕府の直轄地）は四百万石と称されて諸侯に冠絶していた。だが、この石高は一種の格づけであって、その実収は、これよりも土地によって、あるいは高く、あるいは低く、また年代によっても同じではない。これは諸大名の石高についても言えることだ。たとえば、十五万石と言っても丸々十五万石はいるわけではない。その中から貢租を取り立てているのだから、懐にはいるのはその何割かである。しかも、それは玄米であるから、白米に直すときは搗《つ》き減《べ》りで実収はさらに少ない。

また、表高と言っていちおう体裁だけは十五万石でも、痩地《やせち》となると、その六割にも満たない土地もある。それに、旱魃《かんばつ》、冷害、水害、地震などの天災地変がたちまち米の実収高を左右する。

一方、そんなことにはかかわらず消費生活における貨幣の需要はいよいよ増加してくるから、固定した収入源しか持たない幕府、諸藩の財政が逼迫してくるのは当然だ。また、その貨幣も富裕町人階級における偏在が著しくなり、貧富の差はいよいよ激しくなってきていた。

だから、幕府の天領から上がる石高が四百万石と通称されても、実収の租米は幕府二百六十年間を通じて延享元年の百八十万一千八百五十五石を最高とし、最低は天保七年の百三万九千九百七十石であった。この年は世に天保の飢饉と言われるくらい不作がつづいた。もっとも、幕府の収入はこればかりではない。金座、銀座をはじめとする諸座（商業組合）の運上（税）や、川舟運上、長崎上納金などの経常的な雑税収入と、ほかに幕府の冠婚葬祭に藉口《しやこう》する献納や、諸大名の富高に課する「お手伝」、「御用金」などの名目で賄《まかない》の不足を補った。ことに貨幣の改鋳による莫大な出目と称する利益金のごときは、幕府の歳入面の絶対不足をしばしば大きく助けて危機を救っている。

つまり、貨幣の吹替えは幕府としてもおおいに望むところだが、これはあまりたびたびやると物価の高騰を来たし、世間の評判を悪くするので、いかに幕府の常套手段といってもたびたびは使えない。後藤三右衛門はその吹替えごとに莫大な隠し利益金を得ている。

それはそれとして、いずこも台所の苦しい諸大名が印旛沼の開鑿にどれだけ積極的に参加するか、これも鳥居には、はなはだ心もとなく思われた。しかるに、忠邦の面上は自信満々である。

鳥居甲斐守は、八ツ（午後二時）にはお城から帰ってくる。今月は月番なので、これから奉行所で訴訟を聞くことになった。

鳥居は奉行所前まで駕籠に揺られてきた。数寄屋橋御門は土手に向かって表門があり、往来を隔てて土手の下に茶屋が並んでいる。これは公事訴訟人の控茶屋になっていて、いわゆる腰掛茶屋という名前があった。六軒あったが、全部官設のもので、裁判の呼出しを待つ人のためだから無料である。

鳥居が眺めると、そのどの茶屋にも訴訟人が重箱の弁当を開いて飲み食いしている。また、茶屋の者も座蒲団を出したり、煙草盆を出したりして、しきりと愛嬌をふり撒いている。まるで遊山気分であった。鳥居の眼がぎらりと光った。

奉行屋敷に帰ると、さっそく、与力を呼びつけた。

「いま腰掛茶屋を見てきたが、訴訟人たちはさながら花見か芝居見物のような贅沢な気分でいる。いやしくもお上のご裁断を仰ぎに罷り出て控えている者がなんたることだ。また、茶屋の者も座蒲団、煙草盆など出しているところをみると、彼らから心づけを貰っているにちがいない。さようなことは相許せぬ」

鳥居の声は大きい。与力は首筋に汗を垂らして匍いつくばった。

腰掛茶屋には原告・被告が待つので、呉越同舟となる。それに、本人のほか、家主一人、五人組一人、名主代一人の三人が差添人として付くから、茶屋は相当な繁盛だ。それに、公事見舞と称して知人や親類がここに見舞に出かけてくるので、自然と弁当を開いたり、酒肴を取り寄せたりして陽気な気分になる。さらに、原・被両告が同席しているところから相手方への牽制もあり、景気をよく見せようというので、この傾向はますます強くなっていた。

鳥居は、さっそく、翌日、腰掛茶屋の責任者を呼び出し、

「以後無益の心づけを受けたり、時分どきの食事を手厚くしたり、酒肴を取り寄せてやることなどはいっさい罷りならぬ」

と厳達して、六軒連名の請書を取り上げた。

月番だが、奉行が直々に訴訟を調べるということは、よほど重要なものでないと無い。たいていは吟味方与力で裁断をしてしまう。ただし、その結果は奉行に報告しなければならないことになっている。

「本日はかような者を伝馬町より引き出しまして、かようかような処分をいたしました」

与力の報告のほとんどがご禁制になっている贅沢品に関するものばかりだった。

今日も照降町で衣類を商う六兵衛という者と、乗物町河岸に下駄を売る太郎兵衛とい

う者とが召し捕られていた。

衣服屋は名前も贅沢屋と付けて、いろいろな高価な着物を仕立てて商っているが、これにはご禁制となっている金糸銀糸の刺繍入りのものが夥しくあったというので逮捕されたのだ。また下駄屋は法外に高価な品を売っているというので、これまた召し捕られてきている。

下駄の中には趣向を凝らしたものが多く、冬は足の先を温めるため、下駄の裏側に抽斗が付いていて、中に懐炉を入れるようにしたのもある。また、鼻緒を革で仕立てているものもある。

「革類は武具に用いるのが本来である。しかるに、町人どもが足に穿く下駄に革の鼻緒を使うとはもってのほかだ。遠島に処せい」

と、鳥居は命じた。

つづいて報告に来たのが、鮓屋《すしや》を調べた与力だ。

この鮓屋は、両国元町にいる与兵衛という者と、永代橋際の勘助という者で、鮓に巻いた魚にはなはだ高価な材料を使い、眼の飛び出るような値段で売っていたという科《とが》である。ことに永代橋のは〝安宅《あたか》の松の鮓〟と言って名前を売っていたのだが、これもご政令をわきまえず法外なる値で売ったというので、当人は五十日の手鎖、店は営業停止を命じた。この〝安宅の松の鮓〟は船倉前にあって「江戸の名物誌」にも出ている。

「本所一番安宅ノ鮓ハ　高名当時並ブモノ無シ　権家ノ進物三重ノ折、卵ハ金ノ如ク魚ハ水晶ノ如シ」

これでみると、この鮓はただ店先に食べにいくだけのものでなく、権勢の屋敷に何事かを頼みにいくときの進物にもなっていたようである。

奉行所には、こういう科人が毎日のように呼び出されて引きもきらない。髪飾りに鼈甲の櫛を挿したというので、泣きながら引かれてきた女もいる。半衿に金糸がはいっていたというので、往来からそのまま岡っ引にしょっ引いてこられた娘もいる。派手な長襦袢を着ていたというので、突き出された女もいる。

彼らは悉く奉行所手付の同心や岡っ引にのみ検挙されてきたのではなかった。鳥居は奉行所の者だけでは眼が届かぬと考えて「隠れ目付」と称する密偵を市中に放って禁令違反者をどしどし縛らせた。

世間では、その鳥居の苛酷な検察ぶりに憎悪と戦慄とを覚え、甲斐守と耀蔵の名をもじって早くも「妖怪」と渾名した。

本庄茂平次は、近ごろご機嫌だった。彼のもとにも無役の旗本や御家人や商人たちが音物を運んでくる。茂平次が鳥居の信任を得ているというので、何とか鳥居にとりなしてもらい、いい役にありつくために運動する連中が引きも切らない。

それらが手土産と称して、高価な品を運んでくる。市中では奢侈品として姿が消えているが、どういうカラクリで手にはいるのか、持参の品も、これは奥さまにと贅沢な衣類などが山をなしている。ことに茂平次を喜ばしたのは古金だった。そのほか金銀の拵えのある煙管とか、印籠などもある。

このような古金は、改鋳のたびに粗悪になっていく貨幣より金の純度がずっと高い。本来ならこういうものは改鋳通貨と引き替えなければならないのだが、この法令は徹底して行なわれなかった。一つは、こういう古金が裏で通貨の代用になっているからだ。改鋳による粗悪な通貨は価値を下落させているが、元禄以前の小判だと、同じ一両にしても、現在の値段の三倍も五倍もの交換価値を持っている。

また、貴金属類にしても、交換価値は通貨をはるかに上回っている。幕府はたびたびの吹替えで一般家庭に死蔵された古金や、貴金属類の供出を励行したが、出し惜しみのために、容易に成績が挙がらなかった。

この点は、戦時中の「欲しがりません勝つまでは」式の宣伝もないから、市民が出し惜しみするのは人情である。ことに、細工物の中には有名な工匠の腕になる芸術品もある。しかし、供出して交換となると他の地金と同様の値段で取引きされるので、出し惜しみするのは、当然であった。だから、こういう品々は、賄賂を目的とする音物用として相手方に喜ばれた。

茂平次の家がこういう品々によって満たされると、茂平次もさることながら、女房のお袖は有頂天になっていた。

しかし、実のところ、茂平次はこのごろお袖に飽きがきている。最近、彼が心を惹かれている柳橋の芸者がいる。小菊という女で器量もいいし、江戸前の気風がいい。長崎生まれの茂平次は、江戸の女に対するある種の憧憬を持っている。彼は何といっても田舎者だというコンプレックスがあったから、近ごろ、鳥居甲斐守の家来、本庄茂平次としてチヤホヤされてくると、その劣等感が逆に働いて、これまで高嶺の花と思っていた江戸の芸者が欲しくて仕方がない。

茂平次は陽の当たる縁側で寝そべって、女房のお袖の横顔をつくづく見ていたが、目尻に寄った皺といい、低い鼻といい、つくづく嫌気がさしてきた。ああ、どうしてこんな女に心を惹かれたのか、早いとこ、この女を追い出さなければならないと思っている。

「ちょっと出てくる」

茂平次が立ち上がると、

「またお出掛けかえ?」

と、お袖は恨めしそうな顔をした。

「御用のことだ。女がつべこべ口を出すな」

茂平次は叱った。小菊はまだ手にはいらないが、芝神明前のお駒という芸者は賄賂にもらった金で口説き落としていた。

「つい、こないだも、三日ばかりよそへ泊まって帰ってこなかったね。今夜もよそへお泊まりかえ?」

「遅くなったら、そうするかもしれねえ」

茂平次は、博多の帯をきりりと巻きながらうそぶいた。

「おまえさん、近ごろ、女ができたんだね？」

お袖は、それまでご機嫌だった顔を険悪にした。持って眺めていた衣裳も、髪飾り道具も投げ捨てた。

「えい、くやしい。どこの女だえ？　さあ、わたしをそこへ連れていき、その女に会わせておくれ」

「うるせえ。何を言やあがる」

「何を言うとはこちらから言いたいことだよ。なんだ、おまえひとりで偉くなったような顔をしていても、そうはいかないよ。そもそも鳥居さまに取り入るきっかけを作ったのはわたしだからね。水野美濃守さまの屋敷に勤めていたときのことをわたしの口から聞いて、それをさっそく鳥居さまへの土産にしてお取立てになったんじゃないか」

お袖の顔は蒼凄んでいた。

「何をぬかす。おめえの言ったことなんざたいしたことではなかったのだ。あんなもので鳥居さまともあろう方がおれを取り立てるはずがねえ。お取立てになるからには、それ相応におれが働いたからだ。てめえ、何を血迷っている？　少しは逆上せを下げるがいい」

「ああ、くやしい」

「おや、せっかく貰った着物を裂いたな。このド気違いめ。何を思い違いしてやあがる。このおれさまのおかげで、おめえも栄耀栄華の暮らしができたのだ。それを逆上せやがって高い着物を裂くとは何事だ」

「おまえはわたしをどうするつもりかえ？」

「ふん、どうするもこうするもねえ。おめえなんざとっくに倦いたのだ」

「えっ、そんならおまえは……」

「知れたことよ。このおれさまはな、どこへ行っても、おめえよりずっと若くてきれいな女が、本庄さま、本庄さま、と言って騒ぎ立ててくるんだ。おめえみたいな皺くちゃのおたんちんとは少々品物が違うのだ。それでも、せっかく拾ってやったからには不憫をかけて、もう少々は置いてやるつもりだったが、そう逆上せてくるからには我慢ができねえ。二、三日、この家には帰ってこねえから、その間にとっくり行く先でも考えておけ」

「よくもまあそんな口が利けたね。わたしを手に入れたのは、鳥居さまに取り入るための道具だったのかえ？」

「ふん、わからねえ阿魔だ。まあ、諦めよくすなおに出ていけば、金の二、三両は手切金に渡してやらア」

「えい、畜生」

「あ、痛え。何をしやあがる」

茂平次は、脚に咬みついてきたお袖の髪を掴むと、それをぐるぐる手に巻き、畳の上に押えつけて引きずり回した。お袖はひいひいと悲鳴をあげた。


本庄茂平次は中間の利平を連れてわが屋敷を飛び出した。

どうも気分がくさくさする。女房の嫉妬ほど憂鬱なものはない。あんな女でも一時の気まぐれからいっしょになったと思えばこそ、女房という名で置いてやっているが、おれがここまで出世してくるのにどんな協力をしたというのか。ただ、おれの陰にぬくぬくとあぐらをかいて、贅沢に馴れてくるばかりだ。もう我慢ができない。世の中には、お袖よりもっと若くて、きれいで、ものわかりがよくて、親切で、非の打ちどころのない女がいっぱいいる。なにもたいせつな生涯をいやな女といっしょに暮らすことはないのだ。――

茂平次は出てくるときお袖に、おれが帰ってくるまでに、とっととこの家を出て失せろ、と宣言している。もし、出ていかなかったら、力ずくでも追い出すつもりだった。——以前の本庄茂平次とは違うのだ。今はどこに行っても、鳥居甲斐守家来本庄茂平次と言えば、下にも置かない扱いぶりである。男は出世すればするほど、それに似つかわしい女房を持たねばならぬ。あんな小皺の寄った、鼻の低い醜女を拙者の妻でござると他人の前に出せたものではない。

茂平次がそんなことを考えながら歩いていると、中間の利平が、

「旦那」

と、うしろから低く声をかけた。

「何だ？」

「へえ。さっきから、ずっとあとを尾けてくるお武士がいますが、旦那のお友だちではございませんか？」

茂平次は振り返った。初夏の日は昏れたばかりだが、空にはまだ残光がたゆたっているし、地面の先にはぼうと夕闇が霞んでいる。その中で黒い人影が五、六間ばかり離れ

て見えていた。暮六ツ（午後六時）は、俗に逢魔が刻ともいわれている。

「友だちならおれに話をしかけてくるはずだが、人違いだろう」

「そうですかね？　さっきからずっとうしろを尾けてきていますよ。どうやら、御門の前あたりで待っていたようなふうです」

中間の利平は告げた。

「おまえの気の迷いだ。この路は天下の公道だから、誰でも歩くよ」

茂平次は歩き出したが、しばらくすると利平がまた言った。

「旦那、どうもおかしゅうございますね。こっちが曲がれば、向こうもついて曲がってきていますが……おや、われわれが止まったので、向こうさまも止まりましたよ」

「はてな？」

なるほど、黒い影はやはり五、六間の距離を保って立ち止まっている。

茂平次は、今度はわざと急ぎ足になり、路の角を曲がってみた。

「どうだ、利平、うしろの武士は尾いてくるか？」

歩きながらうしろに訊くと、

「へえ、やっぱり同じでございます」

と、利平の返事がかえった。

「そうか」

茂平次はひとりでうなずいて、急に身体を回した。今度は逆に戻っていくと、向こうの武士は不意のことであわてている。茂平次は、その男の前に近づいた。相手は咄嗟の動作が決まらずに、軽くうろたえたまま立っていた。その鼻先に茂平次は自分の顔を突き出した。

「やっぱり熊倉伝之丞さんでしたな？」

問われた男は仕方なしにうなずいた。うす暗がりでも、伝之丞の眼が決心をつけたように茂平次をじっと見ていた。

「この前は箱根の山中でお目にかかり、東海道をごいっしょしてきたが、今夜もお会いしましたな。あれ以来、お達者で？」

「うむ」

伝之丞はむっつりと応えた。

「どちらへ？」

茂平次はにやにやして訊いた。

「うむ、その、所用があってな……」

「なるほど。あなたとはよく道連れになるようです。今も中間がそう注意してくれたのであなただとわかりましたが、こいつは、あなたがわたしの行く方向どおりにうしろから来るものだから、わたしを狙っている人間ではないかと気を回していたのですよ」

「それは迷惑であったな」

伝之丞は気弱に言った。

「あれから井上道場にはご無沙汰していますが、師匠井上伝兵衛殿の仇はわかりましたか？」

茂平次は、自分もそれを懸念している一人だと言いたげな顔つきをした。

「いや、いっこうに」

伝之丞は茂平次に眼を据えたまま頭を振った。

「ははあ、下手人が未だに……そうですか。いや、あなたをはじめ、ご門弟衆の無念が思いやられます。だが、天網恢々疎にして漏らさず、悪人なら必ず名前が知れましょう。そのうち、わたしも公務に暇ができたら、お手伝いをしたいと思っています」

「本庄氏」

はじめて伝之丞は改まった声を出した。

「はい」

「ほんとうにおてまえは下手人をご存じないな？」

「これはしたり、熊倉殿。わたしが知っていれば、いち早くお知らせに参りますよ。それは東海道でお連れになったときにしかとお約束したはずです」

「それはそうだが……」

伝之丞は眼を伏せて地面を見ている。なんとも見ていてこちらが歯がゆいことだった。言い負かされたかたちで、伝之丞は言葉が継げないでいる。しかし、思い切って立ち去るのでもない。何やら問いたそうな様子でぐずぐずしているのだった。

茂平次はこの熊倉伝之丞をからかってみたくなった。いま彼に、井上伝兵衛を殺したのはこのおれだと言ったら、どんな顔つきをするだろうか、とひそかに考えたりする。相手があんまり愚図なので、つい馬鹿にしたくなる。

「熊倉さん。では、わたしはこれで失礼します。あなたも御用がおありでしょうから、あんまりお引き留めしても悪いですからな」

彼があざけり顔で言うと、伝之丞はふっと面を上げて、

「いや、本庄氏。わたしはどうしてもあんたにほんとうのことを訊いてみたいのだが」

と、決心をつけたように言い出した。

「はあ、どういうことです？」

「兄伝兵衛が討たれて、かなりの月日が経つ。わたしは肉親として、どうしてもその仇討ちがしたい。ところが、伝兵衛を殺した下手人に、とんと心当たりがない。どう考えても兄が遺恨を受けるような原因がないのだ」

「ははあ、先生はいいお人でしたからな」

「ついては、あんたなら、ほんとうのことを知っているような気がする。隠さずに、わたしに打ち明けてもらいたい」

「これはおどろきました。熊倉さん、真相を知っていれば、何でわたしが隠しておきましょうか。すぐにでもお知らせしますよ。わたしには何も心当たりがないのです」

「では、はっきりと申そう。本庄氏、あんたが兄を討ったという噂が門弟の間に専らなのじゃ」

「え？」

茂平次は、さすがにどきりとしたが、わざと仰天してみせた。

「これはまた、意外なことを承る。わたしが先生を討ったというのですか？　ははあ、箱根のときも、あなたは何度もわたしに妙な念の押し方をしていたが、やっぱり、根も葉もない噂からそう思われたのですな。では、いったい、わたしが何の恨みをもって先生を討ったというのです？　いや、さ、どのような証拠をもってさように申されるのですか？」

茂平次は気色ばんで詰め寄った。

「いや、そう言われると、わたしにはわからないが」

熊倉伝之丞は、夕闇の中に、背の高い身体を一歩退いた。

「あんたが兄を討ったのは、兄があんたをひどく叱っていたことがあったそうだ。門弟の中でそう告げている者がいる。だから、もしやその恨みで、あんたが兄を討ったのではないかと臆測しているのだ」

「これは、言いがかりもはなはだしい。なるほど、わたしは先生にお小言は頂戴したかもしれないが、それは些細なこと、師匠として、門弟の至らぬことを叱るのは当然のことです。そんなことに、何でこのわたしが恨みをもって先生を刺しましょうか。だいいち、わたしのなまくら腕で先生に勝てますか。井上先生は、わたしごとき男に、むざむざと不覚をとられるでしょうか？」

「…………」

茂平次は口を尖らせた。

「ひどいことを言うものだ。さては、わたしの出世を妬んでいる連中が、いろいろと中傷しているのですな。熊倉さん、あんたもそれを本気にしているのか。いやさ、その中傷を事実だと思っていなさるのか？」

「疑いたくはないが、他に心当たりもないし、門弟どもも、あんたがいちばん怪しいと言っているのでなア」

「これは迷惑千万だ。そんなことで、いちいちあんたにあとを尾けられてはたまらぬ。もしさような疑いがあれば、はっきりとした証拠を握ってからにしてもらいたいですな」

「いや、本庄氏、そう言われるのはもっともだが、それというのも兄が殺された晩、あんたの居場所がよくわかっていないからなのだ。ほかの門弟があんたの女房殿にいろいろ訊いてみたが、その返事があやふやだと言うのだ。どうも、このへんのところが腑に落ちない。あんたは嘘をついているように思えてならぬ」

「なるほど。ではほんとうのことを言いましょう。実はあの晩は、わたしは持って生まれた病みつきで、さる旗本の屋敷で手慰みをしていたのですよ。そこにはほかの連中もいたから、その人たちについて訊いてもらえばわかるのですが、難儀なことに当今はやかましいご時世です。屋敷の名前を出せば、そこの主人が迷惑するし、居合わせた友だちの名前も明らさまにすると、どんな迷惑をかけるかわからない。たとえ、当人に当たっても、知らないと答えるにきまっています。

……ご承知のように、当節は旗本屋敷でも、遠慮会釈なく博奕の手入れが行なわれるようになりました。当時の悪友たちも散り去って、どこにいるやらわかりませぬ。当夜のわたしの証明が立てられない難儀がここにあります」

「…………」

「それに、わたしは痩せても枯れても、南町奉行鳥居甲斐守家来だ。そのわたしが、どうして、博奕をしていたなどと言えますか」

「…………」

「まあ、あんたも少し落ちついてもらいたいですな。人を疑うのは、めったにすることではない。わたしは断言する。井上先生殺しの下手人でないことはもとより、下手人も知りませんよ……先を急ぐから、これで御免」

本庄茂平次は、夕闇の中に突っ立っている熊倉伝之丞を残して先に歩き出した。

——今日は妙な日だ。朝から思いがけなく長崎のお玉が門前にやってきて、喚いたりして狼狽させた。あの女、三島の女郎に売られているとばかり思っていたのに、ふらふらと亡霊のように江戸に現われるとは知らなかった。お玉といい、伝之丞といい、執拗い人間ばかりにおれは纏わられている。


「旦那」

と、中間の利平がうしろを振り返って告げた。

「さっきのお武士は、まだこっちに歩いてきていますよ」

「えい、うるせえ奴だ」

と、茂平次は舌打ちをした。

あんな執拗な男は見たことがない。鈍重な性格だけに粘り強いのだ。どこまでも茂平次を仇と思い込んで尾けてきている。

——これはあんまり油断もできなくなったぞ。今の話では、伝兵衛の門弟たちがおれを下手人だと思っているらしい。いったい、それはどこから出た噂だろうか。

（前にも考えたことがあるが、これには本庄茂平次とはっきり名ざした人間が陰にいる。それが誰だか見当がつかないが、熊倉伝之丞はじめ門弟一同は、それを信じているのではなかろうか。でなければ、こうも執拗に伝之丞がおれを追ってくるはずはない）

熊倉伝之丞は直接の証拠がないから、こうして絶えず茂平次の身辺に付きまとって、彼の神経をいらいらさせるように仕向けているとも思える。

（こいつは迂闊だった）

今までは伝之丞がのろまに見えて馬鹿にしていたが、そうではなく、かえってこちらが敵の神経作戦に乗せられるところだった。

（危ない、危ない）

それにしてもあいつは苦手だと思う。あの調子でねちねちと付きまとわれたら、かっとなって、つい、ほんとうの声が口から迸って出そうである。現に、さっきもあの男の顔を見て、おれが下手人だと名乗ってやったら、どんなにおもしろかろうかと、ふいと、からかい心が出たくらいだ。

面倒臭い。いっそ伝之丞も……ふいと、そんな気持ちが心にもたげてきた。すると、茂平次はたちまち別な心理に支配されはじめた。人はそれを残忍とか悪人とか評しているが、当人自身はそれほどたいそうなものとは思っていない。通常の心理だ。ただ、それはふだんはあまり表へ出ていないが、ときとして泡粒のように深部から意識の表面に浮かび上がってくる。

「利平」

「へえ」

「まだ来てるか？」

「さようでございますね、だいぶん暗くなりかけましたので、しかとわかりませんが……あ、参っています、参っています」

「ええい、しぶとい奴だ。面倒くせえから、利平、その辺から町駕籠を拾ってくれ」

中間に町駕籠を呼ばせ、それにうち乗ると、

「酒手は弾むぞ。できるだけ急いで柳橋へやってくれ」

と、駕籠舁きに注文をつけた。駕籠は飛ぶように走り出した。茂平次はその中で揺れながら、これなら大丈夫だろうと思った。

しかし、今の自分の行動は熊倉伝之丞から逃げ回っている格好だ。いつかは彼のために身動きできない状態に掴まれそうだった。

（伝之丞を生かしておいたら、一犬虚に吠え万犬これを伝えるの譬で、ほかの門弟たちも騒いでくるかもしれぬ。これはまずい。何とかせねばならぬ）

朝から長崎女郎のお玉が現われたことといい、出がけに女房と喧嘩したことといい、伝之丞に付きまとわれたことといい、憂鬱なことだった。気分がくさくさする。これから柳橋へ乗り込んで、好きな芸者の小菊を呼び、思い切り憂さを晴らしたかった。

（待てよ）

駕籠の中でぎょっとなったのは、さっき伝之丞の話で、伝兵衛の門弟たちが師匠が殺された晩の茂平次の動静を女房のお袖に訊きにいったという一件だ。その際の返事はお袖に言い含めてあったが、もし、今ここで無理にお袖を追い出すと、その恨みであの女は何をしゃべり出すかわからない。

禍根はすぐ身近にあった。──茂平次の眼が駕籠の中でひとりでに光ってきた。

柳橋の都家という料理屋の前に駕籠を降ろした。昏れて間もないのに表には行灯一つ見えない。文字どおり灯の消えた寂しさだった。

「利平」

と、茂平次は駕籠脇にいっしょに走ってきた中間に言った。

「もう、あいつは尾いてこねえな？」

「へえ、もう大丈夫で」

この辺は茶屋や舟宿がかたまっている。少し前までは表に明るい灯が道路までこぼれていて、芸者たちが出入りし、客は女中どもの明るい声に迎えられたり送り出されたりする風景が見られたものだ。今は水野の倹約令で柳橋じゅうがまるで揃ってお通夜をしているようなさびれ方だった。

鳥居甲斐守が町奉行に就任して以来、花街や岡場所の取り締まりは徹底的となっている。

この都家の表も戸を閉めて商売を休んでいるような暗さだった。茂平次は駕籠から降りると、その黒板塀に沿って角を曲がり、路地を伝って裏口へ回ろうとした。すると、途中の柳の陰から、ひょっこり人影が出た。

「ちょっとお待ちください」

茂平次がぎょっとなったのは、また熊倉伝之丞が先回りをしたのではないかという早合点だったが、相手は見たところ職人風な男だ。背はずんぐりして、まるで体格が違う。いつの間にか茂平次も熊倉伝之丞の幻影を怖れている自分に気がついた。

「何だ？」

茂平次が男に向かうと、

「旦那はこれからおたのしみで？」

と、顎を都家の屋根にしゃくった。

「うむ」

「へへへ、お遊びにいらっしゃるところを申し訳ございませんが、ご存じでございましょうね、当節あんまり派手にお遊びなさると、その筋の眼が光っておりますことをね。これは念のために申し上げますがね」

「何だ、おまえは？」

「こういう者で。卯助と申します」

卯助は、夜目にもわかる十手の朱房をちらりと見せた。

とつぜん、茂平次が大声をあげて笑った。

「おい、おれの面を知らぬか？」

「へ？」

「そんなこけおどしはやめておけ。おまえ、同心は誰に付いているのだ？」

「へ？」

卯助は眼を剥いて茂平次の顔をのぞいた。

「木っ端同心にそう言っておけ。おれは南町奉行鳥居甲斐守家来、本庄茂平次という者だ」

岡っ引の卯助が脳天を割られたような格好で自分から地面に膝を崩れ落とした。

茶屋の客

本庄茂平次は都家の裏口から懐手でぬっとはいった。女中がうす暗がりからそれを見て、

「これは本庄の旦那さま、いらっしゃいませ」

と、あわててお辞儀をした。

「おかみはいるか？」

「はい、ただ今」

女中は裏口から奥へ走り込んで、おかみさん、おかみさん、と大きな声で呼んでいる。ほかの女中も顔を出して、これも茂平次を見てあわててお辞儀をした。

「本庄の旦那さま、どうぞ」

「暗いな」

茂平次はあたりを見回した。

「はい。お布令《ふれ》でなるべく質素にしております」

「感心だ。これなら奉行所も文句をいう筋合いはない」

奥からあだっぽいおかみが小走りに、来て、上がり框《かまち》にすわって三つ指を突いた。

「これは本庄の旦那さま。ご機嫌よろしゅう。さあ、どうぞ奥に」

「では、上がるとするかな……ところで、おかみ、小菊をすぐに呼んでくれ」

「ほほほ……旦那さまのお気の早い。まあ、それはあとのお愉しみで、とにかく、お座敷にお上がりくださいまし」

「通るぞ」

茂平次は長い刀を腰から抜いて手に持ち、夜目にも磨きがかかったとわかる長廊下を歩いた。

すると、この茂平次を横から見て眼を瞠《みは》った男がいた。裏口の目立たないところに腰をおろし、煙管《きせる》を口にくわえていたのだが、彼の前に銚子が出ているから、この家に客で来た誰かのお供にちがいなかった。茂平次の姿に小首を捻っていたが、彼が奥へ通る

と、その男は、

「これ、姐さん」

と、女中の一人を呼び止めた。

「はい、何でございますか？」

「いま、奥の座敷に通られたお客さまは、何というお方だえ？」

「はい、あれは」

と、女中は言いかけたが、急に低い声になって、

「南町奉行鳥居甲斐守さまご家来、本庄茂平次さまと申されます」

「本庄？」

男は、また首を傾げた。

男は青山に住む旗本飯田主水正《もんどのしょう》の中間《ちゅうげん》の源助だった。今夜、主人の供についてきて、ここで待っている。

――うす暗い裏口からはいってきたいまの侍《さむらい》姿の身体《からだ》の格好にどうも見憶えがあるのだ。これが明るい昼だったら、その男の面体《めんてい》がはっきりとわかるから、かえって源助の不審は起こらなかったかもしれない。しかし、賑やかな灯も遠慮している当節のこと

だった。そのうす暗がりに、武士の身体の輪郭が黒くにじみ出ていたから、その形が源助の眼を惹いたのだ。

（たしかに見た人だ）

もとより、暗いから相手の人相はわからない。身体全体が黒い影絵になっている。だが、源助の記憶にある男も顔を黒い布で包んでいたのだ。印象は、むしろその背の低いずんぐりとした小太りの姿にあった。いや、何よりもそのガニ股の歩き方に見憶えがあったのだ。

源助は、あの日のことを憶えている。

けだるいくらいの昼下がりだった。強い陽に邸内に生えた雑草がほこりで白くなっていた。源助はその草を除っていた。その時、門の脇戸を開けてひょいと人がはいってきたのだ。

源助は、そのとき、相手の男としばらく対立していた。いや、初めはべつだん妙には思われなかったくらいだ。突然すぎたためだったかもしれない。黒い覆面でいるのも咎める気が起こらなかったほどである。けだるい夏の昼間だし、どこかに意識の弛緩があったかもしれぬ。

向こうの男も、ちょうど往来に立ち停まったように源助を見ていたが、やがて短く光った物を出した。源助は、やっとそれが短刀だと気付いた。

源助が棒立ちになっていると、男は用事でも思い出したように、はいってきた脇の門扉からさっさと姿を消した。そのときの身体の特徴が、ここでいま見た男の姿である。

門前の道路で、御殿女中が駕籠の中で殺されたのを源助が発見したのは、その直後だった。これも奇態な話で、若党を呼びに行った隙に駕籠もろとも殺された女が失くなっていた。あとで主人の飯田主水正に話したときも、まだ夢見心地だったのである。

二度と会うことはないと思っていたその特徴の男がここに来ている！　鳥居甲斐守の家来、本庄茂平次だと聞かされた。

（はてね）

源助は眼をこすって杯に銚子を傾けた。まさか、と思う。錯覚ということもあるし、似たような身体つきの男も世間にはざらにいる。歩き方にしても同じ癖の人間は多い。だいいち、あのとき、覆面の男の声を聞いていないから、今の客の声で同一人物だと明確に指摘できる自信はつかなかった。

（しかし、似ている！）

本庄茂平次は座敷に通った。

「こんな部屋しかないのか？」

彼は立ったまま、不平そうにあたりを見回した。

「申しわけございません。旦那さまにいつも使っていただく部屋が、あいにくとふさがっておりますので」

おかみは笑顔で詫びた。

「何だ……金持ちの町人でも来ているのか？」

「いいえ、そういう方ではございませんけど……空きましたら、さっそく、旦那さまをそこにお迎えいたします」

「仕方がないな」

茂平次はひとまず、ものわかりのいいところをみせてすわった。四人の芸者がはいってきた。

「今晩は」

と、女たちは口々に茂平次に挨拶した。

茂平次は機嫌がいい。その芸者たちを相手にしばらくは他愛のない話を聞かせていた。茂平次の話といえば、決まって長崎のことである。これは江戸の者が聞いて珍しいし、おもしろい。

ことに、長崎にいる唐人の生活ぶりを手振り身振りで話す。長崎の会所では直接、唐人や蘭人と折衝していただけに、知識は豊富だから、聞いていて実感があった。女たちは茂平次の話に眼を瞠ったり、口に手を当てて笑い転げたりした。

そのうち茂平次は、そろそろ退屈そうな顔を見せてきた。

「小菊はどうした？」

彼はさっきからそれを待っている。今に小菊が姿を見せると思えばこそ、女たちの相手になっていたのだった。

「小菊姐さんもすぐに来ますでしょう。いま少しご辛抱なされませ。ほんに待つ身は辛いものでございますね。けど、待つ身になっても、待たれる身になるなと言います。小菊さんも、本庄さまに逢いたくて、今ごろは心せわしくお化粧の最中だと思います」

「お愉しみは、なるべく後にしたほうがそれだけ深うございます。わたしたちだけで気に入らないでしょうが、まあまあ、そうお急きにならずにご辛抱くださいませ」

女たちは口々に慰めた。

茂平次は、いったんそれでおさまった。しかし、しだいに焦れてくる様子が露骨にみえてきた。

「おかみを呼べ」

酔いも手伝っている。それに、自分をこうまで待たせているという憤懣が、今度は小菊が来ないのではないかという不安に変わり、どこかの家に回ったままそこで根を生やしているのではないかという邪推に移ってきた。小菊と向かい合っている客への嫉妬も起こってくる。

「ご用でございますか?」

おかみは茂平次の機嫌が悪いと聞いて、愛嬌笑いをこぼして茂平次の前にいざり寄った。

「旦那さま、まあ、おひとつ、お流れを頂戴します」

「おかみ、小菊はどうした?」

「はい。いま使いの者を迎えにやりましたところ、もうすぐ支度ができるとのことでした。ほかならぬ本庄の旦那さまにお逢いするのですから、小菊さんも念を入れてきれいにしてくるのでございましょう。旦那さま、もうしばらくご辛抱くださいまし。今夜はごゆっくりでよろしゅうございましょう？」

茂平次はおかみの追従になだめられていたが、そのうち酔いが深まると、また人相が怪しくなってきた。眼がすわり、顔が蒼くなっている。もっとも、色の黒い茂平次は蒼いといっても他の者には判別がつかない。

彼はその辺の料理をじろじろと見回していた。ここの料理は茶屋だけに凝っているから、杓子定規に取り締まろうと思えば、いくらでも倹約令に引っかかる――このへんの事情は戦時中のヤミ料理屋を考えるとよい。

茂平次はじりじりしていたが、そのために尿意を催し、手洗いに起った。すでに足もとが少し危ない。芸者のひとりが傍に付き添って廊下に出たが、機嫌の悪い茂平次は、それを邪慳に振り払った。

廊下には、外からわからないようにしているが、華やかな灯もついているし、三味線の音も聞こえている。用を足して戻りかけた茂平次の耳は、その三味線の音に混じった女の笑い声を咎めた。

茂平次はふいと立ち停まった。

女の笑いはまだつづいている。少し酔っているようだが、その声が茂平次に聞き覚えがあった。いや、それどころではない、彼が焦りながら待っている小菊のものなのだ。

茂平次は廊下をよたよたと歩いた。自分では足音を忍ばせているつもりだったが、酔っているので、つい、音が高くなる。

女の笑いはやんだが、話し声はその部屋の前に来たときにははっきりと耳にはいった。

茂平次はしばらく躊躇っていたが、さすがに、その部屋の襖に手を掛けることはできなかった。その代わり、部屋に戻ったときの彼の顔は苦虫をかみつぶしたようになっていた。座敷には芸者が四、五人手持ちぶさたにお互いに話していたが、

「えい、うるさい」

と、彼は怒鳴った。

「おかみはどうした?」

誰かが呼びにいったので、またおかみが走り込んだ。

「まあ、旦那さま。どうなさいました？」

　茂平次は彼女を睨みつけた。

「やい、おかみ。小菊はどうした？」

「ほんとうに、小菊さんたら遅うございますね。どうしたんでしょう？　誰かをまたすぐ迎えにやらせます」

「わざわざ、小菊のところに行くことはない。小菊はすぐ近くにいるぞ」

　おかみは、息をのんで、すぐにはあとの言葉が出ないでいる。茂平次に知られたとわかってからは、どう取りつくろいようもないのだ。

　茂平次は眼を据えて叫んだ。

「やい、おれを長崎の田舎者と思って馬鹿にするな、ごまかそうと思ってもそうは問屋が卸さないぞ」

「まあ、旦那さま」

　と、おかみがなだめようとすると、彼は彼女の肩をこづいた。

「何を言やあがる。おかみ、小菊はそこの座敷にちゃんとすわっているではないか。それをつべこべ言って、支度をしているの、化粧がどうのと、よくもそんなでたらめが言えたの。すぐさま、あの座敷からここに曳きずってこい」

「本庄の旦那さま」

と、おかみは畳に両手をついて頭をこすりつけた。

「まことに申し訳ございません。いいえ、嘘を言ったわけではございませんが、その……あまり向こうの座敷でお客さまが小菊さんを止めなさいますので、つい、もうしばらくご辛抱ねがおうと思いまして」

「なに、向こうの客が止めたと……」

茂平次には、客が小菊の手を取ったり、肩を抱いたりして戯れている様子が眼の前にひろがった。彼はたちまち、その妄想に嫉妬が湧いてきた。

「どこの誰だ?」

「はい、それが……」

「言えぬのか……よし、おまえが客を大事にして言えぬなら、おれが小菊を引っ張ってくる」

茂平次は膳の前からすっくと起ち上がった。

ほかの芸者たちは茂平次の剣幕に怖れて、肩を寄せ合っている。その中の一人が機転を利かしたつもりで、この場の次第を小菊に報らせようと部屋を出ていった。茂平次の眼は、それをのがさなかった。

彼は、その芸者のあとを追うようにして廊下を泳いだ。おかみが蒼くなってあとを追ったが、茂平次の剣幕の凄さに、うしろから引き止めることができないでいる。

茂平次は、芸者が開けた襖に早くも脚の半分を差し込んだ。

「あれっ」

芸者が気づいて仰天すると、茂平次は、その襖をがらりと開けた。そこは控えの間で、もう一つ奥の座敷は襖で遮られている。小菊に報らせようとした芸者は慄えながら片隅に退いた。茂平次は、その襖の前に立って大きな声で喚いた。

「小菊」

返事はなかった。

「小菊、小菊」

彼は呼びつづけた。

「おれだ。本庄茂平次だ。さいぜんからおまえを呼んでいる。さあ、そこの客は誰だか知らないが、すぐさまおれのところに来るのだ。よいか?」

　襖の内側はしんとして人声もなかった。茂平次は苛立った。

「小菊、返事がないところをみると、そこなる客が手放さないのだな。よし、襖をあけるぞ」

「断わる」

　とつぜん、男の声が答えた。渋い落ち着いた調子だった。

「なに?」

　茂平次は、襖に叫んだ。

「誰だ?」

「誰でもよい。ここは、わたしが借りている座敷だ。いうなれば、わたしの城だ。一歩も踏み込みはさせぬ」

「おもしれえ」

　と、茂平次は巻舌になった。

「そっちはシロだか、クロだかしれねえが、こっちはそこにいる女に用があるのだ。小菊を出せばそれでよし、出さねえときはこの襖を開けて踏み込むからそう思え。どうだ、小菊を出すか、出さねえか。……おれは南町奉行家来、本庄茂平次という者だ。やい、しっかと性根を据えて返答しろ」

「無体なことを言う人だ」

と、相手の声には笑いが混じっていた。

「南町奉行の家来衆なら、一段と無体は申さぬもの。おおかた、今を時めく鳥居甲斐守殿の名前を騙った無頼漢であろう。さっさとこの場から立ち去るがよいぞ」

「なに、偽者だと？　この野郎」

あっ、という間もなかった。茂平次が襖を蹴るように開けると、床柱を背負って、ひとりの男が脇息に凭れて端然とすわっていた。

齢のころ三十すぎ、眉が濃く、鼻梁の徹った顔だが、やや太り気味なのがどっしりとした貫禄を感じさせた。眼に微笑を含んで茂平次を穏やかに見返している。

茂平次が思わずひるんだのは、その男が華美な身装の武士だったからだ。衣服は絹ずくめで、羽織は眼のさめるような地紫の小紋、小袖は白綸子で、金糸で下がり藤の散らしの縫取りである。

その横に、酔いで眼の赧《あか》くなった小菊が、男のほうへ身体《からだ》を斜《しや》に傾けていた。

「だ、誰だ」

茂平次は吃《ども》って相手に叫んだ。

小菊が男の傍にいるのを見ただけでも、頭の中がかっとのぼせた。彼はそこに仁王立ちになった。後ろにはこの家のおかみや芸者たちの眼が見ていることだ。弱いところはみせられなかった。

その武士は懐手をしたまま片手で、朱の杯《さかづき》を宙に支えていたが、

「それは、あんたが役目としてわたしに訊くのか、それとも、この座敷に踏み込んだ不届者の戯言《ざれごと》か？」

と訊き返した。

役目の上で人の名前を訊くのかと反問されて、本庄茂平次はとっさの返事に詰まった。

彼は奉行鳥居甲斐守の家来だが、奉行所の役人ではない。職権の上で人を咎め立てすることはできないのだ。しかし、ここで臆してはならないと思った茂平次は、相手の男

を睨めつけた。

もっとも、彼がただの士でないことぐらいは、さっきから茂平次にも見当がついてきている。身装といい、余裕をもった貫禄といい、また、こういう場所で贅沢な遊びをしている様子といい、かなりの身分だとはわかっている。これが茂平次を一瞬たじろがせたが、その男の脇に身体をすり寄せている小菊の姿が眼にちらつき、彼をかっとさせた。

「南町奉行鳥居甲斐守家来と言えば、むろん、役目のうえから名前を訊いているのだ」

と、茂平次は肩を上げて言った。

「ほほう、異なことを聞く」

と、士は朱塗りの杯を唇から離して微笑した。

「鳥居殿の家来衆と役人とは違うはずだが、そのへんはどうかな?」

「どっちでも同じようなものだ。当節は厳しいお布令の取り締まりがわれわれの主人鳥居甲斐守から出ている。家来たるわれらが普通の屋敷者と違うのは当たりまえだ」

茂平次は言い放った。

「変な理屈だが、まあ、あんたの問いに答えよう」

と、士は穏やかな声で言った。

「わたしは青山に住む二千三百石の旗本飯田主水正という者だ。鳥居殿のご家来なら、以後見知ってもらいたい」

茂平次は、それを聞いて少しひるんだ。相手は意外に大身だったのだ。こういう身分の者には町奉行所の手はつけられなかった。

「それは失礼しました」

茂平次は気勢をそがれて、急に声まで変えた。しかし、このままでは引っ込みがつかない。惚れた女の小菊が眼の前にいる。背後にはこの家のおかみや芸者たちが成行きを見守っている。以後の権威にもかかわることだった。

「酒をいささか呑みすぎて酩酊したため、思わずこの座敷に足がすべり込んだことはお許しねがいたい」

と、茂平次はいちおう断わった。

「わかっていただければ、それで結構」

飯田主水正は笑って答え、

「しかし、あんたが望まれるこの芸者は、当分、わたしの部屋にいるように約束しているので、先約としてこれはご了承ねがいたい」

「わかりました」

と、茂平次は畳にすわって膝に手を置いた。

「だが、ここに参って図らずも拝見したのだが……」

彼は主水正の前にならべられた料理の数々をじろじろと眺め、

「たいそうなご馳走のようですな。どうやら、なかには初ものもあるようで」

と、皮肉に出た。

「さよう」

と、主水正は平気で引き取って、

「わたしは食べものには凝るほうでな。友達は通だと申している。まあ、それほどでもないが、とにかく、料理だけは吟味する性質だ。やはり食べものは季節のハシリにこしたことはない。これまで馴れた舌では、急に粗食もできませんでな。なけなしの金を使ってここに食べにきている」

「結構なことで」

と、茂平次は答えた。

「しかし、見たところ、召し上がるお料理にはだいぶご禁制の品があるようだが……」

「承知いたしている」

「ご承知のうえで禁令を犯されるとは？」

茂平次は気色ばんだ。

「舌には勝てませぬでな」

「なに？」

「持って生まれたわれらの舌が辛抱できずにおりますでな。わたしはお達しのことは承知しているが、この舌が降参せぬ。あまり辛抱させておくと、わたしの身体に障りがきそうです。これは一大事だ。人間、丈夫なことが第一だ。ほれ、御身大切と申すではないか。さようなわけで、わたしは薬と心得てこの家に初ものを出させている」

「怪しからぬ話だ」

と、茂平次はうしろを向いた。襖の向こうで様子を見にきている女たちの中におかみの顔があった。

「おかみ」

と、茂平次は、そこから叫んだ。

「これはどうしたことだ？　お布令によって初ものはもとより、贅沢な料理の材料はいっさいお禁めになっているのは、おまえも知っていよう。いかに客の注文とはいえ、ご禁令の品々を、こっそり客に出すとは不届き千万。さっそくにも奉行所に呼び出して、吟味いたすから、さように心得ろ」

都家のおかみは茂平次に怒鳴られて縮み上がった。日ごろおとなしい男だし、ときには剽軽なことを言って笑わせる茂平次だけに、この別人のような形相がかえって恐怖を起こさせた。

何といっても彼のうしろには苛酷な検挙ぶりで鳴る町奉行鳥居甲斐が付いている。普通の同心や岡っ引に脅かされたのとはわけが違っていた。

「本庄の旦那」

と、おかみは震え声で詫びた。

「以後気をつけますから、この場は、どうぞご内聞に」

今までこの場の成行きを心配していたおかみは、急にわが身に降りかかった災難に泣き顔になった。

「なに、穏便《おんびん》にしろと？　何を言やあがる。こう、おかみ、日ごろここに客に来ているおれと、町奉行鳥居甲斐の家来であるおれとを、いっしょにしてくれては困るぜ。遊びにくるおれはあくまでもただの客だ。しかし、ことがご禁制のことになると、これは御奉行さまの家来である本庄茂平次の顔に戻ってくる。日ごろの客だとなれなれしくしても、そうやすやすと穏便にはできねえ」

本庄茂平次が猛《たけ》り立つので、おかみはいよいよ怯えて、

「小菊さん、おまえさんからも本庄さまに何とかとりなしておくれよ」

と、手を合わすようにしていた。

「小菊に頼むまでもない。ご禁制の品を注文したのは、このわたしだからな。これは同罪だ」

と、飯田主水正は酒を呑んでいた口をはさんだ。

「本庄さん、どうだろう、おかみもああして勘弁してくれと言っている。実のところ、わたしもあんたの今の脅かしには怖れをなしているところだ。このへんでお慈悲をねがえないかな？」

と、揶揄されたと思った茂平次は、主水正のほうへ向き直った。

「何っ」

「飯田殿、あなたはこのわたしをからかわれるつもりか？」

「いいや、そうではない。心からそう思っているのだ。なるほど、ご禁制の料理を出したのはこの家が悪い。しかし、客が注文しなければ、料理屋も品物を揃えぬはずだ。してみれば、そのようなものを食べているこのわたしもご禁制にふれることになる。そこで同罪だと申したのだ。……

だが、この場を見ておられるのは、本庄氏、あんた一人だ。あんたの胸一つで穏便におさまることだからな。それを頼りにしている。あんたをからかうなどとは夢にも思っていない」

「飯田殿、あなたがご禁制の料理を命じられたのを自らお認めになったのなら、ここではっきりとあなたのお役目とお屋敷の場所を伺いたいものです」

「お安いことだ。わたしは恥ずかしながら、ただ今、無役です。それに、屋敷は先祖代々青山辺に頂戴しているから、これは逃げも隠れもできぬ」

「承りました」

茂平次はきっぱりと言った。その言い方には、憶えておけ、あとで思い知ることがあるぞ、という脅迫的な意味がむろん含まれている。

茂平次は、また主水正の絹ものずくめの着物をじろりと見た。

「飯田殿には無役と仰せられるが、ご裕福とみえて立派な衣裳をお着けでございますな」

眼だけは凄みを利かしたつもりで光らせ、口には嗤《わら》いを泛《うか》べていた。

「さよう」

と、主水正はすなおに受けて、

「わたしは生来吝《けち》な暮らしが嫌でしてな。これは先祖代々から受け継いだ血だから、どうにもならぬ。無役であるが、幸い、わたしの持っている知行所から、この程度の贅沢をさせてくれるだけの扶持米《ふちまい》が上がってくるので、まあ、どうにかやっているわけです」

「それは結構」

と、茂平次はわざと主水正の衣裳を穴のあくほど見つめた。

「したが、当節はすべて贅沢のいっさいをお禁《と》めになっていることはご承知でございましょうな？　女どもの髪飾りには金銀鼈甲を用いた櫛笄は禁制になっているし、着物、帯、履きものに至るまで、すべてきらびやかなものは着けてはならぬとお達しが出ている。されば、その意を体して、士分の者も近ごろとみに服装が地味になっております。……それにひきかえ、あなたの着物の贅沢はちとどうかと思われますが……」

「これでも派手に見えるかな？　わたしはせいぜい地味な着物を着てきたつもりだが。自分ではお布令に背いておらぬつもりでいる。……本庄氏、どうも物を持っている者は、こういう際、つらいわけですな。これがいちばんわたしには質素な着物です。嘘と思われるなら、さいぜん屋敷の在所もお話ししたから、お暇の節わたしの屋敷においで願って、衣類いっさいお見せしよう。着物のほうでもわたしは衣裳道楽の評判をとっている」

茂平次は、何を言っても軽くあしらわれる相手にじりじりしてきた。それに、主水正にぴたりと寄り添っている小菊の姿がますます彼の嫉妬と忿怒を掻き立て、言葉が思うように出なかった。

「御免」

畳を蹴って茂平次はもとの部屋に引き返した。あとから主水正の笑い声が追うように聞こえてきたのも彼の頭を燃え立たせた。

それからは、自分でわけがわからなくなった。とにかく、酒を次々と運ばせ、独りで呷った。いつの間にか芸者の数も少なくなっている。彼の形相に恐れをなして逃げてしまったのだ。

「おかみ。おかみ」

と、茂平次は怒鳴った。

先ほどまでは何とか宥めにかかっていたおかみも、茂平次の勢いに顔を出さなかった。最後に残っている芸者の一人がしずめにかかろうとすると、茂平次はよけいに狂った。

「小菊を呼べ」

「もうすぐこちらにこられるでしょう」

「えい、何をしているのだ。呼べと言ったら呼べ」

酔いと怒りとで茂平次の顔は歪んでいる。

「では、行って参ります」

その芸者もそれを機会に部屋から逃げてしまった。

茂平次はたまりかねて独りで起ち上がると、襖を乱暴にあけ、小菊のいる座敷へふらふらとはいっていった。

「あれ」

茂平次の姿を見て小菊がまた主水正にすがりついた。

「やい、小菊、いつまでそんな所にへばりついているのだ。そっちが客ならおれも客だ。いい加減にしておれのほうにこい」

茂平次は、何と言っても自分の背中に鳥居甲斐守の後光を背負っているという意識がある。彼が主水正を無視して小菊に手を伸ばしかけたとき、その手は逆に捻じ上げられた。

「うッ」

「無礼者」

「な、何っ」

茂平次は抵抗できない強い力で手の自由を奪われたまま、主水正に押されてずるずると屋根と大川の見える二階の手摺まで連れてこられた。
と思ったとたん、その外の夜景が茂平次の前でくるくると回転した。
けたたましい桶の散る音と、水音とが暗がりの軒の下から起こった。

本庄茂平次は天水桶の中から這い上がった。天水桶は火災のときに用立てる貯水槽だから、いつも満水になっている。その中に落ち込んだのだから、茂平次は全身ずぶ濡れになった。天水桶の上に載っていた蓋も、おびただしい手桶も路地に散乱していた。

「旦那じゃございませんか」

暗い所から姿を出したのは、茂平次がこの家にはいる前に出会った岡っ引卯助だった。

「どうかなさいましたか?」

卯助がここに駆けつけたのは、水音の騒ぎを聞いたからである。

「うむ、少々酔っ払ってな」

茂平次はさすがに事実は言えなかった。といって、引き返して二階に駆け上がる勇気もない。相手は意外に力のある士だし、身分もあるし、何となく気味が悪く、攻撃していくだけの自信を失っていた。顔をしかめて着物の袖を絞っていると、卯助が懐から豆絞りの手拭を出して茂平次の濡れた顔や頭を拭いてくれた。

卯助も茂平次が酔って落ちたのではないことは知っている。それなら、この家の者があわてて駆けつけるはずだが、それもないのだ。また、彼が落ちた二階からも誰ものぞいていない。

「えらい災難でございましたね」

卯助は、茂平次が今をときめく奉行鳥居甲斐守の家来だと思うと、精いっぱいの追従を言って、

「さっそく、この家のおかみに言って風呂を沸かさせ、衣類を取り替えさせましょう」

「待て待て」

茂平次は止めた。

「卯助、と言ったな」

「へえ」

「この家では怪しからぬことをしているぞ」

「何でございましょうか」

「ご禁制になっている初ものをはじめ、贅沢な料理を客に出している。すべてお禁めになっている品が数かぎりなく出ていた。おれはこの眼で確かめたのだ」

「さようでございますか。そりゃどうも」

卯助は、自分の持場の不都合を指摘されたように恐縮した。

「しかも、隠れて、そのようなご禁制品で商売しているとは怪しからぬ。かまうことはない、卯助、この家の屋台骨を叩き潰す気で、おかみをはじめ板前、女中に至るまでしょっ引いてやれ」

「へえ」

卯助も唖然となっていた。

「なんだ。不承知か？」

「いいえ、決してそんな……」

「おめえの出入りしている同心は誰だ？」

「へえ、南町奉行の同心で宮坂健蔵さまといいます」

「その宮坂にきっとそう言っておけ。南町奉行所なら、おれの主人甲斐守の支配だ。

ちょうどいい。……怪しからぬことだ。見のがしはできぬ。卯助、そうであろう」

「へえ、そりゃ、もう」

卯助は、茂平次の剣幕にたじたじとなっている。

「それにな、卯助。そこに来ている小菊という芸者も、お禁めになっている、鼈甲の笄、帯には銀糸の縫取りなどつけていたわい」

「小菊?」

「知っているのか?」

「へえ、ただ、この辺の芸者のことはわっちの縄張りでございますから、名前だけは……」

「そうか。その女も挙げるんだ」

「へえ?」

「おれが見ぬうちならともかく、この眼で見たからには主人への手前もある。見のがしはできぬぞ。この都家はおろか、この界隈の茶屋まで灯が消えたようにして、泣きっ面をかかしてやるのだ。卯助、しっかり働いてくれ。おまえのことは主人に言って、目をかけてもらうようにしてやるぞ」

「へえ、ありがとうございます」

卯助は、かねて心を寄せている芸者の小菊が、茂平次の興奮した口走りで自分の手で縄をかけられるかと思うと、異った喜びが出てきた。彼は小菊に付きまとっているが、いつも相手にされないで断わられている。この際、その意趣返しもできるのだ。

卯助には小菊への未練がある。惚れた女に縄をかける苛虐的な気持ちのほかに、自分の手加減一つで取扱いがどうにでもなるので、女にその恩も売れると思った。

卯助はにわかに勢いづいた。

「よろしゅうございます、本庄の旦那。この家は日ごろからわっちも気に入らねえのです。やっぱりそうでしたか。お禁めの商売をしているとは太え料簡だ。ようがす。わっちの手で奉行所にしょっ引いていき、この家を叩き潰してごらんに入れます」

「主人の甲斐守にもそう言って、都家は家財没収、おかみは遠島ぐらいに罪状が決まるようにするからな。卯助、ここはおまえの働きどころだ。しっかりやれよ」

「へえ、ありがとうございます」

「ただ、今晩のところは見のがしておけ。やるなら明日だ。なに、証人はこのおれだ。

一晩ぐれえ目こぼししてやっても、何ということはない」

「へえ」

茂平次がそう言ったのは、今夜はここに飯田主水正という得体の知れない旗本が根を張ってすわっているからだった。

茂平次が濡れた着物のまま駕籠に乗って立ち去ったあと、卯助はまだ都家の前をうろついていた。

茂平次は、都家のおかみをはじめ、その重立った傭人や小菊を夜が明けてからでも縛ればよいと卯助に言ったが、卯助自身がその明日を待ちきれなかった。

都家のほうはそれでいいとして、小菊の帰りを待ち受け、ここでひと思いに脅かすつもりだった。辻番に連れていって同心を迎えてからでは、彼の活躍する余地がない。手加減をするなら、奉行所へ引き渡す前だった。彼は暗い川ばたの柳の下にしゃがんでいた。

すると、闇の中からふらふらと現われた男がいる。これは都家の客ではなく、背の高い、痩せた士だった。卯助が怪訝な眼で見ていると、向こうでは卯助がそこにいること

を前から知っていたらしく、

「ちょっとものを訊くが」

と、彼のほうへ寄ってきた。

「へえ」

卯助はここで言葉をかけられたのに当惑しながら、樹の根方から起ち上がった。

「先ほど、そのほうと話していたのは、本庄茂平次殿だな？」

「へえ、さようで」

正体のわからない相手だが、向こうは本庄と知って問いかけているような口ぶりだったので、卯助もごまかしようがなかった。

「本庄氏は何をそなたと話していたのだ？」

「へえ」

卯助は相手の正体が踏めず、

「なに、ちょっとしたことで、べつにどうということはありません」

と曖昧に答えた。

「そうか、見たところ、そなたは御用聞きのようだが、鳥居殿家来の本庄氏は何かそのほうに命令でもしたのか？」

「いいえ、べつにそういうわけではありません。……旦那はいったいどなたで？」

「わたしか。わたしは本庄氏の知合いでな」

「さようで」

卯助は相手をみつめたが、少し変な男だなと思った。どこか放心したような、ぼんやりした様子である。

「そなたは本庄氏のところによく出入りするのか？」

「いいえ、今夜、はじめてお目にかかったようなわけで」

「本庄氏は、この料亭によく遊びにくるか？」

「さあ、そのへんはいっこうに……」

「そうか」

士は首を捻っていたが、質問したのはそのくらいのことで、

「手間をとらしたな」

と言うなり、また向こうへ歩き出した。それが茂平次の駕籠の去った方向だった。

「ちぇっ」

卯助は舌打ちして唾を吐いた。奇妙な士がいるものだ。彼は、その影が暗闇の中にふらふらと溶け込むのを見送った。

それから卯助が柳の下にうずくまって辛抱していると、都家の前に駕籠が来て降りた。客の迎えである。卯助が眼を光らせていると、この家のおかみや、小菊、女中たちなどに見送られて、立派な士が表から駕籠に乗った。

女たちは口々に、またお近いうちに、などと笑い声で送っている。その駕籠の横に中間らしい男が急いで来て従った。駕籠はそのまま上がってゆっくりと闇の路へ去っていく。卯助は、駕籠の提灯が町角に消えるまで見つめた。

飯田主水正の中間源助は主人の駕籠のうしろからすたすたと歩いていたが、

「もし、殿さま」

と、途中で声をかけた。

「何だ？」

駕籠の内から主水正の渋い声が応えた。

「ちょっと申し上げたいことがございますが……」

「邸に帰ってからでは遅いか？」

「へえ、ちょっと」

「駕籠屋、すまぬが、その辺で降ろしてくれ。おまえたちは向こうで煙草でも吸っていてくれぬか」

駕籠舁きはそれに従って、離れた塀の前に集まった。

「殿さま」

源助は駕籠脇に膝をついて、

「お帰りになってから申し上げてもよろしいのですが、どうも気にかかるので、先にお耳に入れたいと存じます」

「うむ？」

「先ほど二階から転げ落ちて天水桶にはまった男でございますが、殿さまはそのお士の素姓をご存じで？」

「はじめて会ったが、南町奉行鳥居殿の家来、本庄某とか申していた。妙な出会いでな。わしが酒を呑んでいる部屋に、向こうから勝手に酔ってはいってきたのだ。べつに仲介人もない。じかの話合いになったが、それがどうした？」

「へえ……間違っているかもしれませんが、去年の夏、お屋敷の前で大奥女中が駕籠の中で殺されたことがございました」

「そういうことがあったな」

「どうもいまのお士にどこか見憶えがあると思いましたが、やっと合点がいきました」

「どういう合点だ？」

「へえ。あのとき下手人らしい男がお屋敷の中にはいってきましたが、その身体つきや、ずんぐりした格好といい、あの士にそっくりなのです」

「…………」

「あのときは昼でしたが、その下手人は覆面をしていました。今夜はうす暗いところで見たので、人相もさだかではありませんが、あの男が都家にはいってきたとき、てまえははっと愕きました。覆面をしてお屋敷にはいってきた人間の特徴そっくりでございます」

「おもしろそうな話だ。源助、それは帰ってからゆっくり聞こう」

卯助は、茂平次を天水桶に投げ込んだ武士が駕籠で去ったので、しゃがんでいた柳の茂みの下から起って出た。彼は、飯田主水正を見送って家の内にはいったばかりのおかみと小菊の前にぬっと現われた。

おかみは顔色を変えたが、

「おや、これは薬研堀《やげんぼり》の親分さん。ようこそ」

と、持前の愛嬌で挨拶した。小菊は卯助を見て顔をそむけた。

「さあさあ、どうぞ、奥へ」

おかみがすすめるのを卯助はむずかしい顔をして、

「おかみ、今夜はちっとばかり御用の筋で来たのだ。二階を改めさせてもらうぜ」

「…………」

息をのんだおかみを尻眼にかけて、卯助は草履を脱ぎ捨てると、広い階段をとんとん上がっていった。女たちは顔を見合わせた。

案の定、卯助は主水正のいた座敷にはいって、まだ跡片付けの済んでいない膳の上などを睨《ね》め回していた。

「親分さん」

おかみがうしろから傍に寄ってきて、

「ここは、取り散らかしておりますから、どうぞあちらの座敷へ直ってください。今ご酒など持って参ります」

「かまわねえでくれ。今夜は呑みたくねえのだ」

と、卯助はにやりと笑った。

「だいぶん、豪勢な客だとみえるな。……こりゃア贅沢な料理ばかりだ」

「………」

「おかみ。当節、われわれの口にはとてもはいらねえような品々ばかりだ。よく、こう珍しいものばかりが揃ったな……ほう、これは珍重だ。なすびのハシリじゃねえか。それも蔓になったままだ。葉っぱまでちゃんと付いてやがる……おや、こっちは隠元豆だな。見るからに青々してうまそうだが、こいつも初ものだ。まだ、あるぜ、萌やしもちゃんと添えられてある。小指みてえな胡瓜もあるな。待て待て。この鰹の厚い刺身を見せられたら、こちとらは涎が出そうだ。こいつは話のタネに書き取らせてもらうぜ」

卯助は、懐から紙を取り出し、矢立の筆を抜いて、丹念に禁制の品々を書き付けはじめた。

「もし、親分さん」

卯助の意図を知ったおかみが、彼の手に取り縋った。

「どうぞ、それだけはご勘弁くださいまし」

「なに、勘弁するもしねえもねえ。この辺はおれの持場だ。おめえのとこでも世話になっている。だが、おれが馳走になっているのは地酒だ。今夜呑んだら明日の昼までは、めまいが直らねえような二日酔いになることは請け合いだ」

「親分さん。そんなお酒をおまえさんに出したことはないじゃありませんか」

「いいや、おれには覚えがある。それに何だ、酒の肴といえば、客に出した残り物の切れっ端……」

「そんな親分さん、ご冗談で……」

「えい、そこをどいてくれ。これを書きつけるのに筆の邪魔になる」

卯助は、口の中でわざと、

「……ええ、一つ、初なす。一つ、萌やし……」

と、いちいち、品を読み上げながら、筆で書きつけていった。

「親分さん」

　おかみがたまりかねて蒼い顔で問うた。

「それを書き付けてどうなさるおつもりですか？」

「うふ……知れたことよ。おらアお上から十手を預かっている身の上だ。こういうご禁制の品をおめえのところでこっそり客に出していると知ったからには、眼をつむっているわけにはいかねえ。気の毒だが、おかみ、おめえをはじめ、板前、女中に至るまで奉行所からいずれお呼出しがあるから、そう思え」

「………」

「おれは奉行所に出す証拠の品々を、こうして書き留めているのだ」

「親分さん」

　と、おかみは必死になって頼んだ。顔は半泣きしていたが、それでも最後の愛嬌笑いは残している。声もおろおろして、

「何とかこの場はお見のがしにしてくださいませんか。親分さん、これこのとおりです」

　と、手を合わせた。

「長い間のおつき合い。それに免じてお目こぼしを願いとう存じます。ここでお咎めを受けては都家は潰れてしまいます。いいえ、それはかまいませぬが、使っている板前や女中には何の罪もございません。どうかお許しを願います」

「いいや、ならねえ、ならねえ。おかみ、ありようは、おれの料簡ではどうにもならねえところまできているのだ。ほれ、先ほどお見えなすった本庄茂平次さまは、いまは泣く子も黙る江戸の町奉行鳥居甲斐守さまをご主人に持っていなさる方だ。今夜のうちに本庄さまの口から御奉行に、この都家の不始末が逐一申し上げられているかもしれねえのだ。気の毒だが、おかみ、諦めることだな」

「でも、そこをなんとか、親分から本庄さまへおとりなしを……」

「冗談を言っちゃいけねえ。吹けば飛ぶような御用聞きが、今をときめく御奉行のご家来衆に口止めができるものか。おめえも長年の商売でしこたま儲けてるんだ。ここらでひとつ瘧にでも罹ったような具合に、すっぱりと諦めてもらうんだな」

「卯助さん」

と、横からたまりかねて小菊が出てきた。

「何だ。おめえ？」

卯助は惚れた小菊が真正面にきたので、思わず一歩退った。

芸者の小菊は卯助を何とかなだめて、とにかく都家から外に出た。小菊の片手には都家で持たされたほおずき提灯の柄が握られている。そのまるい提灯が、柳のならんだ土手をゆっくりと歩いていた。

小菊の傍にふれあうようにして卯助が、にたにたしながら歩いていた。

「こう、小菊」

と、卯助は先ほど都家のおかみに見せた強面とはまるきり変わってやさしい声を出していた。

「鳥居甲斐守さまは、大きな声では言えねえが、世間では妖怪だと陰口しているくれえ鬼よりも怕い御奉行さまだ。その鳥居さまに気に入られた家来の本庄さまに都家の不始末が見つかっては、こいつはいくらおれがじたばたしても食い止めようはねえ。おれの出入りの八丁堀同心宮坂健蔵さまなどに頼んだところで、御奉行に比べると、お天道さまとはじき豆みてえに大きさが違うんだから、しようがねえ。せっかくのおめえの頼みだが、こいつばかりは、この卯助も聞いちゃいられねえ」

「でも、卯助さん、そりゃあたしはどうなってもいいよ。でも、恩になってる都家さんが店の身上《しんしょう》を取り上げられて、おかみさんが手錠手鎖で牢にはいるようなことがあったら、あたしゃどう申し訳をしていいかわからないよ。ことの起こりは、あたしを贔屓にしてくださる飯田さまと本庄さんとの話の縺《もつ》れからはじまったんだからねえ」

「おめえは、飯田の殿さまと本庄さまとなると火のようになって庇《かば》やがる。おめえのかわいい男が、飯田主水か蒟蒻問答か知らねえが、こう話が大っぴらになっちゃどうにもならねえ……だがな、小菊、ものはすべて表通りばかりじゃねえ。裏通りだってあらアな」

「というと？」

「へへへ、小菊、おめえの胸にはちゃんとわかってるはずだ。どうだ、今夜、本庄さまは、おめえの着ている着物に銀糸がはいっているの、髪飾りの櫛笄に鼈甲や金銀金具が用いられてあるのと言っていたが、おれの見た眼にゃそういうものはねえ。……ここだ、小菊。人間は憎いと思えば、あらぬ作りごとまで言って罪に落としたいのが人情。きっと本庄さまは、その飯田主水憎さのあまりに、その席にいたおめえにまで憎しみをかけたにちげえねえ」

「そりゃあんまりだ。お役人のまっとうなやり方ではないね」

「世の中はな、まっとうな道ばかりが踏まれているとはかぎらねえ。早え話が、都家のおかみや、板前、女中を番屋にしょっ引いていき、同心宮坂健蔵の旦那を呼んで、下調べをするのはおれさまだ。おれの手加減一つでお調べの趣もだいぶん違ってくる。また、奉行所に行ったからといって、直々に御奉行がお調べになるんじゃねえ。そこには吟味与力という役人がいて、ずいぶんと手心も加えるという話だ。おれは、与力の林田さまという方ともお近付きだ。どうだ、小菊、このおれにそういう口を利かせねえかえ？」

小菊には卯助の下心がわかっている。彼は長い間彼女にまつわりついてきた。そのつど体よくあしらって追っ払っていたが、今夜は都家の難儀という枷を嵌めて、じりじりと迫ってきた。

小菊は思案げに眼をあげた。半月が柳の梢に絵のようにかかり、この辺を流す按摩の笛の音が聞こえていた。卯助は腰から十手を抜き出して、彼女の前に見せびらかした。

「こう、小菊」

卯助は顔に皺を動かして笑った。

「なにも、そう思案することはねえ。やさしい話だ。おめえも素人娘じゃあるめえし、いったんは泥水につかった身体だ。なにも、一度や二度おれの言うことを聞いたからといって、その身体がどう変わるものじゃねえ。おめえの惚れている飯田主水にも、黙って口をぬぐっていれば済むことだ。おれも口の堅え男だ。おめえとどうかしたからといって、金輪際、他人に吹聴するようなことはしねえ。こいつはおめえとおれとの二人っきりの内証ごと。ひとつ決心をつけておれに靡く気はねえか」

「………」

小菊のゆるく歩く下駄の音が、いたずらに路に鳴っていた。

「そうすればよう、都家の身代は助かるし、おかみも、板前も、女中たちも暗え牢屋にはいることもねえやな。こいつは人助けだ。おめえが都家の難儀を助けたことで、どれだけあの家からお礼を言われるかしれねえぜ。それによう、話は都家だけじゃねえ。本庄さまは、この柳橋一帯を灯の消えたようにしてやると言いなすった。あの仁の言うことだから、嘘はねえと思わなきゃならねえ。なにしろ、ご主人の御奉行は、遠慮会釈もなくびしびしと人を縛るお方だ。おめえもそのことは噂に聞いているはずだ。……おらア、おめえのような弁天さまみてえなきれいな女が、もっそう飯を食う暗い女牢に入れられるかと思うと、かわいそうで仕方がねえのだ。都家はともかく、おれはおめえを助けたいばかりに仏心を出しているんだぜ。嘘じゃねえ。長年、この道で飯を食ってきたおれだ。手加減一つで何とかしてやろうじゃねえか。………えい、小菊。このへんで決心をつけたほうがおめえのため、また都家のため、ひいては柳橋一帯のため、まるく四方がおさまるというもんだぜ」

卯助の長丁場の口説きは、最後に、あっ、という叫びで切れた。彼がこれ見よがしに弄んでいた朱房の十手が、とつぜん、手から遁げたのである。

「だ、だれだ？」

十手を手から奪い去られた薬研堀の卯助は、暗闇に向かって叫んだ。じっさい、風のようなものが横を過ぎたと思ったら、まるで嘘みたいに掌から重量が失われたのである。

「えへへへ」

卯助が叫んだ方角とは違った暗い所から笑い声が響いた。

「親分さん、せっかくのお愉しみのところをすみませんね」

落ち着いた声だった。

「何だと」

卯助は首の方向を変えた。

「いいえね、先ほどからおまえさんの口説きを聞いていましたがね、悪く思わんでください よ。同じ路を歩いていたので、聞くともなしにそれがわっちの耳にはいってきたのです。いや、うめえもんですね。十手にものをいわせて女をなびかせようというんだから、ほかの人間にはそんな芸当はできませんや」

「誰だ、おまえは？　名前を言え」

卯助は赧《あか》くなって怒鳴った。

声はかなり距離を置いたところから伝わってきている。さすがに卯助もそこを目当てに駆け出すような愚かな真似はしなかった。追うにしても相手はどこに隠れているかわからないし、翻弄されるに決まっている。

柳の茂みが深々とつづいている路だった。遠くに茶屋の行灯の明りが闇から抜けたように寂しくついていた。

「名前を親分に申し上げるほどの者じゃございません。まあ、町の中のちっぽけな職人だと思っておくんなさい」

嘲《あざけ》り声は落ち着いていた。

「何の恨みがあって十手など奪っていくのだ？　返せ。それを返さねえと、罪は重いぞ。縛り首は間違えねえところだ。今ならまだ遅くはねえ。ここに持ってこい」

「そんな甘い言葉を出しても、おっかねえ親分さんだ、うっかり真に受けてふん縛られては間尺に合いませんからね」

「おめえ、何かおれに遺恨があるのか？　そうだ、さては、てめえ、一度おれの手にかかったことを逆恨みしているのだな？」

「冗談じゃありませんや。あっしはまだ親分さんのお縄を頂戴した覚えはございません」

「てめえ、職人だと言ったが……」

と、卯助は小菊の手前ひるめなかった。彼はうわべでは大きなところを見せながら、相手の声の方角にじりじりと爪先を近づけていた。

「おおかたまっとうな人間じゃあるめえ。どうせ手慰みか盗人くらいは働いているにちげえねえ」

「図星ですねえ」

と、相手は否定しなかった。

「生き馬の眼を抜くような親分さんの手から、大事なお上の十手をお預かりした早技なんざ、素人でねえことは親分さんもご承知でしょう」

「なるほど。おめえのほうからそう言ってくれれば話は楽だ。なあ、おい」

と、卯助は闇に穏やかな声を出した。

「おめえのような男がおれたち御用聞きを快く思っていねえことはよくわかる。おめえは、そんなたいした料簡でもなく、おれから出来心で十手を持ち逃げする気になったにちげえねえ。いってみりゃ、まあ悪戯《わるさ》だ。だがな、おれはおめえの名前も知らねえし、どこに巣くっている野郎だかわかってもいねえ。そいつはいっさい聞かねえことにする。その代わり十手だけはおとなしくそこに置いていけ。あとあと、おめえが別のことで捕まったとき、そう打ち明けてくれたら、おれがお慈悲を願ってやらねえこともねえぜ」

「心安くおっしゃいますが、親分は口がうめえからな。そうやさしく出られると、こっちもつい情にほだされそうです」

「そうだ、おれはおめえたち仲間から間違った人間に見られすぎている。これでもいったんは、自分で縄をかけた科人《とがにん》を目こぼししたことも、ずいぶんとあるぜ。おらアほんとうは仏のような男だ」

　卯助は、何とかして相手から十手だけは奪り返したかった。それができないとなると、出入りの同心からは手形を引き上げられることになる。彼は必死だった。

「なあ、薬研堀の卯助といえば、ちっとは御用聞き仲間には売れた顔だ。嘘を言っておめえをひっかけようなどというような各な根性は持っていねえ。安心しておれの言葉を信用するがいいぜ」

　事実、十手を奪られたとなると、御用聞き仲間に明日から顔向けもできない。のみならず、今までその十手にものをいわせて獲得したさまざまな役得を一挙に喪失することになる。

「だいぶ哀れな声になりましたね。親分さん」

と、闇からの声は戻ってきた。

「そんなに欲しい十手なら、ここにお返ししますよ」

「おう、そうしてくれるか」

「といって、一度頂戴したこれを、そうやすやすと手放すわけにはいきませんね」

「何だと？」

「おめえさんの十手に脅かされているそのかわいそうな女に、これから手を出さねえと約束してくださるなら、これをきれいにお返ししましょうよ」

「うむ、おめえ、この小菊に惚れているのか？」

「冗談いっちゃいけねえ。今も言ったように、あっしは往きずりの人間だ。たまたま、おめえさんのあとから歩いていて、そのあくどい口説を聞いて腹が立ったまででさア。聞けば、ずいぶんと脅し文句を並べていましたねえ。え、どこやらのお茶屋を身上潰しにするとか、おかみや板前、女中までふん縛るとか、柳橋一帯を灯が消えたようにしてみせるとか、めっぽう景気のいいせりふだったじゃありませんか。そいつを手心を加えるからおれのいうことを聞けと義理ずくめに押しつけるところなんざ、さすがに罪もねえ連中を脅したり、宥めたりして調べてきたおめえさんの腕前だけはある。うめえもんだ」

「…………」

卯助は押し黙った。

「あっしは先を急ぐ。二度と、その女に手を出さねえと、ここではっきりと言っておくんなせえ。それを聞いたら、気前よく、この十手はおまえさんにお返ししようじゃありませんか。どうです。親分？　職人は気が短けえ。いつまでも押し黙っていねえで、何とか言ったらどうですかえ？　返事がなければ、この十手を、大川か溝川《どぶがわ》かに投げ込んでしまいますよ」

「待ってくれ」

と、卯助は悲鳴をあげた。

「おめえの言うとおりにする」

「狡い言い方だ。約束ごとは、はっきりと言葉に出して言うもんだぜ」

「うむ……小菊にはもう何も言わねえ。おれも男だ、信用してくれ」

「男だとか、顔の広い御用聞きだとか、ずいぶんとおめえさんも、てめえでてめえを賞め上げているが、まあ、いいや、その言葉がちっとばかりかわいいから、こいつは返しますよ。……ほら、受け取りな」

闇の中から何かが宙に光ったかと思うと、卯助の足もとに十手が落ちてきた。

小菊はいつの間にか卯助の傍からいなくなっていた。

――

あくる日の夕方、伊与吉は、木挽町の河原崎座の木戸口で石川栄之助を呼び出した。

「何だい？」

栄之助は、髪の形まで変えて河原崎座の木戸番をやっている。文字常がこの座の囃子方に三味線弾きとしてはいっているからだ。

町遊芸を圧迫した水野の政策は、巷から女浄瑠璃、女小唄師匠などを禁止し、その生活を追い詰めていた。栄之助がここの木戸番となっているのも、女師匠をやめた文字常が彼を放さないからだ。

「旦那、だいぶ格好が板についたようですね」

と、伊与吉は栄之助の小屋半纏姿を見て言った。

「おめえにそう賞められちゃ、おれもうれしいのかどうだかわからねえ。まあ、何とかやっているが、海老蔵の芝居がタダで見られるのがせめてものことだ」

「そういえば、たいそうな景気でござんすね。白石噺が評判だそうで。江戸じゅうの人気は、この河原崎座の海老蔵に集まっているようですね」

「うむ。市村座も中村座も、まだ普請ができねえから、ここは毎日割れるような入りだ」

——堺町の中村座の楽屋から火が出て、市村座と操り南座とを焼失したのは、去年の十月六日の夜だった。このとき水野越前守は改革をはじめる際だったので、まず、両座とも普請を見合わすべしと命令している。

「このたび市中の風俗を改めるようにとの趣意に基づき、近来役者ども芝居近辺に居住する町家の者同様に交際し、ことに三芝居とも狂言の仕組み近来わけて野卑となり、市中にもこの風俗がうつるようである。このまま御城下市中に差し置いていたのではご趣意にも相悖ることになるので、堺町、葺屋町両狂言座並びに操り芝居、そのほか右に関係する営業者は残らず引払いを仰せ付ける。しかし、難渋の点も同情いたすにつき、相応のお手当をくださり、その替地の儀は追って沙汰いたす。なお、木挽町の狂言座だけは、後日類焼するか大破に及んだときにこれまた引払いを命ずる」

という布告を、三芝居狂言座、抱役者、座頭、出方惣代、料理茶屋惣代を呼び出して申し渡した。

堺町、葺屋町の二座は、去年の大晦日に浅草聖天町小出信濃守の下屋敷一万八千坪を替地として貰った。だがそこは低地のために盛土にひとかたならぬ骨が折れた。それでまだ普請にも至っていない。小屋の出来上がりは今年の末であろうといわれている。

この中でひとり早急の移転を免れた木挽町の河原崎座だけは、三月七日から出した市川海老蔵の「碁太平記白石噺」が受けたりして、連日大入りをつづけていた。

つまり、水野忠邦は、市中から遊芸人を駆逐するとともに、芝居小屋も浅草の僻地《へきち》に集め、かつ役者も一般の市民と交際してはならないと禁止したのだった。

これについては、さっそく、この春から落首が出回っている。

《アアラかなしいな〳〵まずこのたびの御趣意にて、二百年来住みなれし、芝居を外へ引払うとの仰せにて、二丁町はさておいて、あたり八丁その外も、みな難渋の次第なり。御慈悲願いや駆込訴《かけこみうったえ》、願ってみても叶わぬと、追って替地の御沙汰にと、遠山手《とおやまのて》と思いしが、その近辺は矢部にして、どうか駿河の料簡を、頼むと思うその内に、御役御免になられけり。跡は如何にと案じると、何にも鳥居の無いといい、奉行ができてこの末は頼むと思う甲斐も無し。喰うに喰われぬ堺町、みな一体の難渋で、涙を流して葺屋町、言うに言わねぬ岩代町、昔の事はともかくも、こと新材木町と改めれば、越前どうなこと言出しては、合羽干場《かっぱほしば》か砂村へ。引き払わんと思う処へ、左衛門殿が取りなしで、浅草見附を打ち越して、今戸聖天町へやらんと、引越料を遣わして、彼地をばさら地〳〵御役替りましょ、御役かい》

栄之助は伊与吉に、

「で、今度は何を持ってきたのだ？」

と、芝居の印半纏に懐手をして訊いた。

「例の後藤三右衛門のことです。近ごろ、水野家の用人がしきりと三右衛門と会っているようです」

と、伊与吉は忍び込みの報告をした。

「さては三右衛門も印旛沼の普請の御用金をつとめる気になったのかな？」

栄之助は首をかしげた。

「どうもそうらしいです。それに金座の職人の間では、近く吹替えがあるというので、内々で騒いでいます」

「もう、そこまで来ているのか」

栄之助はひとりでうなずいた。

「では、三右衛門も水越の了解を取りつけたのだな。どうせ二人は一つ穴の貉だ。ツーといえばカーと響く間柄だ。これに町奉行の鳥居甲斐が一枚嚙んでいる。職人たちの間でそんな噂が立っているなら、もう間違いはあるめえ」

「三右衛門は印旛沼御用金をさし出しても、吹替えでそうとう儲かるとみえますね」

「算盤は十分合うと踏んでの話だ。あれくらいの商売人がみすみす損をするようなことはしねえ。吹替えは腹の底でうずうずしているが、ただ駆引で水野のいうことに渋い顔をしているだけだろう。……それに三右衛門は何だか御目見の官位を欲しがっているそうだが、そいつもめでたくいくだろうな」

「そんなものを貰ってどうするんでしょう？」

「人間、金ができれば、こけおどしの名誉が欲しくなる。三右衛門も商売にかけては油断のならねえ偉物だが、いってみれば、信州飯田の山の中の土百姓だ。そんなものを欲しがるところで、あんがい俗物だということが顕れたわけだ。三右衛門も如才がねえから、水越だけではなく、鳥居甲斐にもせっせと金を運んでいるにちげえねえ」

「旦那、鳥居甲斐といえば、昨夜おもしれえことがございました」

伊与吉はにたりと笑った。芝居の下座の囃子がここまで聞こえていた。

「どういうことだ？」

「わっちが向島の三右衛門のところから帰るとき、通りかかったのが柳橋。このごろのご改革で、あの辺はとんと暗くなりました」

「岡場所はみんなそうだ。取払いになったところも多い。ひとり相撲の水越の不粋にかかっちゃかなわねえ」

「で、わっちが闇を拾って歩いていくと、あの辺の地回りの岡っ引で薬研堀の卯助というよくねえ野郎が、芸者をさんざんおどかしてモノにしようとしておりました。……聞くともなく聞いていると、鳥居さまの家来本庄茂平次という名前がふいと出ました」

「なに、本庄茂平次？」

石川栄之助は眼を光らせた。

「ほれ、旦那もご存じの名前でさ。わっちが聞き耳を立ててると、その本庄が町奉行の家来というところから、柳橋あたりでさんざん威張って、あの辺の茶屋を取りつぶすのどうのと言ったとかで、その御用聞きの卯助が義理にからめて芸者を責めていましたよ」

「ううむ」

本庄茂平次といえば、栄之助には忘れられない男である。伝馬町の牢内で見た金八という男が、井上伝兵衛なる剣術師匠を闇打ちした下手人の姿格好にそっくりだった。

その金八は茂平次である。――たしか、井上道場に、「下手人は弟子の本庄茂平次……」と書いて、この伊与吉に投げ文させたことがあったが……。

その茂平次が無事でいるばかりか、鳥居の奉行就任の威勢を借りて、かえって栄えているのは、井上家の遺族も彼には手出しができなかったとみえる。

もっとも、栄之助の茂平次下手人説も、姿が似ているというだけで、決め手はなかった。だから、彼を調べてみよ、と投げ文では忠告しておいたが、その遺族では、証拠が摑めなかったのか、それとも茂平次の威勢を恐れて手が出ないのか……。

しかし、これは、よほどの証拠を握らないかぎり、茂平次を告発することはできない。肝心の鳥居が町奉行だから、茂平次を庇護する気になれば、どのような保護も加えられるのである。――

「癪にさわったので、わっちは御用聞きの卯助から、その自慢そうに振っている十手を取りあげて逃げましたがね。野郎もだいぶ弱っていましたので、油を絞って返してやりましたよ。でも、旦那、あの調子じゃ、けっきょく、柳橋の都家は潰されそうですねえ」

伊与吉は、栄之助の思案に頓着なく話した。

「一方では、後藤のようにあくどく儲ける奴があるかと思えば、一方ではこんなご時世に泣かされる弱い商売もある。旦那、思うようにいかねえもんですねえ」

芝居の柝《き》の音が鳴った。栄之助はふいと顔をあげた。

「伊与吉」

「へえ」

「おめえが後藤の向島の寮からいただいてきた金づくりの簪《かんざし》は、あれはどうなったかえ」

「へえ、あれはお従兄の四谷の旦那にお預けしたままになっております」

「ちえっ、つがもねえ。今晩じゅうに、疇之丞のところから取り返してこい」

「へえ、わかりました。したが、旦那。急に言い出して、どうかなさいましたか？」

「ちっとばかりおれに知恵が浮かんだのだ」

栄之助は唇に微笑を漂わせた。

「へ？」

「金儲けだ、伊与吉。こう時化ちゃどうにもならねえ。海老蔵の贅沢とくらべたら、われながらかわいそうなものよ」

……おりから、柝を刻む音と、観客のどよめきとが聞こえてきた。

石川栄之助は、しばらく鳴りをひそめていたが、ある日ぶらりと、金座の後藤の玄関にはいった。彼は小脇に風呂敷で包んだ一尺ばかりの細長い函を持っていた。

金座は一石橋を渡った常盤橋門外にある。ここを本町一丁目といい、北のほうに金吹場の工場があり、南隣りには両替屋などが並んでいた。

「古金を持って参ったが両替していただけますかな?」

この日は、栄之助も髪を武家風に結いつけ、身装もこざっぱりとしたものに着更えていた。出てきた下っ端の平役が、

「両替なら、この隣り町にその商売で取り扱っているところがございます。どうぞそちらにお越しを願います」

「ははあ、ここではいけませぬか?」

「いけぬということはございませんが、そのほうがわたしのほうは一括して両替できますし、それに向こうは商売ですから、すぐその場で計ってくれて便利でございます」

「いや、わたしはぜひここで引き替えてもらいたい品を持っている。両替屋などでは目利きができぬようなものでしてな」

「ほほう、そりゃまた変わった品をご持参で」

平役はじろりと栄之助の身装を眺めた。別段、田舎者の国侍でもなさそうである。しかし、このようなことにはとかく江戸の武士でも疎い。そんな軽蔑が平役の眼の色に泛んでいた。

「ですが、両替屋ではたいていの目利きはできますから、そちらのほうにお運びくだすっても大丈夫でございます」

「わたしはどうしてもここで見てもらいたい。困りますか?」

「いいえ、いちおう、そういう建前になっておりますので……」

「これは異なことを承る」

と、栄之助は開き直った口調になった。

「天下の金座後藤家では、両替屋に利を稼がせる手助けをされているとみえますな」

「何とおっしゃいます?」

「そうではないかな。両替屋へ持っていけば、いくらかの口銭を取られます。こちらに持参すれば、そういうものはないと存ずる。それを無理に両替屋へ持っていけと言われるのは、はは あ、後藤家と両替屋とはうしろに腐れ縁でもあって、彼らに口銭を稼がせてやらねばならぬ義理があるとみえますな」

「これは迷惑な」

と、平役は顔をしかめた。

「決してさようなことはございませぬ。ただ便利上……」

「いや、便利と仰せられるなら、わたしはこちらで見ていただいたほうが便利なのだ。ここには慶長の小判もはいっている。ほれ、このとおりだ」

彼は風呂敷包みの函を重たげにゆさぶった。

「慶長小判？」

平役は眼をまるくしたが、栄之助の身装からみて、すぐに疑わしげな眼つきになった。

「それはほんとうでございますか？　念のために伺いますが、あなたさまのご身分は？」

「疑いあるなら申そう。てまえ祖先は、恐れ多くも権現さまに従って大坂の役に加わり、敵の兜首を取った者です。わたしはその末裔で、二百五十石直参石川栄之助と申します」

「…………」

「これほど素姓を申せば、わたしの屋敷に慶長小判が伝わったとしても不思議ではありますまい。これはもったいなくも祖先が東照宮からのご感状や、ご褒美の香炉といっしょに賜ったもので家宝として大事にしている。……さあ、ここまで先祖の由緒や、わたしの身分を明かしたうえからは、どうしてもこちらでお引き替えを願わねば引き退れませぬ」

栄之助は強い表情で言った。すると、彼の高い声に少し年配の役人（後藤の手代）がうしろからのぞいていたが、何やら部下に眼配せをした。

「では、どうぞこちらへ」

栄之助は函を抱えたまま式台に上がった。中は広い廊下になっている。屋敷とはいえ一種の役所だから、ここに働いている傭人が右往左往していた。部屋がいくつもある。主人の三右衛門はどの部屋にいるのかわからなかったが、とにかく、迷路のような廊下を導かれて連れて入れられたのが古金引替えの一間だった。

ここは十二畳ぐらいの広さで、奥のほうには一列に職人が並び、それぞれ天秤の台の前にすわって、秤皿に両替屋から持ってきた古金の小粒を載せ、量目を計っていた。横に勘定方の役人が二人、帳面を開いては何か記入している。

また別な所では古金が小函に積み上げられて選別されているが、それらは吹替えの工場に運ばれ鋳潰されて悼と称する延棒になるのである。

栄之助がすわらせられたのは、今しも両替屋の番頭らしい者が二人うずくまっている背中だった。ひとりの役人が分銅を秤皿の一方に載せて、目方の計算をしている。その前には眼鏡をかけた年寄役が一人むずかしい顔をしてすわり、量目に従い換算率を算盤で弾いていた。

栄之助は先客の済むのを待って、ぼんやりと煙管を口にくわえていた。

両替屋の番頭らしい二人が新しい小判と小粒とをなにがしか手に取り、役人の計算と照らし合わせていたが、納得がいったとみえ、お辞儀をして起った。

「どうぞこちらへ」

前の客が済んだので、控えていた栄之助は年寄役から声をかけられた。

「古金をご持参だそうで？」

「さよう、これに持っております」

栄之助は風呂敷包みの函を重たそうに差し出した。

「どれどれ」

眼鏡をはずした年寄役がそれを手に取り、

「うむ、これは重い」

と言った。

「ただいま聞いたところでは慶長小判だそうで？」

「さよう」

「近ごろ珍しい。よく今までお持ちでございましたな？」

「祖先より伝わった家宝ですが、ご時世のご趣意に従い、青砥藤綱の先例ではございませんが、死蔵していても世の役に立つまいと思いましてな」

「それはご奇特な」

と、相手が風呂敷を解こうとすると、

「あいや、しばらく」

と、栄之助はその包みを自分の手もとに引っこめた。

年寄役がおどろいて、

「これはまたいかがなされました？」

と、しぼんだ眼を見開いた。

「少々事情がございます。申し訳ないが、これはじかにご当主後藤三右衛門殿にお目利きを願いたいと思います」

秤皿の前に眼を近づけて仕事をしていた職人たちが、おどろいたように顔をあげてこちらを見た。

「いや、ご懸念には及びませぬ」

と、年寄役は苦笑した。

「てまえ主人三右衛門でなくても、目利きのことはわれらで十分にできまする。そのほうでずっと務めて参っておりますので、三右衛門を出したところで同じことでございます」

「それがわたしには少し事情があって、三右衛門殿の目利きでないと納得ができないのです」

「いや、それはちと困ります。三右衛門も忙しい身でございますし、かようなことにいちいち関り合ってはおられませぬ」

「はて、これはまた不思議なことを承るものです。さいぜん、お玄関では、両替屋に行けの、ここでは面倒だのと仰せられましたが、今度はまた三右衛門殿は目利きができない、とおっしゃる。いったい、後藤家では代々御金改役を務められ天下の金幣をお造りになっている。言ってみれば、三右衛門殿は金座のことには何もかも通じておられる方と思います。引替えに出た者がぜひ三右衛門殿にと言えば、少々面倒でもここにお出になるのが至当と存じますが」

「いや、それは、まあ、理屈ですが」

と、年寄役は栄之助の道理のわからなさをなだめようとした。

「ただ今も申すとおり、主人三右衛門にはこと金座の仕事に関してはわからないことはございませんが、なにぶんにも忙しくて」

「お忙しいのは承知です」

と、栄之助は粘った。

「だが、わたしの強っての希望です。ただ今も身分を明かしたとおり、恐れ多くも東照宮よりいただいたご感状とともに家に伝わる慶長小判ですが、家宝としていたのをご当代のご趣旨にそって差し出そうというのだから、これはそこいらの煙管の雁首や、簞笥の底から転げ出た二分金などとは違います。わたしの言うのは、三右衛門殿に礼儀として目利きをしてもらいたいのです」

「いや、よくわかりました。では、三右衛門はともかくとして、代理の者でもお目にかかるようにさせましょう」

「いや、それもお断わりします。どうしても三右衛門殿の目利きでないとわからぬ品です」

「とおっしゃると？」

さすがにここまで主張されると、年寄役もその裏側の意味を察してきた。

「されば、余人ではわからぬが三右衛門殿にならその値打ちがわかる品です。それまでは、この函の蓋もあけられぬな」

「主人が何と申すか」

と、役人は片膝を立てた。

「とにかく、お言葉だけは伝えてみます」

「お願いします」

その男が部屋を出ていったあと、栄之助は煙管に新しい煙草を詰め、吐月峰に落ちた吸殻から火を点けて涼しい顔でいた。

やがて、その年寄役が戻ってきた。

「てまえ主人に話したところ、とにかく、拝見するそうです」

「これは願ってもない仕合わせ」

「どうぞこちらへ」

栄之助はまた風呂敷包みの小函を抱え上げて、役人のうしろに従い廊下を歩いた。

また廊下をいくつも曲がり、出てきたのは庭のある渡廊下だった。ここは「工場」の雰囲気など少しもない、閑静な住居といったところだ。廊下に沿った杉戸の外から案内の役人が声をかけた。中から返事がある。

「どうぞおはいりください」

杉戸があけられて栄之助ははいったが、内側はまた襖で塞がれている。それも横の年寄役があけてくれた。

その間は、栄之助が思ったより簡素で狭かった。庭に向いた障子の前に机を置き、そこにうしろ向きにすわっていた男が栄之助のはいった気配でこちらに起ってきた。

おそろしく背の高い男で、色が黒い。年配三十四、五歳くらい、眼が太く、鼻も口も造作が普通よりひと回り大きかった。羽織袴だが、さすがに貫禄をみせている。この男一人いるだけで金座全体がぐっと大きく締まっている感じだった。

「てまえが後藤三右衛門でございます」

三右衛門は鋭い眼を栄之助に投げたが、言葉は、丁寧だし、物腰は低い。やはり商人という分を心得た動作である。

「お取次からお聞き及びかもしれませんが、てまえは石川栄之助と申します」

「伺いました。ご先祖は権現さまに従ってたいそうなお手柄をお立てになったそうで

……」

「さよう、祖先のことは自慢できますが、それに比べわたくし自身はお恥ずかしいような次第です」

「いいえ、とんでもございません。ようこそおいでくださいました。ご家宝の慶長小判だそうで、喜んでてまえが拝見仕ります」

三右衛門は栄之助の差し出すものを受け取り、静かに風呂敷を解いた。中から出たのは真新しい桐函である。蓋には何も書かれてなかった。三右衛門はちらりと眼を栄之助に投げたが、指で蓋を除いた。そこには真綿が雪のように詰まっている。三右衛門の指

がそれを取りのけて中を一目見るなり、手元の綿をぴたりと押えた。

「これ」

彼は横にすわっている年寄役に言った。

「これはわたしがひとりで拝見する」

三右衛門の眼に映ったのは函に詰めた小石だった。

三右衛門は、言葉どおり一人になると、小函の中の小石を掻き分けた。栄之助は、その前に端然とすわっている。三右衛門も顔色一つ変えず、中から簪を取り出した。それを手にとってじっと見ていたが、顔にはほほえみさえ漂っていた。

「古金とおっしゃるのはこのことで？」

太い眼が栄之助の面上にじっと注がれた。

「さよう……」

「慶長小判と申されたが、ここに来て、いつの間にかこういうものに化けましたな？」

言葉は商人らしく柔らかい。が、視線には微塵も隙がなかった。三右衛門が剣道を習っていることは栄之助も耳にしていたが、その構えだけ見ても、これはできると思った。

「三右衛門殿、おてまえだけにはその古金の値打ちがおわかりになるはずですが……」

栄之助は、三右衛門の指先に弄ばれている金造りの脚の付いている簪を見ていた。

「まことにこれは使用人ではわかりませぬな」

平気な顔だった。

「して両替のお値段は？」

「十両がとこ一分もまかりませぬ」

「十両、なるほど」

三右衛門は掌に簪を転がすようにしていた。

「天下の後藤三右衛門殿だ、まさか小刻みにまけてくれなどとは申されまい、そう思って持参しました」

「おもしろい」

と、三右衛門はうなずいた。

「十両出しましょう」

「さすがに太っ腹な後藤殿だ。いや、敬服しました」

栄之助は頭を下げた。

「なんの」

三右衛門は静かに眼を栄之助に向けたが、二人の視線は途中の空間で火花を散らして絡み合った。どちらが先にその視線をはずすかと思われたが、やんわりと眼を逸らしたのは三右衛門のほうだった。栄之助から見て、最初に感じた三右衛門の姿が二倍にも大きくなっていたことである。

負けた、と栄之助は思った。こちらは、相手の眼に負けまいとして一心に彼を睨んでいたが、その視線を向こうからはずしたのである。ちょうど、気魄をこめて突き出した剣をやんわりと受け流されたかたちだった。余裕があったのは三右衛門のほうである。

「石川さま、この古金の伝来を承れませぬか？」

三右衛門は平役を呼んで、新鋳の一両小判を十枚、栄之助に差し出して言った。

「由緒は深いです」

と、栄之助ははじめて微笑した。

「さる骨董屋に参ったとき、そこの店先に出ていたものがふいと眼に止まりましてな。今どき珍しい入念な造りだと思って、つい、心が惹かれました。だが、よくよく見ると、これは三右衛門殿に持っていったほうがよろしかろうという考えになり、両替を願いに参ったのです」

「その道具屋はどこで?」

「向島のほうです」

「ますますおもしろい」

と、三右衛門は笑い出した。

「向島にはてまえの寮がございます。ときどき保養に参りますがな、ついぞ、そのような古道具屋を見かけたことがございませぬ。なるほど、そのような店もあったわけですな」

「今度おいでになるとよろしい」

「なに?」

「いや」

と、栄之助は説明した。

「店舗はまことに贅沢で広うございます。その店は普通の道具屋のようには見えませぬが、中にはいると、さまざまな簞笥に、このような変わった品がずいぶんとあるようで。幸い、おてまえの寮がご近所なら、ついでにのぞかれるとよろしかろう。どうせ、その店はまっとうな商売をしておらぬようです。近ごろ、そこの主人はまた何やら大きな目論見をしているようで、またたんと、このような簪が箪笥や鏡台の抽斗の中にふえることでございましょう。では失礼」

「お待ちください」

三右衛門が鋭く止めた。はじめて三右衛門の眼に忿怒《ふんぬ》が漲《みなぎ》っていた。

「石川さまと仰せられたが、ご親戚筋にはどのような方がおられますか？　いや、ご先祖のことはいろいろと承ったが、いま生きておられる方々のお名前を念のために承っておきたい」

「ご念の入ったこと」

と、栄之助は言い返した。

「てまえの従兄に石川疇之丞と申す者がございます。ただ今は支配勘定役を相勤めておりますが、そのうち別の役にありつけると思ってか、ずいぶん前から、しきりと鳥居甲斐守殿の屋敷に出入りしているようです」

「鳥居さま？」

「三右衛門殿は鳥居殿とお親しいようだから、何かの節にはお尋ねください。てまえが嘘をついているかどうかは鳥居殿の言葉で分明します」

「承りました」

「それから、おついでの節にその向島の骨董屋に寄られたら、主に言っていただきたい。……店の用心をもそっと厳重にしておかなければ、いつまた、その店先から古金が紛失するかわかりませぬとな」

声の尻は栄之助の起ち上がったあとに残った。

廊下に出た栄之助は、三右衛門のすわっている襖に、

「ざまあ見やがれ、あははは」

と、大口あいて哄笑した。


石川疇之丞はきりきり舞をして鳥居甲斐守の屋敷から出た。今朝、鳥居甲斐守から使いが来て、下城後に来るようにという命令だったので、疇之丞は、これはまた何かの探索を命じられるのだと思って張り切って出かけたのだった。

あるいは、思いも寄らない吉報かもしれない。甲斐守のためには疇之丞も前からずい

ぶんと働いている。主として甲斐守の敵側に回っている人物の身辺調査だった。

鳥居甲斐には敵が多い。今のところ、水野忠邦と組んで日の出の勢いだから、表面上は彼らもいちおう静かにみえる。ことに甲斐が町奉行になってからは、その容赦のない苛察ぶりが「妖怪」などと悪名を付けられるほどに及んでは、敵も沈黙していた。

甲斐が警察力という権力を持っているので、敵もうかつな動きはできないのだ。甲斐にこれはと眼をつけられたら、何を言いがかりに罪がでっち上げられるかわからない。高野長英などの「蛮社の獄」などは、その典型的な事件だ。

しかし、鳥居甲斐は、この表面上の平穏さに安心している人物ではなかった。いや、かえって潜在している敵をおびき出そうと挑発にかかっている。少しでも彼を批判している者、ことあらば彼を追い落とそうとしている者の上には、よく光るその眼がじっと据わっていた。

そのために甲斐は、以前から、支配勘定役石川疇之丞や表火番浜中三右衛門、金田故三郎などを使って秘密調査に当たらせていた。

甲斐は、こういう人間の使い方がうまい。石川疇之丞にしても、浜中、金田にしても、互いに鳥居のご機嫌を取って出世をしたいから、そこに互いの功名の争いが起こる。甲斐も三人をいっしょにして動かすということは決してなかった。横の関係を絶って、各人が互いに競争し合うように仕向けている。

だから疇之丞には、同輩の浜中、金田がライバルである。先方もまたそう思っている。甲斐に対する忠勤が熱を帯びるわけだった。

そんなわけで、鳥居の呼出しで胸をときめかして出かけた疇之丞は、その屋敷に参上して鳥居甲斐に会うと、案に相違して甲斐はたいへんな不機嫌だった。あの大きな眼をぎょろりと剝いて、

「おまえの従弟の栄之助という奴、いつぞや、おまえの頼みで牢から出してやったが、今度はまた大胆なことをやったな」

と、いきなり怒鳴られた。

疇之丞が縮み上がって甲斐の雷を聞いていると、栄之助がこともあろうに後藤三右衛門を強請《ゆす》ったというのだ。疇之丞は色を失った。甲斐は、それを三右衛門から直接に聞いたというのだ。

「不埒《ふらち》千万だ」

と、甲斐は苦り切っていた。

鳥居甲斐と後藤三右衛門との間に日ごろから金銭の裏取引きが行なわれていることは疇之丞も察していた。その甲斐の大事な三右衛門を栄之助が恐喝したというのだから、疇之丞は眼の前が暗くなった。栄之助への怒りよりも先に甲斐に見捨てられる絶望感に喘いだ。

「必ず栄之助を糺明仕ります」

疇之丞は甲斐に匍いつくばって詫びたが、その言葉すら夢中だった。

(おのれ、栄之助め、どこまでおれに迷惑をかける気か)

疇之丞は眼の色を変えて栄之助の屋敷に行ったが、ここには前からいる下男の仁兵衛がしょんぼりとひとりでいるだけだった。

栄之助はここ五十日余りも屋敷にはまったく戻ってこない、というのである。行く先もよくわからない。なんでも、赤坂の一ツ木にいる常磐津の師匠のところに転がり込んでいるということだが、そこも今は引き払って行方不明になっていると、老下男は眼をしょぼつかせて、疇之丞に言った。

屋敷は手入れができないから、まるで廃屋のようになっている。軒は朽ち、家の中も雨漏りの仕放題ということだ。亡霊でも出そうなその屋敷で、この先代から仕えている老僕は草鞋を編みながら、自分の口米だけはどうにか過ごしているという。

栄之助が金に困っていることは疇之丞にも想像ができる。前には小遣をせびりに来ていたが、閾が高くなったとみえ、このごろとんと顔を出さない。しかし、いつの間にか天下の後藤三右衛門を強請るくらいの度胸ができたとみえる。

疇之丞は、栄之助をつかまえたら、首に縄をつけてでも鳥居甲斐のところに引っぱっていき、眼の前で切腹させる意気込みだったが、当人の行方がわからないではどうにもならなかった。彼は気が抜けて青山の奥から屋敷に戻りかけた。

暑くなった夏の日は、夕方になっても容易に昏れなかった。この辺に多い欅の林の上には鴉が啼いていた。

ある町角まで来ると、頭に手拭を載せた読売りが人を集めて喚いていた。聞くともなしに聞くと、いま河原崎座で人気の中心となっている市川海老蔵が昨日官憲に検挙されたというのだった。

「さあさ、みなさん、聞いてもくんねえ、読んでもくんねえ。いま評判の海老蔵が当たり役の景清の狂言最中、大鬘のそのままで御用にかかって手錠手鎖……」

と、調子を張り上げている。

海老蔵は「白石噺」も当たり狂言になっていたが、その大繁盛御礼として、歌舞伎狂言のうち「景清」を出した。これがまた評判となり、河原崎座は満員札止めの盛況であった。そのさなかに楽屋から捕吏がはいって彼を逮捕したのである。

罪状は、御政令をわきまえず違法の物品を所持し、贅沢な家宅を構えて栄耀栄華に暮らしている段まことに不届であるというのだった。

海老蔵の贅沢は当時世間に評判になっていた。彼の居宅は床を塗框にし、長押には、赤銅七子釘隠しなどを打ち、土蔵内には総金箔彫りものの不動像を置き、それを安置した須弥壇は朱塗彫りもの金泥入りで、天井の格天井も奢りの限りというのだ。さらに彼が深川永代寺境内の開帳不動に奉納する高さ一丈七尺の石灯籠一対は、身分をかえりみない奢侈僭上の至りである、との科であった。

――これはすべて町奉行鳥居甲斐の意図から出た処置である。しかし、栄之助のことで頭の中がいっぱいになっている疇之丞は、そんな瓦版の声などあまり耳にははいらなかった。

石川疇之丞が歩いていると、向こうに一挺の駕籠が通っていた。かなり格式の高い人物が乗っているらしく、供回りも三人ついている。しかし、それが微行であることは、目立たないように駕籠の供回りを質素にしていることでわかった。

おりから、ようやく夕靄が地面から湧いて、あたりもうす暗くなっていた。駕籠は町角で停まると陸尺が提灯に灯を入れて、前に吊るした。同時に供回りの一人が持参の提灯に明りを点けた。こうして駕籠はふたたび地面から上がって進み出した。

石川疇之丞が注意を奪われたのは、その提灯の紋どころだった。

子持亀甲に三星。

珍しい紋である。はてな、と思った。どこかで見たような紋だ。

誰の家紋だっただろう？　疇之丞は首をひねった。大名の紋どころは、ほとんど彼の頭脳にたたみこまれている。むろん、乗りものは大名のものではないが、相当な身分の旗本と考えられる。疇之丞は重立った旗本の紋どころもたいていは知っているが、いま、この紋を見てすぐに思い泛ばないのは、彼の知識にない人間かもしれない。しかし、たしかに、この紋には記憶がある。

彼は遠ざかっていく乗りものを夕闇の中に見送っていたが、その駕籠が大きな屋敷の塀に沿って曲がったとき、はっと思い出した。

川路三左衛門だ。

小普請奉行の川路ではないか。川路は去年佐渡奉行を辞めて、今の部署に新任されたばかりである。どこかで見た家紋と思ったのは、川路と疇之丞との間には直接関係がないからだった。

(今ごろ、どこに行くのだろう)

人目に立たぬような乗りものの姿が疇之丞に不審を起こさせた。

長いあいだ鳥居甲斐のために隠密を働いてきた習性が、ここで頭をもたげた。不審を起こしたら、必ず相手を秘密のうちに追及しなければならない気持ちになっている。好奇心というよりも、他人の様子を探る探偵心理だった。市川海老蔵が逮捕されたという読売りの声にはあまり関心がなかったが、川路の乗りものには俄然興味が起こってきた。

疇之丞は急いで駕籠の回った塀を追った。すると、それはかなり向こうの坂を上がっているところだった。両側は、塀の中から差し出た庭木で暗くなっている。提灯がまた一つの角を曲がった。疇之丞はあとを追ったが、坂を上がってもそれほど汗はかかなかった。夕方になると、日中の暑さもようやく凌ぎよくなり、この辺の広い屋敷の上を渡る風は涼しかった。

疇之丞はあとを尾けた。

駕籠が東に曲がれば東に行き、西に曲がれば西に追った。

やがて高台の武家屋敷町の一劃《いっかく》に駕籠が停まった。暗くてこちらの姿を見られる気遣いはなかったが、それでも用心をして塀の陰から様子を見ていた。

駕籠についていた家来が門を叩いている。しばらくしてギーッと門があく音が鳴った。つづいて駕籠は陸尺に担がれて、そのまま門内に吸い込まれるようにはいった。ふたたび門が音を軋らせて閉まった。

疇之丞はそこまで見定めて、身体を門の前まで運んだ。かなり広い屋敷だ。この構えなら二千石以下ではないと思われた。しかし、あまり手入れのできていないことは夜目にもわかる。どうやら、門の屋根にはぺんぺん草が生えているようだった。

どこのどういう人物が住んでいるか、疇之丞にはわからない。夜のことだし、近所に人もなかった。もとより、武家屋敷の中だから通行人も歩いていない。

（川路三左衛門が夜中に人を訪ねた。相手は誰だろう）

当然の疑問だ。

なぜなら、川路は鳥居甲斐が敵の一人としてひそかに考えている人物だったからである。

川路三左衛門が寺社奉行付調役のとき、但馬出石の仙石家の騒動の裁きに力を尽くしたことは、世間で有名になっている。その後佐渡奉行に移ったが、ここでもたいへん評判がよろしい。あれはできる奴だと、いつか忠邦が三左衛門を能吏として認めた言葉を洩らした。

しかし、川路の才能が忠邦に気に入られようとも、鳥居甲斐には不快な人物に映っている。これは甲斐があくまでも儒教信奉者の立場から、開国の考え方を持っている三左衛門を排斥する気持ちがあるからだった。現に、甲斐は暗に川路の仕事に邪魔を加えようとしている。

（これは何とかなりそうだ）

　疇之丞は胸が鳴ってきた。

　この事実は、自分よりほかに誰も知らない。もし、三左衛門が訪ねた先の旗本が誰かということがわかれば、ことによっては鳥居甲斐を喜ばす材料になりそうであった。従弟の栄之助のことから甲斐の不興を買っている疇之丞は、名誉回復のためにもここで一番働かなければならない。


　疇之丞は元の路に引き返した。さっきの乗りものを尾けているとき、坂下の町角に駕籠屋があったのを思い出したからだ。

「つかぬことを訊くが」

　と、疇之丞は駕籠屋の表から声をかけた。

「へえ」

　空駕籠を三挺ばかり表に置いて煙草を吸っていた駕籠舁きの中から、一人が起ち上がった。

「この坂上に、角から二つ目の広い屋敷があるな?」

「へえ……」

「あれはどなたのお住居か知らぬか？」

近所の駕籠昇きだから、この辺の地理は詳しいとみてとっての質問だった。

「角から二つ目のお屋敷？」

はてね、と考えているようだったが、今度は駕籠昇きから、その家の特徴を二つ三つ訊かれた。

「そのとおりだ」

疇之丞がうなずくと、

「それは、旗本飯田主水正さまのお屋敷でございます」

と教えられた。

「飯田主水正殿？　……どういう御役についておられる方かな？」

「さあ、詳しくは存じませんが、ただ今のところ、毎日ぶらぶらしていらっしゃるようでございます。お殿さまは気さくないい方で、ときどき、てまえどもの駕籠に乗っていただきます」

「おまえたちの駕籠に乗るとは、どこまで行かれるのだ？」

「へえ……」

と、照れたように笑って、

「その、柳橋までちょくちょくお供をさせていただきます。いえ、さばけた、いいお殿さまでございますよ」

駕籠舁きは屋敷の主人の人柄を賞めあげた。


飯田主水正は馳走をつくらせて川路左衛門尉を迎えていた。

「ほう、これはうまそうな料理だな」

川路は顴骨の出た頬に笑みの皺を寄せて、出された料理の数々を見回した。

「当節、珍しい。よくも揃えられましたな」

「いやいや、あまりいいネタがないので、佐渡でさんざ鮮魚を召し上がった川路殿のお口に合うかどうか」

左衛門尉も微笑を返して、

「いや、近ごろ、江戸ではめったに見られぬ珍品。さすがに主水正のヘソ曲がりは変わらぬとみえるな」

「いや、それほどでもございませぬ」

二人は互いの眼をのぞいて声を合わせて笑った。この料理が水越の倹約令に対する主水正の皮肉だとは、客の左衛門尉にはすぐに通じていた。

川路は佐渡奉行をやめて小普請奉行になったとき、任官して三左衛門を左衛門尉に改めていた。芙蓉《ふよう》之間詰である。

左衛門尉は、いま上野のお霊屋《たまや》の営繕と御浜御殿《おはまごてん》の石垣の修理工事に当たっている。

「お忙しい中をようこそ」

と、主水正が川路に最初に挨拶したのは、その意味だった。

左衛門尉を佐渡奉行から小普請奉行に引っ張ったのは、水野忠邦である。これも忠邦の倹約精神から出たことで、歴代の小普請奉行がとかく諸工事の監督に杜撰《ずさん》で、そのためいつも工事費が予算を超過している。左衛門尉のこれまでの実績を知っている忠邦は、今度は工事費の切詰めを彼にやらせようというのだった。

左衛門尉は小普請奉行に任じられたとき、いつもの慣例で老中列座の前で誓詞《せいし》を読み上げることになったが、その誓詞の文句が以前からの形式的なものだったので、左衛門尉は読むことを拒絶した。これではとても改革などはできないというのである。

そのため、彼は誓詞の文句を老中に書き変えさせている。

「どうもやりづらい」

と、左衛門尉は主水正と酒を酌みかわしながら苦笑を洩らした。

「水野老中や、真田、堀田老中方も、わたしに好意を持ってくださるが、妙な人物が一人、何かと邪魔をするふうが見えるでな」

その妙な人物が鳥居甲斐守を指していることはもとよりである。鳥居が水野の背後にいて、何かと川路のする仕事に掣肘《せいちゅう》を加えようとしている。

「なるほど」

主水正も客のその言葉の意味を解した。

「まあ、それだけに、川路殿もやり甲斐があろうというもの。われらは、おてまえさまの手腕と、お人柄を信じているので、思いのままのことをなさったほうがよろしかろうと陰ながら応援している気持ちです。いや、無役のわたしがこう言ったところで、何の役にも立ちませんが」

「そこだ、主水正。その無役のあんたを今日は引っ張り出しに来たのだ。これは、ぜひ、わたしのくどきに応《こた》えてもらわねばならぬ」

左衛門尉は相手の顔を見た。

「これは迷惑な」

と、主水正は客の視線を避けるようにして口に杯を運んだ。

「わたしは、ご存じのとおりの怠け者、長い間の無役で怠惰が身にしみております。今さら、窮屈な御役を頂戴しても勤まる身ではないようです」

「あんたの言い分はわかっている」

と、川路左衛門尉は飯田主水正の言葉を受けた。

暗くなった庭には、伸び放題の雑草が微かな風にそよいでいる。これも手入れをしないままの池からは、蛙がうるさく鳴いていた。この荒れ庭に権現さま入部のころの武蔵野の姿が残っているようだった。

「その返事がわかっていながら、こうしてわたしが押しかけてきたのは、あんたにこの隠棲の場所からどうしても出てもらわなければならないからだ。あんたは、自分が怠惰だと思っている。しかし、時世への批判は持っているわけだ。人間、思っていることをしまいこんで行動に出さないという法はない。それに年齢も若い。自分を怠惰に思い込むのは卑怯というものだ」

「これは手きびしいですな」

と、主水正は杯をあげて笑った。

「たしかにあなたの言われるように、わたしは、自分で自分を怠け者にしています。しかし、それだからといって、今さら公儀の場所にしゃしゃり出る気は毛頭ないのです」

「それでは、けっきょく、あんたは何もしない不平党だ。それでは時世をうかがっている当節の人間ということになる。鳥居甲斐守一派がはびこっている今だが、あんたなら抵抗できるはずだ」

「仮りの話だが」

と、主水正は杯を置いた。

「具体的に承ろう。でないと、お互い、これは大ざっぱな議論になってまとまりがつかないようです。川路殿はわたしにどうしろと仰せられるのか」

「それを待っていた」

と、左衛門尉は微笑した。

「これは、わたしの腹案だが、まず、勘定吟味役あたりはどうかな」

「ほう」

主水正は眼に軽いおどろきを見せた。

勘定吟味役というのは、勘定奉行のすぐ下に付いている、いわば副奉行格である。これは現在のところ四人いる。

勘定奉行は老中の支配だが、町奉行、寺社奉行とともに幕府三奉行の一つになっている。職制からいって、現在の大蔵大臣に当たるのが当時の首席老中の兼ねる勝手掛《かってかかり》だが、幕府の財政に関する実務を取り扱うのはこの勘定奉行で、今の大蔵次官に引き当ててもいい。

現在、勝手掛は水野忠邦が首席老中として兼ね、勘定奉行は梶野土佐守良材が就任している。梶野は水野の直系だが、鳥居甲斐と最も懇《ねんご》ろであった。

勘定奉行の配下には、勘定組頭、評定所留役《とめやく》組頭、御蔵奉行、御金《おきん》奉行、御林奉行、金座、銀座、朱座、銭座《ぜにざ》の支配などがあって、それらを統轄している。御油漆《おうるし》奉行、次席の勘定吟味役は、奉行の意見でも非理と認めた場合は同意せず、また奉行以下に非行があれば、直ちに老中に開陳するの権を付与されていた。この配下には吟味方改役十一人が付けられている。

つまり川路左衛門尉は、勘定吟味役が勘定奉行の目付役を兼ねていることで、その財務行政面に納得のいかない場合は老中に直接意見が述べられる点に眼を着けているのだ。勘定奉行の支配面は、広汎に亙っている。幕府の財政を担当するのだから、あらゆる行政面がこれに関連しているといってよい。

そこで、勘定奉行には首席老中の腹心が就任する例だが、今の梶野が鳥居甲斐と結んで財政をやっていれば、それは水野の線というよりも鳥居の線ということができる。梶野のやり方を監視し、そこに不正を発見して老中に直言することが、すなわち鳥居の非理を糺すことであると、左衛門尉は思っているようであった。

「これは考えられた」

と、主水正も左衛門尉の話にうなずいた。

「なるほど、そのあたりから行くのも妙手ですな」

「あんたもそう思うか。今の鳥居を水野越前から離すには、この方法しかない。それで、ぜひとも勘定吟味役に就任してもらいたい。あんたが引き受けてくれれば、すぐにも水野殿に話す。もちろん、表向きには、そんな意図は少しも出さぬ。ただ、人材が市井に埋もれているのは公儀のためよろしくないから、というかたちで推薦する。これは聞いてもらえると思う」

左衛門尉は熱心に説いた。

「あんたがあまり気が進まなかったら、長い間とは言わぬ。目鼻がつくまでで結構だ。今の世の中のことを考えるなら、ぜひ、この際出てもらえないだろうか。その怠け癖のついた重い腰を、このへんで上げてくれまいか」

川路左衛門尉と飯田主水正とは前からの知合いで、主水正は川路の人柄を畏敬し、兄事していた。その川路に熱心に口説かれては主水正も考え込まざるをえなかった。

「どうじゃ？」

と、主水正の沈黙を見守って杯を二、三杯あけたのち、左衛門尉は主水正の返事を促した。

「これはご性急じゃ」

と、主水正は顔をあげて苦笑した。

「言われるように、何もかも動くのが大儀になっているわたしです。そのようにつつかれても、おいそれとは返事はできませんな」

「もっともだが、わたしはあんたと違って気短なほうでな。いや、これは公儀でわたしの役をくるくると回してきたから、自然にそうなったのかもしれぬ。しかし、今を措《お》いてほかにあんたの出る時機はない。……なあ、主水正。もっとわたしの肚をうち明けると、水野越前は来年早々にも印旛沼の開鑿工事にとりかかる腹だ。そのとき、勘定奉行の梶野がどう動くかだ。あんたは吟味役として、そのうしろに控えていてもらいたい」

「どうも、さような堅苦しい役につくのはおっくうです」

しかし、しばらく考えて、数日のうちに返事をするという主水正の言葉で、左衛門尉とのいちおうの用談は済んだ。

あとは寛《くつろ》いで酒を呑む段になったが、主水正が奥に向かって手を敲《たた》いた。

「もうよい。はいってくれ」

大きな声で呼ぶと、襖《ふすま》が開いて出てきた女たちを見て川路左衛門尉が眼を瞠《みは》った。

芸者が一人と、仇《あだ》な年増女とが忽然といった感じで現われた。ほかにも女が一人つづいている。

芸者は左衛門尉の前に手を突き、にじり寄った。この夜に眼もさめるような色の座敷着は、この武蔵野の凪に吹かれた花が一輪、にわかに舞い込んだようである。

「これは」

と、左衛門尉が愕く眼を主水正に向けると、彼は笑い出した。

「このあばら屋に、かような美形が地から湧いたので、さぞかし、夏草から狐が化けて出たかと思われたでしょうな。いや、ありようは、この女は柳橋の芸者で小菊という名です。まんざら狐に縁がないでもない」

「ひどい殿さま」

と、小菊が白い顔を斜めにして睨んだ。

「ははは。いや、てまえの横にいるこの女は、都家という料理屋のおかみでしてな。そのうしろにいるのが、その料理屋の女中の姐御格です。まだほかに、この都家の板前などが来ていて、先ほどの料理は、その者につくらせました」

「道理で」

と、左衛門尉はうなずいて、

「先ほどから、無骨な屋敷の傭人ではできない料理だと頂戴していた。ことに、あんたのところは女気がないはず。どうも変だと思っていたが、これで不審が解けた」

と言ったが、まだその不審がまったく晴れた顔ではなかった。

「まさか、わたしが来るために、わざわざこの人たちを呼ばれたのではあるまい」

半信半疑でいる顔に、都家のおかみが、

「どうぞこちらの殿さまが、殿さまをお招き申し上げたつもりでお過ごしくださいまし」

と、銚子をすすめた。主水正が笑って、

「実は、この者たちが、その鳥居甲斐の手下に狙われましてな」

「というと？」

「先日、このおかみのやっている料理屋の都家というのに呑みにいき、いささか時節の鬱憤晴らしに料理の品をちと奢りました。そこに鳥居甲斐の家来で本庄茂平次と申す男が居合わせて、いきなり踏み込んできたから、少々手荒なことをしたのです。どうやら、その本庄の差金で、奉行所では都家を処分するらしいと、昨日、このおかみがわたしのところに駆け込んできました」

「なるほど」

「これはわたしに責任があるので、その難を免れる間、当屋敷に引き取っているのです。本庄茂平次という男は、ほかにもいろいろ事情があって必要以上に恨んでいるようですから、近ごろ、菓子屋や小間物屋の主人を手鎖で獄に繋ぐ鳥居甲斐に何を吹き込むかわからない。ここにいる芸者も、着ていた当夜の着物に難癖をつけられてその巻添えを食いそうなので、いっそのことみんなを引き取ったのです。いや、もう、この殺風景なあばら屋がいちどきに賑やかになりました」

「ほんとうに飯田の殿さまには申し訳ないことになりました」

と、都家のおかみが涙を拭いた。

「なに、それも一時期のこと、永久にということではない」

と、主水正は左衛門尉とおかみとを等分に見て言った。

「鳥居甲斐の時代がいつまでもつづくというわけではない。だがの、問題はそれまでおまえたちを養い切れないことだ。こちらがその前に降参せねばならぬからの」

「しかし、さしずめ、奉行所から、この連中を召捕りにきた場合、あんたはあくまでも匿まってやるのかな？」

左衛門尉は訊いた。

「まず、そのつもりです。痩せても枯れても二千三百石の直参。たとえ鳥居甲斐の力ずくでも、そうやすやすと町方を踏み込ませはいたしませぬ」

「万一の場合は、日ごろの腕にものをいわせるというわけか」

「成行き次第では」

二人は瞳を合わせて笑い合ったが、

「しかし、主水正、それではいつまでも頑張るわけにはいくまい。なるほど、あんたの剣の先なら役人を一時は追っ払うこともできようし、また向こうもみだりに歴々の旗本の屋敷に踏み込むこともできまい。しかし、まっとうな手続きをふんでくれば、これはかなうまい」

「…………」

「まず、鳥居から水野に言って、あんたへの糺明となろう。その尻は、小普請奉行たるわたしのほうへ持ち込まれる。もちろんわたしの力で防げるだけ防ぐが、これとても法令を楯に取られては力に限りがある。あんたがせっかく匿まったものをみすみす手放すことになろうし、あんた自身、鳥居甲斐の強い意見で蟄居ということにもなりかねない。これはまずいぞ」

「こちらの殿さまのご迷惑は、わたくしどもの不調法からです。そんなたいへんなことにならない前に、わたくしどもは柳橋に帰ります。こういうことになったのが災難と思えば諦めもつきます」

と、小菊がうなだれた。

「待て待て、そう短気を起こすものではない」

左衛門尉はやさしく言って、

「なあ、主水正。それもひっきょうあんたが無役でいるからだ。ここで、町奉行の手ではおいそれと簡単に始末ができない役に就任してはどうじゃ」

「………」

「さすれば、この者たちを助けることもできるし、あんたを引き出したいというわたしの望みも叶う。こりゃ一石二鳥じゃ」

左衛門尉は、黙っている主水正の顔をのぞいた。

主水正に初めて困惑の色が現われた。

「はて、困ったことになった」

と、彼は呟いた。思いがけない方向から左衛門尉の術中に落ちた格好である。

「仮りの話だが」

と、主水正は弱ったような顔で、

「先ほどの話では勘定吟味役ということだったが、今の勘定奉行梶野土佐守は、鳥居甲斐とは一つ穴の貉です。たとえわたしが勘定吟味役になろうと、鳥居の横車を梶野土佐が防げるとは思えぬ。さすれば、これはあまり防波堤にはなりませぬな」

「いや、そこだ」

と、左衛門尉は言った。

「梶野土佐守に一人の苦手がいる。これは支配勘定格の大竹伊兵衛という者だ。希代の硬骨漢でな、梶野もこれには手を焼いている。もし、あんたが承知してくれれば、勘定吟味役ということにして、大竹伊兵衛と手を取ってもらえないか。伊兵衛なら、たとえ梶野が鳥居甲斐に言われてあんたを処分しようと思っても、これに抵抗できる男じゃ」

「………」

「正規の勘定吟味役が嫌なら、臨時にそれに準じた格式を作ってもよい。なに、水野越前殿には、あんたをできる男として極力推薦する。そして、印旛沼の開鑿工事に目付を兼ねて行ってもらうことにすると言えば、印旛沼に熱をあげている水越は同意するに決まっている。なにしろ、印旛沼といえば、あの仁の泣きどころだからな」

「…………」

「実は、この前、この大竹伊兵衛にわたしは会った。そのとき伊兵衛から、今のところ、自分の片腕となって働いてくれる人物がいない、誰ぞ野に残っている者を知っていたら、推薦してくれぬか、という話があったのだ。わたしはすぐにあんたのことを言っておいた」

「それは気が早い」

「気が早いのはけっきょく、あんたが承知してくれると思ったからだ。大竹伊兵衛はたいそう喜んで、そういう人物なら、ぜひ、自分のほうに貰いたい、と言っていた。勘定吟味役格とは、あんたの自由な立場を考えて臨時にこしらえる職制だが、これだと、そう窮屈に縛られずに済むし、また、あんたがこの連中を庇護するのに役立つと思うが、どうだろう?」

「なるほど」

と、ついに主水正も手を拍った。

「いつに変わらずあなたは知恵者じゃ。この主水正、兜を脱ぎましょう」

「やれやれ、これでわたしも重荷をおろした。さっそくに聞き届けていただいてありがたい」

左衛門尉は、小菊と都家のおかみを見て、

「これもおぬしたちが来ていたから、早くまとまったことだ。それでなかったら、主水正という男は、いずれあとで返事をすると申して、どこまで延ばすかわからない。それもけっきょく断わってくるのがオチじゃ。こう早くまとまったのもおぬしたちのおかげ。お礼はこちらから言いたい」

「もったいのうございます」

と、小菊は左衛門尉の横にぴたりと付いて、

「久しぶりにお殿さまにお役が付いたのはうれしゅうございますが、なんだか、わたしたちがその枷になったようで」

「何を申す。これも今の時世を少しでもよくし、公儀の安泰を図る手段と思えば、おぬ

したちを枷にしたことなど問題ではない。一時の方便、そう気に病むことはない。いや、国家の大計から考えると、おぬしたちのためなど歯牙にもかけてはいぬぞ」

「まことに出過ぎたことを申しまして、申し訳ございません」

小菊が手をついて謝った。

「ところで、主水正。さっきもあんたが言ったように、この連中をいつまでもこの屋敷に居候にして置くわけにもいくまい。どうするつもりだ?」

「いや、そのことで実は閉口している。知恵者のあなただ、ついでにもう一つ知恵を貸してもらいたい」

「そうだな、いっそのこと、その柳橋の都家というのを、あんたの寮にしてはどうだ?」

「寮?」

「それなら、いわばあんたの下屋敷同然だ。おいそれと簡単に町奉行の手がはいることもない。この連中は、今日からあんたの傭人となる」

「…………」

「どうせ、こういう事態になれば商売は休むほかはないわけだから、それは時世の変わるまで待つことにして、当面の難儀を救うことが第一だろう」

「考えられたな」

主水正が笑い出した。

「わたしも柳橋に寮を持つ身になるとは思わなんだ」

左衛門尉がにっこりうなずいて応えた。

捲返《まきかえ》し

本庄茂平次は、柳の木の横に駕籠を据えさせ、顎の鬚《ひげ》を爪先で抜いていた。

都家がすぐ前に見えている。同心を三人つけて、小者十人ばかりで表と裏口とを囲ませていた。暑い陽射しもようやく傾いて、人の影が長くなっている。この界隈は、暮れてからがほんとうの夜明けだ。茂平次は、その時刻を狙ってわざわざ来た。騒ぎは大きいほどいいのだ。大勢の人間が、何が起こったかと、両側から黒山のように集まって見ている。

いま、同心の一人が都家の中にはいっておかみに命令を言っているはずだった。禁令違反で即刻奉行所に連れ出すというのだ。おかみだけでなく、主だった女中と板前などの傭人もいっしょだ。

実は、茂平次はここに来る前、柳橋近くの、芸者小菊の家に行った。家は路地の奥にあって、こぢんまりした格子戸の構えで、芸者の家らしく格子戸の内にはお稲荷さまの赤い提灯が並んでいた。

茂平次は、こういう家の奥で小菊といっしょに差し向かいで酒を飲む場面を空想したが、ことと次第によっては、まんざら、それが実現できないこともないのだ。

彼はまず、小菊をこうおどすつもりだった。

(同心は表に待たせてある。おまえを連れていく駕籠も用意してある。だが、今のうちなら、おれの肚一つで手心が加えられる。あんまり強情を張らないほうがいいのではないか)

こう言えば、小菊は、蒼い顔をして唇を噛み、(いいえ、わたしはおまえさまの言うことにはまだ従えませぬ)と、意地を張って言うかもしれない。

そのときは、こう恫喝するつもりだった。

(それなら仕方がないから、奉行所にしょっ引いていく。だが、牢屋は辛いところだぞ。まず、牢屋にはいるまでには、非人の女がおまえの着物をすっぽり剝いで、髪の中はもとより、身体じゅうを改める。恥ずかしい裸の格好もしなければならない。それから牢にはいるのだが、ここがまたたいへんなところだ。そこには、牢名主といって、倶利迦羅紋々を背中から内股にかけて彫ったあばずれ女が控えている。隅の隠居とか、二の役、三の役という女もみんなしたたか者ばかりだ。こいつらは新入りに意地が悪い。おまえはそこでさんざん慰みものになるのだ。嫌とは言えない。役人に訴えても取り上げてはくれぬ。牢屋の中は別世界だ。たとえ殺されても、役人は知らぬ顔をして、病死でございます、と言う牢の者の言うとおりをそのまま鵜呑みにするからのう)

こう言い聞かせると、小菊は蒼くなるにきまっている。

(おまえのようなかわいい女の子がはいれば、長いこと牢屋の中で餓えているあばずれ婆アたちは、眼の色を変えておまえをオモチャにするのだ。どんなに泣き喚いてもあとの祭だ。暗いところでもっそう飯を食い、夜もろくに寝られない。隅のほうに小さくなって縮こまっているだけだ。もう、この世の女というもんじゃない。とんと犬畜生の格好だ。え、おい、それでも好きこのんで牢屋にはいりたいか?)

小菊はまだ黙っているだろう。しかし、だんだん動揺してくるにちがいない。

(なにも、そんなきれいな肌を、怖ろしい鬼婆アみたいなあばずれ女にオモチャにされることもあるまい。いったん牢屋にはいれば、何十日何百日そこに置かれるかわからない。お役所はだんだんと忙しいところだ。そんな日夜の地獄を送った挙句、お白洲で裁かれて罪状が本決まりとなる。今の御奉行鳥居甲斐守さまは、禁令違反の罪には強《きつ》いお方だ。おまえも聞いただろう、河原崎座の人気役者市川海老蔵でさえ、家財没収、その身は手鎖で牢に繋がれた。おまえなぞはおれの口一つで、軽くて江戸お構いか、ことによれば八丈島あたりに島送りだ。一生江戸に無事に帰れるかどうかわからないぞ）

こういう脅しをつづけると、小菊も震えだしてくるだろう。

（八丈島は、俗に鳥も通わぬというくらい寂しいところだ。年じゅう潮っ辛い風が吹いて身の除け場もない。おまえは預けられた名主の指図で牛馬のようにこき使われるのだ。江戸のほうを向いて涙を流してもむだだ。八丈島には、江戸を恋いながら死んだ囚人の墓がずらりと並んでいる。女の墓も少なくはない。おまえは、そんな身にはなりたくないだろう。え、おい、どうだ？）

こう言うと、小菊はがっくりとくるにきまっている。そこで、

（もともと、おれはおまえがかわいい。ただ、役目の手前、いちおうの詮議は遂げなければならないのだ。相手がおまえだけにおれも辛いところだ。だがな、世の中は表口ばかりじゃない、裏口もある。ことにおまえにぞっこん惚れてきたこの茂平次だ、おまえの前ではだらしないが、奉行所ではちっとばかり顔が利く。おれの手心次第でおまえを

助けることができるぞ。どうだ、このへんで、茂平次さま、よろしく頼みます、と言う心持ちになったらどうだ？）

こう言うと、あのかわいい小菊が身悶えして取り縋ってくるにちがいない。

（茂平次さん、あたしゃ茂平次さんのお情けに縋ります）

茂平次はこのような幻想を描いて、小菊の家の格子戸をあけたのである。すると、出てきた小女がすぐに告げた。

「あの、姐さんは、いま都家のほうに行かれております」

茂平次は、しまった、と思った。こんなに早く小菊が留守になるとは思わなかった。都家に行けば、一同の手前、小菊だけを特別扱いにするわけにはいかない。これは、少々面倒になったな、と思った。

「小菊は、いつもこんなに早いのか？」

「はい。今日は特別でございます。朝風呂から帰られて化粧されると、そのまま出ていかれました」

「何、朝からか。昼間の客との約束でもあったのか？」

「さあ、わたしにはわかりません」

茂平次は少しばかり当てが違った気持ちで、いま都家の前に回ってきたのである。

彼は都家の内からおかみや女中や板前たちがぞろぞろと縄付きになって出てくるのを待っていた。この前ひどい目に遭ったあの天水桶もそこに置いてある。女たちがどんな吠え面をかいて出てくるか、一番、見物してやろうと構えていた。ただし、小菊だけは別だ。

小菊もいちおうはいっしょにつながれて引っ張られるだろうが、奉行所ではまず吟味所にはいって小菊だけを単独に調べさせ、係りの役人に含めてすぐに釈放させるつもりだった。——

茂平次は眼を皿のようにして都家の表を見ている。

すると、連中を逮捕してくるはずの同心が、少々あわてたような様子でひとりで出てきた。はてな、と茂平次は思った。

「妙な具合になりました」

同心は茂平次の駕籠の前にしゃがんで言った。

「どうした？」

「都家は、いま商売をやめております」

「そんなことはかまわぬ。商売をしていようが休もうが、女どもを引っくくるんだ」

「それが、ちと、事情が違いまして」

「事情？」

「はあ、都家は、飯田主水正とかいう二千三百石の旗本の寮になっておるそうでございます」

「何、飯田の寮だと？」

茂平次は、あっ、と思った。大きな顔で座敷に構えていた飯田主水正の姿が眼に泛んだ。二階から茂平次を天水桶に投げ込んだ当人である。

「かまうことはない」

茂平次は同心を叱った。

「飯田主水であろうと鈴木主水であろうと、料理屋のおかみをしょっ引いてくるのに、いっこうに差しつかえない。こちらは、奉行鳥居甲斐守さまの命令で来た者だ。なぜそれを言わぬ？」

「いえ、それも申しました」

「で？」

「はあ……都家のおかみが申しますには、この家は寮とはいいながら、飯田殿の屋敷同然だし、自分たちはそこの傭人となっている。もし、自分たちを召し捕るなら、主人飯田殿の許しを得てもらいたいと申しました」

こいつ、と思ったことである。

「よし、おれが行く」

茂平次は駕籠から颯爽と出た。同心では埒が明かぬ。ことに、このまえ、不体裁なところを女たちの前で見せたから今度はその面目の回復である。

捕方が手持ちぶさたに両側に並んでいる中を茂平次は歩いて、都家の表をくぐった。

「おや、これは本庄の旦那さま、よくお越しで」

膝をついて、おかみがにっこりと笑った。

これは相当な度胸だな、と思った。表にこれだけの人数が来ていれば、もっとびくついているはずなのだ。

「今日は客で来たのではない」

茂平次は苦りきって言った。

「南町奉行鳥居甲斐守さまの家来として参ったのだ。先刻、奉行所からの呼出しは係り役人から聞いたであろう？」

「承りました」

おかみは頭を下げた。

「うむ、それなら何も言わずに来るのだ。……おかみ、この家はいつの間にか飯田主水正の寮になったそうだな」

「はい、さようでございます」

「あんまり笑わせるな。手品の裏は見えている。たとえ、旗本だろうが大名だろうが、奉行所からのご不審がかかったのだ。おまえたちが飯田のかたちばかりの傭人になったからとて御奉行さまは容赦はなさらぬ。そんな小細工にのる茂平次ではない。さあ、これから暗いところに行くのだ。支度するくらいの間は許してやるから、早々に参れ」

「あれ、待っておくんなさいまし」

と、おかみは抑えるように手をあげた。

「いま、二階に伺って参りますから、ちょいとお待ちくださいまし」

「二階？　二階に誰がいるのだ？」

「主人の飯田の殿さまが見えておられます」

「なに、飯田殿が？」

茂平次はたじろいだ。

「はい。……それとも、本庄さま、わたくしの取次が遅いようでもどかしかったら、じかに上にあがってお会いくださいますか」

おかみは黒い歯をこぼしているが、茂平次には嘲笑されたように見えた。

「うむ、会おう」

と言ったのは騎虎の勢いである。連れてきた同心の手前もあった。また今度は味方が多いから、まさか、飯田もこの前のような乱暴に出ることはあるまい。

「おかみ」

茂平次は草履を飛ばすように脱ぎ捨てて、

「小菊はこちらに来ているか？」

と、咬みつくように訊いた。

「はい、おります。……何かご用で?」

「いや、来ているなら、それでいい。きっと取り逃がさないでおけ」

「小菊も殿さまの召使いになりましたから、ずっとここに置いておくことにします。取り逃がすことはございませんから、ご安心くださるように」

「なに、小菊もここにいるのか」

茂平次は燃える頭を二階に運んだ。

「おや、本庄の旦那さま」

女中が出てきた。この家でいちばん古い女で、女中頭のようなことをしている。

「うむ、おまえもお呼出しになっている。いずれ、後刻引っくるから、そう思え」

「おや、まあ、たいそうなご剣幕ですこと。本庄の旦那さま、いつものこぼれるようなご愛嬌と違い、今日は怖ろしゅうございます」

「えい、何をぬかす。飯田殿はおられるか?」

「ご案内します」

女中が襖越しに声をかけると、内から返事があった。

「どうぞ」

と、女中がうしろに突っ立っている茂平次を振り返り、襖《ふすま》を開けた。

茂平次はそこにこの前のつづきを見た。飯田主水正が小菊を横に杯をあげている。それが、いつぞやの晩からまだ連続しているように錯覚されそうだった。

「やあ、本庄さんか」

主水正のほうからにこにこと声をかけた。この前と違うのは、主水正が袴も着けていない着流しでいることだった。

「先夜は失礼。何かご用らしいが、遠慮はいらぬから、どうぞこちらへ」

小菊が茂平次の顔をじろりと見上げた。

茂平次は眼の端に小菊の顔を入れて、主水正の前にすわった。心は女に対する瞋恚《しんい》に燃えている。

「まことにこの前は無礼をした。お怪我はなかったか」

と、主水正は重ねて詫びた。

「いずれお詫びに誰かを代理に伺わせようと思っていたところ、あんたのほうから足を運んでもらったのはありがたい。これは手間が省けていい」

「飯田殿にお伺いするが」

茂平次は主水正の皮肉を無視して言った。

「ただ今、禁令違反で奉行所より、この都家のおかみをはじめ、そこにいる小菊も……」

と、茂平次は、銚子を取ってこれ見よがしに斜めになって主水正の杯に酌をしている小菊に顎を大きくしゃくって、

「同罪ゆえ、てまえ、ただ今より引っ立てに参った」

「ははあ」

主水正は片膝を立て、小菊の注いだ酒を口に運んだ。

「しかるに、この家のおかみが申すには、この家はいつの間にやら飯田殿の寮になり、ここの者はみんなおてまえの傭人となったそうだが、それは確かでございますか？」

「間違いない」

と、主水正は酒を乾して合点合点をした。その杯を、つと茂平次に差したので、茂平次はいよいよ血が頭に上った。

「ずいぶんと手回しのよいご処置のようだが、これだけの料理屋をそっくり居抜きのまま寮に買われたとは、飯田殿も内証はご裕福とみえますな？」

主水正が笑って、

「古川に水絶えずと申す。先々代の溜めた金で、まだまだ贅沢ができそうですな。この家に遊びにきても、あんたのような客が来て座敷が塞がり、すごすごと帰ることもある。これは青山くんだりから来て不便な話だ。いっそのこと全部を引き取り申した」

「しかし、たとえおてまえの傭人であろうと、奉行所よりの命令です。ただ今即刻引き立てますから、さようご承知あるように」

主水正は杯を口から放して、

「そりゃ困る」

と断わった。

「いや、おてまえがお困りになろうとどうされようと……」

「いやいや、せっかくだがお断わり申す」

「なんと?」

「ここはわたしの寮だ。言ってみれば、わたしの屋敷も同然。言わば出城でござる。されば、ここにいる傭人はわたしの家来同然。その家来が奉行所に縄つきで引っぱられるのは、主人のわたしが承知できぬ」

「いや、飯田殿、なんと言われようと、これは奉行所から……」

「はて、奉行所奉行所と言われるが、わたしは今、勘定奉行梶野土佐守殿支配下に勘定吟味役格というお役目を頂戴している。もし、わたしの家来を奉行所にくっていかれるなら、南町奉行鳥居甲斐守殿から、わたしの支配勘定奉行に話をつけられてからにされたい。……それとも、この場で強《た》ってというなら、あんたがどれほど手下を連れてこられようが、この出城には槍も鉄砲もある。わたしが相手をする」

本庄茂平次は苦り切って都家の二階から降りてきた。階下《した》の入口に待っていた同心が、

「即刻、引き立てますか？」

と、気負いたって訊いた。茂平次は顔をしかめて首を振った。

「いや……出直そう」

「は？」

「少しの間、こいつらを泳がしておくのだ」

と、そこに集まっているおかみや女中たちの顔を睨《ね》め回した。

同心は、自分を叱った茂平次が同じ結果になって戻ってきたので、くすぐったい表情をしていた。

傍らの調理場では、板前たちが出刃包丁を握って茂平次を窺っているのが、れんじ窓にちらついている。

「やい、うぬら」

茂平次はどなった。

「今日のところは見のがしてやるが、これで済んだと思って安心するな。明日にでもしょっ引くから、首筋の垢をよく洗って待っておれ」

「では、またお近いうちに……」

おかみがすわって言った。

「なに？」

「おや。つい、言い馴れた挨拶が出ましたので」

「今に見ておれ」

茂平次は肩をそびやかし、待たせてある駕籠に歩いた。このとき、都家の横手から男が一人、あとを追うように飛び出した。

「もし、旦那」

呼び止められて振り返った茂平次の眼の色が変わった。青山の飯田の屋敷で会った男の顔がそこにある。

「何だ、貴様」

咄嗟に、あのときは覆面だから、この男に顔を見られたとしても平気なはずだという気強さが出た。

「旦那には、どこかでお会いしませんでしたかね?」

主水正の中間源助は、調理場にいて茂平次の姿を見て飛び出したのである。どうも似ている。その歩き方といい、肩のそびやかし具合といい、あのときの覆面の男にそっくりだ。去年の夏、強い陽射しの中に忽然と現われた御殿女中殺しの下手人にである。

この前の晩も、この都家の横で、主人主水正を待って茂平次を見たときもそう思ったが、二度目となれば引っ込んでいるのに我慢ができなかった。

「なに、おまえと会ったと? 知らぬな」

茂平次は眼をそらした。

「いいえ、たしかに、わたしは旦那さまにお目にかかりました。それも、ちょうど去年の今ごろ、青山のてまえの主人の屋敷の門内にふらりと見えたことがございましょう」

「そんなところに用事はない。何をとぼけたことを言うのだ」

「いいえ、たしかにてまえに見おぼえがございます。あのときは、ご面体《めんてい》をお隠しでございましたが、いま歩いてらっしゃるそのお姿がそっくりそのままでございます」

「何を申すのだ。知らぬ、知らぬ。おまえ、夢でも見て飛び出してきたのであろう。宵《よい》寝《ね》が足りなかったら、向こうに行って横になれ」

「何とおっしゃっても、あのときの旦那さま……」

「えい、うるさい。おれは先を急ぐのだ」

茂平次が駕籠に近づくのを、源助はうしろから袂《たもと》をおさえた。

「おや、何をするのだ？」

「旦那さま、今、またお歩きになったので、いよいよ、わたしにはあのときの下手人が浮かんで参りました」

「身体つきの似ている男は、この江戸にごまんといらあ。気違いみたいなことを言わずに引っ込んでおれ」

「これこれ」

同心が間にはいった。

「この方は、鳥居甲斐守殿のご家来の本庄殿だ。妙なことを言って邪魔するでないぞ。退れ、退れ」

「さようでございますか」

茂平次が逃げるように駕籠の中にはいるのを源助はまだみつめていた。

その駕籠は歩き出した。同心たちも大勢の小者と不景気そうに引き揚げた。

都家の女中が総出でその辺に塩を撒きはじめた。今まで固唾を呑んで見ていた近所の人たちが、おかみに見舞を口々に言っていた。

その混雑のさなか、夕闇に消えた駕籠のあとをまだぼんやりと見送っている源助の横に、影のようにすっと寄ってきた男がいた。

「ちと尋ねるが」

と、穏やかに言いかけた。編笠を被っている武士だった。

「へえ」

源助は腰をかがめた。

「今、駕籠で行かれた人物に何か話しかけていたようだが、もし差しつかえなかったら、何を話していたか聞かせてくれぬか?」

「へえ……」

「いや、訝るのは当たりまえだが、これにはちとわたしも心当たりのあること、名前は名乗れぬが……」

「よろしゅうございます。では、ここだけの話として聞き流してくださいまし」

源助もすっきりしない気分でいるときである。

「うむ」

武士は約束するようにうなずいた。

「去年のちょうど今ごろ、青山のてまえ主人、あるお旗本でございますが……屋敷の前で、御殿女中が駕籠の中で刺し殺されたことがございます。今のお仁がそのとき屋敷の中にはいってきた下手人の格好とそっくりでございます。もっとも、そのときは顔を隠していましたのでわかりませなんだが、あのずんぐりとした胴体といい、肩の怒らせ具合といい、歩き方といい、あまりによく似ているので、思わず声をかけたのでございます」

「何、人殺しの下手人というのか？」

「へえ。……かわいそうに、殺されたのは西の丸のお女中衆で、何のために殺されたのか、未だに合点が参りません」

「その下手人に、あの本庄茂平次がそっくりだと言うのだな」

「てまえには、そう思えますが、むろんのこと、ご当人は人違いだと申されていました」

編笠の武士は何度もうなずいた。

「ありがたい。大事な話を聞かせてくれた」

「は？」

「いや、何でもない。今の話だけで、ずいぶんとわたしには役に立った……御免」

「あ、もし……」

まるで影のような人だな、とその墨に滲んだようなうしろ姿に源助は思った。編笠が柳の木のかげにひょろひょろと力なさそうに遠ざかっている。

「源助さん、源助さん」

と、都家の女中が呼んだ。

「殿さまがお帰りになりますよ」

「へえ、ありがとう」

源助は首を振ってうしろに戻った。

「ちょっと都合がつかぬことになった」

と、鳥居甲斐守は呼びつけた本庄茂平次に言った。

甲斐守の屋敷で、城から退ったばかりのところだった。甲斐は肌脱ぎになって、三人の腰元に冷たい水で汗を拭かせている。広い庭に夕陽とは思えぬ強い落日が当たり、松の梢にうるさく蟬が鳴いていた。

「と申されますと？」

茂平次は畳にかしこまったまま、縁先で肌脱ぎの主人を見上げた。

都家に逮捕に向かってから五日目である。

「今日、お城で勘定奉行梶野土佐に談じこんだ」

甲斐守は拭きあげた肌を風に当てながら、

「すると梶野土佐の申すには、たしかに飯田主水正という男を勘定吟味役格にしている。これは小普請奉行川路左衛門尉から水越に推挙があったそうだ」

「川路殿から老中に？」

本庄茂平次は口をあけた。

「うむ、そのことでわしは梶野に言っておいた。たとえ勘定奉行の支配であろうが、天下の罪人をそのまま見のがしておくことはできぬ。即刻、その飯田とか申す男に下知して、傭人と称する女どもを差し出すようにとな。すると、土佐が言うには、飯田という男はなかなかの変人で都家を寮にして女どもを召使いにした以上は、たとえ御奉行の仰せでも町方には差し出すわけにはいかぬと申しおったそうな。梶野土佐もだらしのない男で、そのとき、大竹伊兵衛という、これは支配勘定格だが、その男がしゃしゃり出て飯田を庇ったそうだ」

「………」

「元来、大竹伊兵衛なる人物も頑固者でのう、自分の言い出したことは梃子でも動かぬ。奉行である梶野土佐も大竹にはほとほと手を焼いている。その苦手の大竹が飯田の肩を持ったから、土佐も面倒と思ってか、わしに、あのことは大目に見てくれ、と頼みおった」

「しかし、それは……」

「まあ、待て。梶野土佐の腰抜けは、わしもよく知っている。あいつはただ水越に胡麻を摺るだけの男だ。実力はない。それだけに頑固者の大竹が煙たい。土佐にも大竹に突っ込まれる弱点があるからのう、強いことが言えないのだ」

「ははあ」

勘定奉行となれば、そのようなことぐらいありそうだと茂平次も察した。幕府の財政を切盛りしていくから、他人には言えぬことも内密にはやっているだろう。元禄のころ、荻原近江守重秀という勘定奉行がいたが、これは汚職がばれて職を解かれている。勘定奉行というのは叩けばいくらも埃が出る職だ。頑固な下役がいれば、なるほど、その弱点から強いことが言えないのはよくわかる。

しかし、納まらないのは茂平次の肚だった。これではうまうまと飯田主水正にしてやられたようなものではないか。今ごろになって飯田が勘定吟味役格という役についたのも、何やらこのへんの手を打つために就任したとさえ気を回したくなる。

「しかし、それでは天下のご政道が立ちますまい」

と、いつになく茂平次は強い声になった。

甲斐守の言葉だと一も二もなく引き退っていた今までの茂平次にないことだった。彼には主水正も憎い。小菊も憎い。都家のおかみや傭人一同も憎い。

「理屈はそのとおりだがのう」

と、甲斐守はあんがい冷淡だった。

「梶野土佐の立場を今のところ困らしてはならぬ。水越が近く印旛沼の工事にかかる。そのためにはわれらも便利な土佐を十分に利用せねばならぬからのう。その大竹伊兵衛という者をつまらぬことで憤らせ、土佐の仕事をやりにくくしてはこちらが困るのだ」

「しかし……」

なおも言い張ろうとする茂平次に鳥居甲斐は言った。

「うむ、そんなにおまえの腹の虫が癒えぬなら、ここに方便がないでもないぞ」

「と仰せられますと?」

茂平次は膝を乗り出した。知恵者の甲斐守が言うことだ、妙策がありそうである。

「茂平次、こっちにこい」

肌脱ぎのままで鳥居甲斐は招いた。茂平次がその傍に行き、肋の見える甲斐の胸を見上げた。痩せてはいるが、毛深い男で、胸毛が微風にそよいでいた。

「おまえに金をやるから、町のごろつきを集めるのだ」

「は？」

「奇妙な顔をせいでもよい。こいつらを、その都家とかいう家に差し向けるのだ。そして十分に暴れさせい。家も叩き壊してもかまわぬ。向こうに怪我人が出るほどにな」

「………」

「その飯田も、いつもあの家にいるわけではあるまい。あとはほとんど女ばかりだ。板前どもが料理包丁を逆手に取ったところでかなう話ではない。奉行所は知らぬ顔をしておる。よいか。届け出があっても、わざと手間をかけてゆっくりと行く。騒動がおさまってから行かせてもよい。場合によってはその連中を押しとどめるようにして、かえって家の叩き壊しを手伝わせてもよいぞ。もちろん、あとは連中がどこに行ったかわからないことにする」

「まことに」
と、茂平次が横手を打った。
「殿、絶妙でございますな」
「……わしにもその飯田という男がどうも気に食わぬ」
甲斐守はぽつりと言った。

本庄茂平次は鳥居甲斐の屋敷から出た。

いい知恵を貸してくれたものだ。ごろつきを集めて、これに暴れ込ませるとは、取り締まりの衝に当たる鳥居甲斐らしい考えだ。しかも、このような暴力団をけしかけておいて、奉行所はあとからゆっくりと顔を出し、ごろつきに暴行の時間を稼がせるというのである。

当の奉行がそう言うのだから間違いはない。場合によっては。取り締まりに見せかけて部下にも暴れるほうに加勢させるというのだからおもしろい。

茂平次は、さっそく、心当たりの者を駆り集めることにした。それには奉行所の同心を動かしたほうがいい。彼らはそれぞれが出入りの岡っ引を持っている。

この岡っ引は、やくざの親分と面識だ。犯罪捜査のうえから、そういう連中とつき合っておかなければ検挙に不自由だからである。彼らに頼めば、ごろつきの人数はたちどころに集まるにちがいない。

茂平次が心をはずませて自分で八丁堀の同心屋敷に行くつもりで町駕籠を見つけに歩いているときだった。

彼はうしろから止められた。路の上には夕陽が射している。風も出て、浴衣の白い姿がちらほらと見えていた。

が、茂平次を止めたのは、そんな涼しい格好ではなく、編笠をかぶった暑苦しい姿の武士であった。

「本庄氏、しばらく」

相手は編笠を取って顔を見せた。

「おや、あんたは熊倉伝之丞殿」

茂平次は、悪いところに嫌な奴が来たと思った。

「本庄氏、ちとあんたにものを訊きたいが」

と、熊倉伝之丞は身体を寄せた。茂平次は、この男がいつまでも自分を追い回していると思うと腹が立ってきた。

「なんですか？」

執念深く人のあとばかり尾けている男だ。

「つかぬことを訊くが、あんたは、去年の今ごろ、青山のある旗本屋敷に現われなかったかな？」

あっと思ったが、どこでそんなことを聞いてきたのだろう？

「いっこうに」

と、茂平次は突き放した。

「どういうことかさっぱりわからないが、いずれにしても覚えのないことです」

「いや。われらは確かに聞いた」

と、熊倉伝之丞は言った。

「その旗本屋敷の前で、大奥女中が駕籠の中で殺されたそうな。そのすぐあとで、あんたが屋敷の中にはいったのを中間が見ている。もっとも、面体はわからなかったそうだが、あんたとそっくりと言うのだがな」

「迷惑な話だ。わしの姿に似ている者は多いはずです」

　茂平次は答えた。

「それにはちがいないが……どうも、こないだから兄伝兵衛の仇を捜しているわれら、その中間の言葉に心ひかれている」

「これは異なことを承る。すりゃ伝之丞殿は、わたしが師匠伝兵衛殿を討った下手人とでもお決めなさるのか？」

「いや、そうは思わぬが……あんたについては門弟どもの疑いも深まっている。そこへ聞いた先夜の話だ。その疑いがわれらに濃くなったのは否めぬ」

「なんと言われてもわたしは知らぬことだ。はてさて迷惑千万」

　茂平次が歩き出そうとすると、

「これ、本庄氏、もう少し話そうではないか」

と、伝之丞は追いすがった。

「いや、わたしは用事があって先を急ぐのです。いつまでもおてまえの寝ぼけ話を聞いてはいられぬ」

「なんといわれるか。寝ぼけ話だと？」

さすがに温厚な伝之丞も色をなした。

「まあさ、たとえでござる。これという筋の通らぬ話をくどくどと申し述べられるから、さように申したわけです。それに、この前からしきりとわたしのあとを尾け狙われるのも、どういうお気持ちかわからない。以後、これもやめていただきたい」

「いいや、本庄氏、それはならぬ。われらはあんたに対する疑いが晴れるまでは付きまとうことにする。今のところ実証がないのが残念じゃ」

「そこを放してくだされ。えい、放さぬか」

茂平次は往来で伝之丞の胸をどんと突いた。伝之丞は思わずうしろによろけて、瀬戸物屋の茶碗を並べた店先にどんと背中を落とした。瀬戸物が音を立てて崩れた。

「それはおもしろい」

と、深尾平十郎は主水正の話を聞いて膝を叩いた。

平十郎が主水正に呼ばれて来たのは、これが二度目である。ずっと前に、彼の屋敷の前で刺された西の丸女中のことで主水正から頼まれ、一件を洗い上げて報告したことがあった。今度の依頼はがらりと変わっている。

柳橋の都家が鳥居甲斐に睨まれて営業を停止されたばかりか、禁令違反の廉《かど》で女主人以下捕縛されようとしている。見るに見かねて急に自分の寮にしていちおうは防いだが、鳥居甲斐の執念はそれだけで消えるとは思わない。何らかの報復手段に出ると予想しているが、どうも甲斐の家来の本庄茂平次という男の動きが妙である。

察するところ、相手側は正規の弾圧はしないで、茂平次の性格から市井の暴力団を傭いそうである。むざむざと敵の手によって都家が破壊されては、「寮」にした手前、自分の面目にも関わることだ。相手の出方がはっきりとするまで、心当たりの御家人を集めて、しばらく都家に「籠城」してもらえないだろうか、という頼みなのである。

深尾平十郎が一も二もなく乗気になったのは、相手が無頼の徒を駆り集めて押し寄せてくれれば、遠慮なく喧嘩ができるとわかったからである。

「ぜひ、やらせてもらいます」

日ごろから親しくしていたし、主水正の人柄を慕っている平十郎のことである。これは否応《いやおう》なかった。

「暴に暴を報いるのはわたしの好むところではないが」

主水正は浮かぬ顔で言った。

「だが、みすみす、そんな連中にあの家が荒されるのは我慢のできぬことだ。こちらも防戦につとめねばならぬ」

「もちろんです。そりゃおおいにやりましょう」

深尾平十郎は弾んだ声で応えた。

「あんたのほうで人数が集まるかな？　そう多くなくともよい。せいぜい五、六人もいれば大丈夫だと思うが」

「遊んでいる人間の数には不足はありませぬ。みんな暮らしに困って自棄半分になっている者が多いのです。そういう役目なら進んで参りましょう。わたしの知合いにも一人、芝居小屋の木戸番をしている奴がいます。まず、そいつに話をつけ、その男からも適当な人間を連れてこさせることにします。石川栄之助という男ですが、なに、わたしが話せば一も二もありませぬ。もともと乱暴な奴ですから」

「なにぶん、よろしく頼む」

「で、無頼の徒の後押しをするとなると、町奉行所の取り締まりのほうはどう加減するつもりでしょうか？」

「そこだ。わたしが予想しているのは、連中が都家で狼籍を働くまでは遠見で傍観しているだろう。ことが終わってから、かたちばかり彼らを追い、逃がすようにするのではなかろうか」

「怪しからぬ話ですな」

深尾平十郎が息巻いた。

「取り締まりに当たる町奉行が、ごろつきの乱暴に手伝いするとはもってのほかです。

飯田殿、こりゃこっちも存分に暴れてよいわけですな？」

「殺しては困るが、まあ、相手の命に関わらぬ程度にはやってもらってもかまわぬ。あとの苦情は全部わたしが引き受ける」

「みんな喜ぶでしょう、何かことあれかしと待ちかまえている連中ばかりですから。この世の中に腹が立って仕方がないのです。いい憂さ晴らしの場になると思います」

下級旗本の困窮は加わっている。町人との貧富の隔たりはますますひろがってきていた。彼らは借金に追われている。生活は自暴自棄となり、虚無的に傾いている。

権威に対しても反抗をつのらせていた。がっちりと固められた政治の秩序は、どう足掻いても改められるとは思えない。上司は彼らの生活の保障もしなければ、登用の道も開いてくれない。しがない内職も生活を楽にしないばかりか、その内職もけっきょくは町人の使役に甘んじていなければならないのだ。現在の政治に誰も彼もが忿懣《ふんまん》を持っていた。

「わたしも貧乏だが」

と、主水正は言った。

「その籠城の間は、十分とはいかないまでも兵糧方はつとめよう。ただ、酒は存分に用意させるから、これは遠慮なしに呑んでもらいたい」

「いや、それだけで結構です。みんな喜ぶでしょう。さっそく、これから帰りがけに心当たりの連中に当たってみることにします。で、いつから、われわれはそこに詰めかけたらよろしいか？」

「できれば今夜からでも」

「今夜？　いよいよおもしろい」

と、深尾平十郎は興《きょう》がった。

「町のやくざどもはどちらでもいいですが、奉行所が相手なら張合いがあります」

「わたしも事情が許せば、そこに乗り込みたいくらいだ」

「ひとつ采配を振るわれますかな」

「なまじっか妙な役につけてもらわなんだら、やりたいところだ」

夜の五ツ（八時）ごろだった。

都家の二階の座敷では六、七人の御家人が集まって酒を呑んでいた。深尾平十郎も石川栄之助もいる。深尾が主水正から話を聞いた翌晩だった。

さっそくこれだけの人間が集まったのである。いずれも小普請組で、役入りはとうから諦めている者ばかりだった。

石川栄之助は河原崎座の木戸番から直行してきた。平十郎の話を聞いて、これはおもしろいと手を拍《う》ったものだ。

平十郎が指揮を取って、都家の階下《した》の戸閉まりは厳重にした。ことに、裏口は店の酒樽などを詰めてすぐには打ち破られないようにした。開けられていいものは表の入口の戸一枚だけにした。ここは心張棒《しんばりぼう》をはさんだだけだ。

主水正の話によると、連中はいつ押し寄せてくるかわからないということである。今晩かもしれないし、二日先かもしれない。あるいは、十日後かもしれないのだ。その間、酒を呑んでいてくれというのだから、日当をもらったうえの話で、これほどうまいことはないとみなは喜んだ。

殴り込みに来たら、存分に、働いてくれという主水正の注文だが、女たちがいないだけに、こちらも遠慮なく暴れられるのである。

「まるで籠城だ」

と、一人が笑っていた。待つ身は辛い、と別な人間がこぼしている。早いとこ攻めてきたほうが楽だという者もいた。

夜の八時ごろというと、この界隈は宵のうちである。禁令が行き渡って火が消えたように寂しくなったとはいえ、以前からの習慣でなまめかしい雰囲気は残っている。ただ三味線や唄が消えているだけだった。

二階の裏側の戸を小さく叩く者がいた。

すわ、というので一人が刀を摑んで立ち上がると、酒を呑んでいた石川栄之助が微笑してその男をおさえて障子を開けた。廊下に出て戸を少し開けると、頬被りをした男が屋根の上にうずくまっていた。

「伊与吉か」

「へえ」

うずくまった男は暗がりで返事をした。

「ご苦労だった。どんな具合だ？」

「だいぶん、向こうさまも動いています。間もなくこちらに押し寄せてきそうです」

「人数は？」

「かれこれ、三十人はいると思います。浅草の博奕うちの親分が二人顔を見せていましたから、その手合いの子分だと思います」

「奉行所の連中は？」

「これも三十人ばかりの捕方が近くの寺の境内に集まっています」

「おめえの知った顔はいるか？」

「本庄茂平次は見えないようです。同心が四人くらいいるようですが、提灯などは灯を消しています」

「よしわかった」

「これだけでよろしゅうございますか？」

「ご苦労だった」

栄之助が星空の下で屋根を伝って消えた伊与吉を見送って戸を閉めると、ほかの者が、何だ、何だ、と訊いた。

「物見だ」

と、栄之助は笑い、

「敵は三十人ばかりらしい、そのほかに、やはり三十人くらいの奉行所の捕方が待っているようだ」

と告げた。

一同は元気を出した。呑みつづけてきた酒の勢いも加わっている。

「飯田殿の言葉もある。殺してはならぬ。あとが面倒になるでな。そこは気をつけてもらいたい」

と、深尾平十郎が注意した。

「手足の一本ぐらい折ってもかまわぬだろう?」

と、わざわざ訊き返す者もある。みんな子供のようにはしゃいでいた。

それから小半刻経った。待ちくたびれて、ふたたび倦怠が始まろうとしたとき、階下で音が鳴った。

ここには二人ほど配置してある。耳を傾けている一同に、問答の声がはっきりと伝わってきた。

「無体な」

と、味方の一人の分別くさい声が抗議していた。

「ここは飯田殿の寮じゃ。都家ではない。都家の者はひとりもいないから引き取ってもらいたい」

外から大きく下卑た声が喚いていた。家捜しすると言っているのだ。

「一歩でもはいったらその分には置かぬ。狼籍に出れば奉行所に人を走らせるからそう思うがよい」

こちらはわざと間のびした抗議をした。表では笑っている。奉行所のあと押しを知らずにいるのを憐れんでいるようだった。

音が大きくしたので、二階の連中は膝を立てた。石が外から投げ込まれたのだった。喊声があがった。相手がなだれ込んでいる。

二階から三人が階段を駆け降りた。

「ここには二人ほど残ってもらいたい」

平十郎が指図した。屋根伝いにはいってくる防備のためだった。

栄之助は他の者と二階から降りた。階下では揉み合いが始まっている。暴徒は棒や石を振るっていた。こちらは木刀で応戦した。人数が多くても入口が狭い。勇み肌の男が三人、手を顔に当ててうずくまっていた。あとから押しかけた連中が尻込みをはじめた。

「裏に回れ」

という声が表でしている。

暴徒は一時退いた。

「そんなのは邪魔だ。外に放り出せ」

深尾平十郎が下知すると、ほいきた、と道化た掛け声がかかり、血を流している博徒の首をつかんで外に投げ出した。それを表にいた大勢が抱きかかえてうしろのほうに運んだ。

「寄せ手はどうだ」

平十郎が様子を見させた。戸口から外をのぞいていた味方が、

「だいぶん静かになったが、退いてはいない」

と報告した。

しかし、喊声は絶えずあがっている。石も戸に雨のように降っていた。罵り声や嘲笑は絶えず起こっている。この嘲罵は江戸っ子の巻舌なので、とうてい、御家人たちには対抗できなかった。

「裏のほうはいいか？」

「大丈夫だ」

二階でも同じような返事があった。

「われわれの手並みを恐れ、遠巻のまま、朝になるかもしれぬの」

一人が呟いたとき、目の前に大音響が起こった。家が揺れて雨戸二枚を突き破り、大八車が大きな石といっしょにいきなり転がり込んできた。

「やあ、新手を考えたな」

はずれた戸の向こうの黒い塊がどっと喊声をあげた。

「ざまあ見やがれ。痩せ武士め。そこを餇い出してこねえと、家ごとぶっ潰すぞ」

敵は石をのせた二度目の大八車を数人でガラガラと引っ張って、そこから勢いをつけ、

「それ行け、アリャ、リャ、リャ、リャ」

と、掛け声といっしょに突進させた。家が地震のように揺らいだあと、人数が突破口から棒をふるって押し寄せてきた。

こちらは戸口に向かって横に並んだ。暴徒と激しく渡り合った。夏のことで、相手は
刺青の身体を見せて殴り込む。その裸を木刀が叩くと、骨にこたえてその場に餇った。

「怪我はさせてもいいが、殺してはならぬ」

深尾平十郎がうしろで大きな声を出していた。

「不具にならぬよう気をつけろ」

御家人たちは威嚇の意味もあって口々に喚いていた。じっさい、鼻血を出して顔を押える博徒がふえた。

頭から血を流している者、刺青の地肌が紫色になっているもの、跛《びっこ》を引いて逃げる者、腕を押えて退く者などが敵の中に続出してきた。喧嘩だけは心得ているが、訓練のない連中で、また崩れ立ってきた。

「やい、さんぴん、こっちに出てこい」

向こうは口だけは達者にできている。家の中に押しかけるのがようやく不利とさとって、外に誘い出そうとかかった。

喧嘩だというので、弥次馬が集まってきた。投石がはじまった。

「やい、貉《むじな》みてえに穴に引っ込んでいねえで、男らしく出てこられねえのか。この狸侍め」

何をっ、というので御家人の一人が木刀を提げて出ていこうとするのを、平十郎は止めた。絶対に家から出てはならぬのだ。敵は腹を立てさせて誘い出す戦法なのである。

このとき博徒のうしろから黒い人数が押し寄せてきた。いままで様子を見ていた奉行所の人数だった。

「喧嘩はならぬぞ。双方、しずまれ」

同心らしい声が聞こえたが、これが博徒たちの勇気を盛り立てた。

「わあっ」

と、喊声をあげて突進してくる。

「しずまれ、しずまれ」

と、声だけは仲裁しているが、奉行所の人数が博徒のうしろから後詰のように雪崩れてきた。

「やあ、来たな」

平十郎が言った。

「おい、みんな、今度は容赦しないでいいから、存分に暴れてくれ」

その用意はあった。丸太棒が土間に七、八本転がっている。てんでにそれを摑んで入口に塞がり立ち向かったものだ。このとき、寄せ手の人数の上に瓦が降りはじめた。屋根に出た二階の連中が投げつけている。寄せ手が頭を押えて、一時退いた。

「やあ、手向かうか」

役人の中から叫びがあがったとき、とつぜん、二階に激しい物音が起こった。

「持場を離れるな」

平十郎が一同に言い残して階段を駆け上がると、二階の裏戸を破って敵がはいり込んでいた。平十郎は、その中で顔を頭巾でくるんだ男に飛びついて捩じ伏せた。二階に配置した味方はほかの人間に立ち向かっていた。

「放せ」

と、組み敷かれた男は言った。これだけは武士の風体をしていた。平十郎が嫌がる相手の顔から頭巾をめくり取って、蠟燭の灯を近づけた。二階の屋根から瓦といっしょに人間が落ちる音がしている。

「おや、あんたは、どこかで見たような顔だな」

相手は蠟燭の灯から顔を背けた。

「あ、思い出した。いつぞや南町奉行所から、夜中、駕籠を護送していかれた方でしたな。たしか、あのとき、与力の林田さんとか承ったが……」

表では、別な騒ぎが起こった。蹄の音がしているのは、誰かが、この騒動の中に馬を乗り入れてきたからである。

「やあ、乱暴者は退けい。退かぬか。この家の主、飯田主水正じゃ、退かぬ者はこの槍の先にひっかけるぞ」

声が響き渡っていた。

それから小半刻経った。都家の表はいちおう静かになった。飯田主水正の乗込みがきっかけとなり、両方で引いたかたちとなった。

しかし、まだ表は全部の人間が散り去ったわけではない。博徒は二、三ヵ所に屯ろして眼を光らせ、怪我人の手当てなどをしていた。奉行所の人数は表向きの警戒に数人を残しただけで、これもいちおう引き揚げた。

都家の中では御家人たちが酒の呑み直しをやっていた。勝ち戦のつもりなのである。外から投げ込まれた石で脚に怪我をした者がいたが、これも布片で縛っただけで元気に酒盛りに参加していた。

主水正は、今夜はここに腰を据えるつもりになっていた。馬はわざと表に定紋の付いた鞍を置いたままつないでいたし、槍は床の間に立てかけてある。奉行所側では今まで消していた提灯に急に灯を入れていたし、博徒は景気づけに篝火を焚いていた。

ただ、しょんぼりとこの座敷の別間の隅にすわった男がいる。二階から侵入した敵のひとりで、深尾平十郎が取り押えて人体を検めた男であった。

「あんたは奉行所の与力林田という人であろう?」

と、先ほどから平十郎が責めたものだが、当人は首を振って否定しつづけている。

「なに、違う?　とぼけてもだめだ。わたしはあんたに会っているので、その顔はよく憶えている。いつぞや数寄屋橋門外から出た行列のあとを尾けたというので、あんたにひどく叱られたでな。そのとき、たしかにあんた自身が名乗った名前を憶えている」

平十郎は相手の首をつかまえて面体をのぞくが、林田治作は何を言われても黙っていた。

「同心くらいならばいざ知らず、与力が出ばってくるとは大げさなことよの」

ほかの人間も事情を聞いて林田治作を取り巻いた。

「さあ、正直に申すがよい。深尾の言うとおり、おまえは与力であろうが?」

「それとも奉行所のほうに捕われたと知れるのが怖ろしくて黙っているのか?」

「岡っ引や手先ならともかく、歴とした奉行所の与力が泥棒のようにはいってきたのだ。これは言い訳が立つまい?」

「与力がこのようなところに現われるのは場違いというものじゃ。そのわけを聞かせろ」

口々に睨んで責めた。

林田治作は一同に囲まれた中で真蒼な顔をしていた。しかし、何を言われても口を割らなかった。こちらの推量どおり上役への迷惑を考えているようだし、自分の正体を吐いて叱責されるのを惧れているようでもあった。

主水正にこのことを言うと、

「縄は解いてやれ」

と、彼は言った。

「しかし、逃がすな。いまに引取人が現われる。それまではたいせつな客だ。……そうだ、酒でも呑ませてやれ」

「しかし、それは」

と、一人が遮ったが、

「まあ、よい。その男もせっかく働いたことだ。ご苦労の一つも言ってやりたいくらいだ。逃がさぬようにすれば、それでいいのだ。身体を自由にして、肴も取らせい」

「しかし、あまり自由にしますと、自害するようなことがあっても……」

「そんな性根はなかろう。せいぜい、自分の名を出さないように頑張っているだけだ。ちと、いじらしいではないか」

主水正の意見で、別室にいる林田治作は縄を解かれ、酒肴が前に出された。

「さあ、この家の主人のせっかくの厚意じゃ。なにも慄えることはない。殺しはせぬ。安心して呑むがいいぞ」

林田治作は縄を解かれたが、じっとうなだれている。その監視者は横で、運んできた自分の酒を呑んでいた。

「おい、遠慮するな。呑めよ。そう悄気ることはない」

「捕われたのがおまえの不運だ。武士は相見互い。まあ、呑みなさい。少しは元気がつく」

すすめられても、林田治作は気の毒なくらい打ちしおれて杯を取ろうともしない。

広間は男だけの酒盛りなので乱暴だった。敵に勝ったという気持ちが、さらに一座を沸き立たせていた。上座の飯田主水正だけはいつものとおり静かな杯の運び方だった。

「敵は遠巻きで手出しができずにいる。さりとて退くではなし、夜明け時の退散まで柳の木の下に立っているとは、はて幽霊のような」

と言うものがいた。

「いやいや、そうではない。あれはこちらで奪った人質をとり返すためああしているのだ。それまでの景気づけだろう」

主水正が笑って言った。

「いまに誰かここに使者が来るぞ」


予想ははずれなかった。亥の刻（午後十時）を過ぎたころ、表にざわめきが起こった。一人がすわと起って雨戸を開け、下を見て物見していたが、ふり返って、

「何やら敵方の大将が来たらしい。供回りも提灯だけはひどく派手に数を揃えている」

と報らせた。

「来たか」

主水正が呟いたとき、階下から平十郎が上がってきた。

「飯田殿、南町奉行所の与力奥平平蔵と申す者が、主水正殿に御意を得たいと申している」

主水正は階下に降りた。客をしばらく待たせたあとである。

与力奥平平蔵は四十を越した人物とみえた。さすがに整えた身装で、羽織袴をつけている。供を一人も連れてこないところはさすがだった。もっとも、彼を気遣って入口には奉行所の人間が警戒している。

こちら側は二人ほど「客」を監視のかたちで左右に離れてすわった。奥平平蔵は降りてきた主水正を見て、敵の中でわざと動かしていた白扇をたたんだ。

「南町奉行所与力奥平平蔵と申します」

彼は主水正がすわるのを待って慇懃に挨拶した。世馴れた言い方である。

「飯田と申す。お見知りおきください」

主水正は微笑で名乗った。

「さっそくですが、今夜のことは当方警固の手抜かりもあり、思わず騒動が大きくなって恐縮しています」

与力ははじめから下手に出た。むろん、飯田主水正の役柄、石高、家柄も承知してのことである。

「お騒がせしました。しかし、不可解な喧嘩の売り方です」

主水正も挨拶を返した。

「ただ今、乱暴者は取り調べています。さっそくにも結果がわかりましたら、ご報告に上がります」

「それは、ぜひお願いしたい。ここはわたしの家ですからな。理不尽な乱暴者に迷惑をしている」

「わたしのほうでも騒ぎを聞いた部下に勘違いがあったようです。ご容赦を願います」

与力はあくまでもおだやかに出ていた。

「ご念の入ったことで」

主水正はうすく笑った。

「つきましては」

と、奥平平蔵は咳《しわぶき》を一つした。

「当方の者が一人、騒ぎの中で見えなくなっております。もしやご当家に紛れ込んだままになっておりませぬか？　もし、さようなことがあれば、てまえ引き取りたいと存じますので、お伺いに上がりました」

「奉行所の者かどうかわからぬが」

と、主水正は相手を静かに見返した。

「名前を申さぬ男を一人、たしかにてまえのほうに取り押えています。……ははあ、あれは奉行所のお方でしたか？」

「申し訳ないことをしました。その男かもわかりませぬ。お引き渡しを願えますか？」

「もちろん当人がそれならこちらでとやかく申すことはない。念のために承るが、その御仁は何と申されるか？」

「…………」

与力は返事をためらった。

「実は、名も申しませぬ。身分も明かしませぬ。したが、迷い込んだとはいえ、こちらとしては客の扱いにしています。先ほどから縄を解いて酒を出しております」

「それは重ね重ね申し訳ない」

と、与力は頭を低く下げた。

「では、ただ今お渡しくださるか」

「お待ちください。それについては少々不審な点がある。なるほど、その仁が最初から奉行所の者だと名乗られて、この騒動を取りしずめにおいでになれば、てまえのほうも扱いようがあったもの。しかるに、二階の裏から侵入したので、こちらは盗賊と思って押えたのです。まさか奉行所の人間とは考えませなんだ。されば、ここにいる連中が……」

と、主水正は与力を睨みつけている御家人二人のほうを顎で指し、

「当人を折檻すると申して聞き入れませなんだが、わたしがとめたのです。おてまえのお話で奉行所のお方とは合点した。したが、与力ともあろう者が、何ゆえこの場におりまするか。わけをお伺いいたしたい」

「いやそれは……その男は今日は非番で、お役としてではなく、騒ぎを聞いておもしろ半分に飛び込んだのでござろう」

「さようか。よろしい、お渡ししよう」

「はあ、それでは？」

「しかし、条件がある。たしかに奉行所の与力なら、その旨を受取証文に書いてもらいたい」

「なに」

奥平もさすがに気色ばんだ。

「受渡しの慣例です。当人の名前を書かなくともよいのです。こちらでは林田治作とわかっていますからな」

主水正は言った。

「…………」

「奉行所与力、それだけでよろしい」

「それはちと難題だが……」

「これは解せぬことを言われる。こちらはあくまでも穏便にしたいと思っているのです。当人は盗賊のように屋根伝いで当家の二階から侵入しましたでな。これは表沙汰にして大きくするとおてまえのほうで困ることになろう。また、この条件を入れてもらわねば、わたしのほうはあくまでも当人を奉行所の役人でなく、盗賊としてここに留め置きます。力ずくでもお渡しできぬ」

「やむをえませぬ」

と、与力は折れて出た。

「では、名前だけはご勘弁願えるわけですな？」

「よろしかろう」

傍にいた御家人たちが主水正に、それでは手ぬるい、と言いたげな眼を向けたが、主水正は、硯を持ってこいと言った。

「てまえに矢立がございます」

奥平は腰に手を当てたが、

「いやいや、ほかにもこっちの用事があるでな」

と、主水正は押えて、二階から捕虜を連れて来るように言いつけた。林田治作がしおしおと姿を現わした。

与力の奥平平蔵の眼が、一瞬、鋭く林田を射た。当人は顔も上げられぬくらいに面目なげな様子で、しょんぼりと離れたところにすわった。

「お名前は訊かぬが、こちらとしても人間ひとりを渡すわけだ。受取証文をいただいたとしても、確証がなくてはあとで証拠となりませぬでな」

横で墨をすっていた男に、主水正はそれくらいでよかろうと言い、硯を捕虜の前に出した。次に懐紙を取り出し、それを彼の前にひろげた。

「これへあんたの手形を捺しなさい」

あっと思ったのは、当人や奥平だけではなく、この様子を見守っている味方も同じだった。

「さあ、早く」

奥平が抗議をとなえる間もなかった。また林田が拒絶する余裕もなく、主水正はいきなり林田の手を摑むと硯の墨を彼の掌にべったりと塗った。次に懐紙の上にそれを突かせた。それがまるで本人の自由意思のように、主水正の強い力のままになっていた。

懐紙には黒々と林田治作の手形がついた。

「こちらの負けだ」

鳥居甲斐守は不機嫌な顔だった。本庄茂平次は汗をかいて畳の上にひれ伏していた。

「飯田主水正とか申す男、なかなかやるのう。おまえよりちと役者が上のようじゃ」

「なんともはや……」

茂平次は、主水正に対する屈辱と、主人甲斐守の叱責とで荒い息を吐いていた。気性の激しい甲斐守のことなので、雷だけならまだよいが、追放されるのを怖れていた。茂平次は権威のありがたさを、甲斐について以来、身に沁みて知っていた。

「奉行所の与力を捕えて、その手形を取って引き渡したとはしっかりしたものだ。これは少し手強い相手になりそうだ」

勘定吟味役格として役入りをした主水正という男は、将来、敵方に回してうるさい存在になりそうである。この男と頑固者の大竹伊兵衛とが組んだとき、少々面倒なことになるかもしれないと鳥居は思っているようだ。

「まあ、よいわ」

と、鳥居が呟いたのは茂平次を慰めたからではなく、已れのかすかな不安を払うためである。事実、鳥居は青空の一角に浮かんだ一点の黒い雲を見るような心地になっていないでもなかった。しかし、こちらは水越という権力を握っている。まさかのときはこれで叩き潰せるのだ。

嘘ではない。実績はある。先の奉行矢部駿河守さえ職を取り上げ、桑名に流し、当人を自滅させたではないか。まだある。憎い蘭学者どもを完膚なきまでに弾圧してきた。渡辺崋山は腹を切り、高野長英は逃竄している。

さらに、もう一つ仕事が残っている。長崎の町年寄高島四郎太夫を近く江戸に召喚する運びにもなっていた。

「茂平次」

「はあ」

茂平次は主人に叱られた犬のように悄気きった様子で顔を上げた。意外なことに、その甲斐守の表情は先ほどの怒号とは少し変わって和やかなのだ。甲斐守には多少お天気屋らしいところがないではなかったが、この急な変化は意味がありそうだった。これは何かあると思うと、茂平次は、その実体を探り、すぐそれに乗れそうな気構えをみせた。

「長崎の四郎太夫の一件だが」

甲斐守が言った。

「はあ」

茂平次も急に元気になった。これだと思った。これが甲斐守の機嫌を直している原因だった。見当さえつけば、茂平次の方向は一瞬のうちに決まるのである。

「いよいよ四郎太夫を江戸に呼ぶお手はずになりましたか？」

「今日やっと水越の同意を貰った。茂平次、四郎太夫は江戸に召喚され、獄舎につながれるぞ」

「それはまことに祝着に存じます。して、その時期は？」

「近いうちと思え。水越より長崎奉行所に至急手紙を出すことになっている。罪状は、おまえが調べてきた証拠で十分だ」

鳥居甲斐は眼を庭のほうにすえた。そこには房の下がった簾が微風に動いていた。

大将の機嫌が悪い。それは茂平次の失敗からだ。が、それも、今の瞬間は已れの狙った相手に腹立たしげに向けられている。

これは茂平次にとって思わぬ幸いだった。高島四郎太夫の調査では茂平次が独りで働いてきたのだ。鳥居がひっかけるとすれば、それは茂平次の功績でなければならない。鳥居の機嫌の方向次第で茂平次の禍となり福となる。

「これは忙しくなる。印旛沼の下地検分もどうやら報告があったようだ」

鳥居は呟いた。

茂平次はいくぶん落ち着いてきた鳥居の顔を見上げている。

「水越が信用している二宮金次郎という男が、昨日、下総から帰って調べの次第を告げたようだ。わしは水越から聞いたが、その二宮の調査でも、現地はたいそうむずかしい箇所があるそうな。しかし、やってできぬことはないと言ったそうじゃ。不可能ではないが、困難である……ということは、やれるというわけだな。水越はそう解釈している。近く工事割当の大名が公式に発表される」

「その報告では、工事がむずかしいということを強く言いたいのではなかったでしょうか？」

「二宮はそう言いたかったのだ。が、彼も水越の意図を忖度しているから、絶対にできぬということは報告していない。そこは多少の色合いをつけたのだ。それで、水越はできる、ということに強引に解釈した。……もう、ああなったら、白痴《こけ》の一念だな。手がつけられない」

鳥居はせせら嗤っていた。

本作品中に差別的ともとられかねない表現が見られますが、著者がすでに故人であることと作品の文学性・芸術性に鑑み、原文のままとしました。

（春陽堂書店編集部）

『天保図録』覚え書き

初　出　「週刊朝日」（朝日新聞社）昭和37年4月9日〜39年12月25日号

初刊本　朝日新聞社　昭和39年6月、昭和40年6月、昭和40年7月　※上・中・下

再刊本　光文社〈カッパノベルス〉　昭和41年10月、昭和41年12月、昭和42年1月
※上・中・下

角川書店〈角川文庫〉　昭和47年6月　※上・中・下

文藝春秋〈松本清張全集27、28〉　昭和48年10月、11月　※上・下

講談社〈講談社文庫〉　昭和57年1〜5月　※全5巻

講談社〈日本歴史文学館24、25〉　昭和62年4月、5月　※上・下

朝日新聞出版〈朝日文芸文庫〉　平成5年10月、11月、11月　※上・中・下

（編集協力・日下三蔵）

春陽文庫

天保図録《てんぽうずろく》（二）

2023年6月25日　初版第1刷　発行

著者　松本清張

発行者　伊藤良則

発行所　株式会社 春陽堂書店
〒一〇四―〇〇六一
東京都中央区銀座三―一〇―九
KEC銀座ビル
電話〇三（六二六四）〇八五五（代）

印刷・製本　ラン印刷社

本書のご感想は、contact@shunyodo.co.jp にお願いいたします。

定価はカバーに明記してあります。

ISBN978-4-394-90449-6　C0193